A PEDRA PROIBIDA

TONY ABBOTT

A PEDRA PROIBIDA

Tradução de
ANA CAROLINA OLIVEIRA

1ª edição

— Galera —
RIO DE JANEIRO

2016

CIP-BRASIL. CATALOGAÇÃO NA PUBLICAÇÃO
SINDICATO NACIONAL DOS EDITORES DE LIVROS, RJ

A115p

Abbott, Tony
A pedra proibida: O legado de Copérnico, volume 1 / Tony Abbott; tradução de Ana Carolina Oliveira. – 1ª ed. – Rio de Janeiro: Galera Record, 2016.
(O legado de Copérnico; 1)

Tradução de: The Copernicus legacy: The forbidden stone
ISBN 978-85-01-10741-1

1. Ficção juvenil americana. I. Oliveira, Ana Carolina. II. Título. III. Série.

16-30447

CDD: 028.5
CDU: 087.5

Título original:
The Copernicus legacy: The forbidden stone

Copyright © 2014 HarperCollins Publishers

Publicado mediante acordo com HarperCollins Children's Books, uma divisão de HarperCollins Publishers.

Todos os direitos reservados. Proibida a reprodução, no todo ou em parte, através de quaisquer meios. Os direitos morais do autor foram assegurados.

Texto revisado segundo o novo Acordo Ortográfico da Língua Portuguesa.

Adaptação de capa: Renata Vidal

Direitos exclusivos de publicação em língua portuguesa somente para o Brasil adquiridos pela
EDITORA RECORD LTDA.
Rua Argentina, 171 – Rio de Janeiro, RJ – 20921-380 – Tel.: (21) 2585-2000, que se reserva a propriedade literária desta tradução.

Impresso no Brasil

ISBN 978-85-01-10741-1

Seja um leitor preferencial Record.
Cadastre-se e receba informações sobre nossos lançamentos e nossas promoções.

Atendimento e venda direta ao leitor
mdireto@record.com.br ou (21) 2585-2002.

Para meus familiares, todos aventureiros.

Capítulo 1

Austin, Texas
8 de março
11h47

Wade Kaplan não sabia nem como nem por que — menos ainda quando — sonhou que sua preciosa carta celeste tinha sido tomada por chamas, mas acordou assustado no instante em que as espirais de tinta prateada e as elaboradas pinturas das constelações pegaram fogo.

— Não!

O quarto estava completamente escuro. Não havia fogo.

Ele inclinou a cabeça pelo vão da porta aberta entre seu quarto e o de Darrell, seu irmão postiço. Respiração vagarosa e rítmica. "Ok, bom." O primeiro dia oficial da semana de folga deles não tinha sido nada calmo, correndo de um lado para outro para fazer tarefas de último minuto antes da sua madrasta, Sara, viajar a trabalho para a América do Sul. O voo dela iria partir na manhã seguinte, bem cedo, e, apesar do dia agitado, ele e Darrell tinham prometido se levantar assim que o sol nascesse, para se despedirem dela.

E ainda assim...

Ele empurrou as cobertas para o lado, andou até a janela e subiu a persiana sem fazer barulho.

Era uma noite quase sem lua, e as estrelas se espalhavam densamente pela escuridão aveludada. Sua casa nos morros, a alguns quilômetros das luzes de Austin, normalmente garantia um céu noturno brilhante, e aquela noite não era uma exceção.

Ele se virou para a mesa, abriu a gaveta de cima e pegou uma pasta de couro do tamanho de um livro grande. Ela não tinha sido queimada, pelo contrário, estava fria, e ele percebeu que havia semanas que não mexia nela. Soltou as alças e tirou lá de dentro uma folha grossa de pergaminho dobrado. Sua pele se arrepiou quando ele abriu o papel. A carta tinha sido um presente, no seu aniversário de 7 anos, de um grande amigo do seu pai, um homem que ele viria a conhecer como Tio Henry. Gravada e pintada à mão no começo do século XVI, era uma obra que combinava ciência, arte e história, e pela qual ele tinha grande apreço.

Então, por que acabara de sonhar que ela tinha sido destruída?

Wade girou a carta até que correspondesse ao arranjo das constelações do lado de fora da janela. Em seguida, como se estivesse só esperando que ele olhasse para cima, um meteoro cruzou devagar a escuridão, brilhando ao passar.

— Darrell, olhe! — exclamou instintivamente, esperando por um segundo feixe de luz, pois eles nunca vêm quando você espera.

Um longo minuto se passou. Nada. Ele traçou um caminho com o dedo pelo mapa.

— Exatamente entre Draco e Cygnus.

— Os garotos do mal do *Harry Potter*?

Wade se virou subitamente.

— Darrell! Você viu aquilo?

Seu irmão postiço cambaleou até ele, esfregando os olhos.

— O céu? Sim. Vi ontem também. Que horas são? O mundo está acabando? Responda a segunda pergunta primeiro.

Wade riu.

— Mais ou menos meia-noite. Acabei de ver um meteoro. Na verdade, eles são bem mais comuns do que as pessoas pensam.

— E, mesmo assim, aqui estamos nós olhando pela sua janela. A viagem da mamãe é daqui a, tipo, uma hora, não é?

— Eu sei. Desculpe.

Desde criança, Wade sabia que as estrelas eram bolas de gás ardentes queimando a uma temperatura inacreditável e produzindo energia, a centenas de milhões de quilômetros de distância. Desde seus primeiros anos na escola, a ciência tinha sido sua paixão, seu forte. Mas, espalhadas pelos céus do Texas — ou em qualquer lugar, na verdade —, as estrelas eram algo fora do comum e não simplesmente pontinhos piscando, posicionados aleatoriamente na escuridão.

— Darrell, olhe! — disse Wade, apontando para a carta e depois para o céu. — Aquela é Cefeu. Está vendo? Parece uma caixa com um chapéu pontudo em cima. E ali está uma perna da constelação de Pegasus. Estrelas são como, sei lá, mensagens de bem longe para nós aqui embaixo. Se pelo menos conseguíssemos entender o significado, sabe?

Darrell apertou os olhos.

— Na verdade, não consigo vê-las, mas acredito em você. Faz parte do código dos meios-irmãos. Também acredito que preciso dormir, ou vou morrer.

Começou a voltar para seu quarto.

— Uma vez o Tio Henry escreveu para mim "O céu é onde a matemática e a mágica se tornam uma só". Incrível, né?

— Eu estou me tornando um só com minha cama.

— Amanhã iremos ao observatório do campus — disse Wade. — Você tem que ver isso.

— Já é amanhã e já estou dormindo! — respondeu Darrell e, da porta, virou-se para o irmão. — Mas sério, cara. Muito legal.

Com três passos, já estava na cama, onde soltou um longo suspiro, ficou quieto e, surpreendentemente, caiu no sono.

Wade admirou o céu por mais um minuto, depois fechou a persiana. Dobrou a carta celeste e guardou-a, com cuidado, na gaveta. Onde a matemática e a mágica se tornam uma só. Wade também sentia isso. Do mesmo jeito que sentia seu coração bater. Desde o começo dos tempos, as pessoas liam histórias inteiras nos céus, encontrando o passado, o presente e o futuro no suposto posicionamento de uma estrela com relação à outra... Quando pensava no gentil velhinho que tinha lhe dado a preciosa carta, seis anos antes, ele sorria. "Obrigado mais uma vez, Tio Henry."

Enfiando-se de volta na cama, Wade se sentiu estranhamente calmo.

Não tinha a mínima ideia de que, nos próximos dias, sua vida, assim como a de Darrell, seria dividida em antes e depois daquela noite estrelada.

Capítulo 2

Frombork, Polônia
8 de março
8 horas antes

A noite estava terrivelmente fria para março e mais ainda nas proximidades das águas geladas do Mar Báltico.

Uma jovem, que aparentava menos de 20 anos, apertava o casaco de pele em volta do seu corpo. O vento constante vindo da água balançava o cabelo escuro e longo. Inspirando profundamente para se equilibrar, ela observou a torre quadrada de tijolo, alta e vazia, contrastando com o céu. "Aquele conjunto de estrelas, atrás da torre, com uma forma que lembra um W, é Cassiopeia," pensou ela. O trono da rainha.

Rainha. O título tinha um grande significado para ela. Ou talvez um dia viesse a ter.

Sabia que não poderia demorar-se muito. Uma limusine estava parada a nove metros dali, na beira da estrada, perto dos pinheiros. Dentro dela, quatro homens estavam sentados em silêncio. Esperavam por um telefonema. O telefonema pelo qual ela havia esperado por tanto tempo — anos, de fato. E depois dele? Haveria quilômetros a serem percorridos naquela noite. Ela também sabia disso.

E, mesmo assim, não conseguia se mover.

Seus olhos penetrantes percorriam o amplo acabamento de granito sobre a porta de carvalho e as passarelas e escadas estreitas que cobriam sua parede desde o chão até a alta cúpula, que se erguia suntuosa no céu. Quanto mais ela olhava fixamente para a torre mais o passado tomava conta dela.

E, sem mais nem menos, tinha voltado quinhentos anos, a uma noite sobre a qual tinha ouvido tanto e que parecia tão real, como se tivesse estado lá. A neve rodopiava de encontro às paredes e subindo os degraus da porta. O branco límpido típico da nevasca estava vermelho por causa das chamas que ardiam nas laterais da torre.

"Fogo! Mestre, acorde!" Um menino de 16 anos desceu como um louco os degraus da torre, correndo para a enseada com baldes vazios balançando em suas mãos.

A lenda nos forneceu o nome do menino: Hans Novak.

Em seguida, veio o retumbar de cascos, e a jovem viu os cavaleiros enormes e de aparência cruel, sob placas angulosas de armadura. Suas espadas estavam cobertas de sangue, seus olhos, raivosos como os de lobos. A vila mais à frente era um inferno em chamas. Agora, eles tinham vindo para a execução.

E lá estava ele. O erudito. O matemático. O Mestre. O homem que ela sentia ter sempre conhecido. Ele vinha do alto saltando pelos degraus da torre, sua capa de couro voava de suas costas.

"Demônios!" gritou para os cavaleiros. "Sei por que vieram! Não vou obedecer!" Das dobras de sua capa, puxou uma espada — Himmelklinge, ele a chamava: Lâmina do céu. Pulou para o chão e cravou os pés na neve, enquanto os cavaleiros o rodearam. Eram oito contra um.

O estrondo de espada contra espada ecoou sob o céu cintilante. Além de sábio, o Mestre era também um espadachim, treinado nas antigas artes. Ela sorriu, pensando nisso. Espadachim. Ele desarmou um dos oponentes, depois outro, então um terceiro, fazendo-os cair de suas selas. Não só a Lâmina do Céu agitava-se no ar: também seu punhal, com a lâmina curva, penetrava as fendas das armaduras. O Mestre era rápido e eficiente, treinado pelos melhores espadachins de Bolonha. Mas sua bravura não duraria muito. Dois cavaleiros amarraram o menino, jogando-o no chão — seus baldes, agora cheios, batendo e derramando.

O punhal do sábio parou de cintilar. A Lâmina do Céu silenciou-se.

"Parem!" ele ordenou, baixando a cabeça. "Soltem o menino. Soltem-no, e farei o que o Grande Senhor manda..."

O som da buzina do carro perturbou a atmosfera da noite e trouxe a jovem de volta ao presente. Ela se virou, puxando uma mecha de cabelo para trás da orelha. Se os homens no carro tivessem reparado melhor, talvez tivessem visto uma cicatriz vertical de oito centímetros em seu pescoço, abaixo da orelha. Ela não a escondia. De várias maneiras, a cicatriz era um símbolo da sua sobrevivência.

Mas os homens no carro não ousavam olhar. Apenas um indivíduo cambaleou para fora do banco de trás e avançou até ela. Era raquítico, pálido e recurvado, tinha uma cabeça grande, e tremia em seu casaco fino.

— Eles o encontraram — disse o homem, ansioso, limpando com um dedo a baba que tinha escorrido do canto da boca. — Encontraram o chefe dos cinco. Eles o acharam...

— Onde? — perguntou ela.

— Em Berlim! Como você suspeitava!

Os olhos dela se demoraram na torre mais um pouco.

Seus olhos, um azul, o outro cinza-prateado. Um fenômeno chamado heterocromia ocular. Uma mutação do acaso, ao mesmo tempo uma bênção e uma maldição. Era isso que a tornava tão fascinante?

Pondo para trás uma mecha de cabelo sobre a gola do casaco, ela andou a passos largos até a limusine, deslizou para o banco de trás e pôde ver no retrovisor o motorista sem nome.

— Para o aeroporto — instruiu ela. — Nós cinco vamos para Berlim esta noite.

— Sim, Senhorita Krause — disse o motorista, que tinha um nome, apesar de ela nunca usá-lo. — Imediatamente, Senhorita Krause.

— Galina querida — disse o homem pálido, enquanto sentava no banco ao seu lado —, quando chegarmos a Berlim...

— Silêncio — ordenou ela, e o homem pálido tomou fôlego e baixou o olhar para o colar de rubi que brilhava abaixo da gola do casaco da garota.

A pedra vermelha tinha a forma de uma criatura marítima. Um kraken.

Enquanto o carro partia, com o motor roncando, Galina Krause deu mais uma olhada para a torre escura contra o firmamento estrelado.

Em sua mente, as chamas — como sempre acontecia quando imaginava aquela noite, tanto tempo atrás — serpenteavam mais altas.

— Então — sussurrou para si mesma —, vai começar.

Pouco antes das duas da madrugada, na parte da cidade antes conhecida como Berlim Oriental, em uma rua chamada Unter den Linden, um carro preto comprido arrastou-se até parar, com a facilidade tranquila de uma pantera.

O motor silenciou-se.

* * *

Durante décadas, Unter den Linden — "debaixo das tílias" — tinha sido dividida em duas pelo famoso Muro de Berlim. Agora que a Guerra Fria tinha terminado, e o muro caído, a avenida estava unida novamente e cheia de vida. Três andares acima, uma luz fraca brilhava em um pequeno apartamento. O rosto abatido de um senhor idoso deu uma olhada lá fora nos carros que passavam, nas boates barulhentas, na animação dos pedestres que lotavam a avenida. A noite deles estava em seu auge.

Tudo parecia normal, tudo parecia bem.

Mas nada estava bem.

Heinrich Vogel, professor aposentado de astronomia da Universidade Humboldt, mancou da janela até seu escritório, extremamente perturbado.

"Estaria o grande segredo se revelando afinal?"

"E o que seria do futuro? Da humanidade? Ou, até, do planeta?"

Atiçou a pequena chama na lareira, que ganhou força. Acomodando-se em uma cadeira, ele digitou furiosamente no teclado do computador e parou. Entre os sete jornais sobre sua mesa, estava o diário de Paris *Le Monde*. Seu caro amigo, Bernard Dufort, deveria ter ligado havia duas horas. Ele sempre ligava assim que as palavras cruzadas codificadas ficavam on-line. Nos últimos 17 anos, fazia isso na *segunda* segunda-feira de todo mês. "RIP". Descanse em paz. Humor negro, talvez, mas que passa facilmente despercebido, a não ser que você saiba que deve procurar pelas letras perto da interseção do 48 horizontal e vertical.

Esta noite não houve nenhuma chamada. As palavras cruzadas codificadas não apareceram.

A única conclusão a que Vogel podia chegar era que o sistema de comunicação, tão bem arquitetado, tinha sido violado. O núcleo tinha sido corrompido.

Ao clicar em "Enviar" no computador, ele se perguntou se o colega francês do *Le Monde* teria fugido do seu posto. Ou pior ainda: se não teria morrido, defendendo o segredo deles.

— Seja como for, não posso ficar em Berlim — falou para si mesmo, levantando-se e checando o cômodo. — Tenho que fugir agora e torcer para que meu amigo americano entenda a mensagem... e se lembre dos velhos tempos.

Olhou para o relógio. Mais ou menos duas horas da manhã. Eram seis horas mais cedo no Texas, fim do horário de expediente. Seu amigo veria o e-mail na manhã seguinte. As pistas estavam lá. Era esperar que Roald as conectasse e seguisse.

"Eu o mantive fora disso enquanto pude. Agora, não tenho escolha. E o jovem Wade... Temo mais ainda por ele. Que responsabilidade terrível..."

Tirou o telefone do suporte e digitou um número, esperou ser conectado e falou quatro palavras:

— Carlo, espere uma visita.

Pôs o telefone de volta, sabendo que o número digitado e cada palavra dita seriam retorcidos e alterados de maneira que só poderiam ser decifrados do outro lado da linha. A tecnologia tem suas vantagens, afinal.

Checou o bolso do seu colete pela quinta vez nos últimos cinco minutos e tateou a passagem de trem. Depois, pôs o computador no chão e o pisoteou até o gabinete quebrar-se. Removeu o disco rígido, amassou-o com as mãos e o jogou na lareira.

— O que mais?

Observou o peso de papel em cima da mesa. Era só uma lembrança barata de uma praia. Uma estrela-do-mar — *Asterias,* o termo em latim — feita de vidro.

Asterias. O nome que ele tinha dado a seu seleto grupo de alunos tanto tempo atrás. Tudo isso tinha acabado agora. Ele afagou o peso de papel, em seguida tirou da parede uma foto emoldurada. Era ele duas décadas antes, com três rapazes e duas jovens, em pé sob o brilho azul do letreiro de um café. Todos estavam sorrindo. Professor e alunos. Asterias.

— Meu amigo. — Vogel suspirou para um dos rostos. — Tudo está em suas mãos agora. Espero que aceite o desafio...

Algo estalou ruidosamente na rua abaixo do apartamento. O coração de Vogel acelerou, com medo. Uma porta rangeu, e passos estrondosos subiram os degraus.

— Não, não. É cedo demais...

Ele jogou a foto na lareira, e a porta se abriu com violência. Três homens robustos, com ternos escuros, entraram. Foram seguidos por outro, franzino, de óculos redondos e cabelos lisos, e por uma mulher jovem o suficiente para ser uma das suas alunas.

— Quem são vocês? — gritou Vogel, arrastando o peso de papel pela mesa e agarrando-se a ele com toda força.

Sabia muito bem quem eles eram. Os inimigos do Homem.

O primeiro bandido deu um golpe para derrubá-lo. Vogel caiu de joelhos, depois por completo.

— Assassinos! Ladrões! — berrou, enquanto os outros dois correram para o interior do pequeno apartamento, revirando tudo.

A mulher ficou de pé à porta, tão calma e silenciosa quanto uma cobra enrolada. O que havia de errado em sua expressão? Ela era linda. Parecia até um anjo.

Mas, por outro lado... aqueles olhos.

Seria *ela* a tal?

Os homens rasgavam os livros das prateleiras. Mesas se despedaçavam no chão. Poltronas, cama, travesseiros: tudo cortado. Sua preciosa coleção de instrumentos musicais jogada de lado como se fossem brinquedos sem valor.

— Bárbaros! — gritou o velho. — Não há nada aqui!

O homem corcunda, de pele pálida e óculos como se fossem um segundo par de olhos, inclinou-se sobre ele.

— Seu parceiro em Paris te entregou — rosnou ele para Vogel. — Você está com a chave das relíquias. Entregue-a para nós.

Com adrenalina percorrendo suas velhas veias, Vogel agarrou o peso de papel em forma de estrela-do-mar e o bateu com força na têmpora do homem pálido.

— Aí está a chave. Direto na sua cabeça!

O homem esquálido apalpou a têmpora ensanguentada.

— O que você fez com meu rosto, idiota?

— Deixei melhor do que antes! — explodiu Vogel.

Um dos homens robustos ajoelhou-se e apertou sua enorme mão ao redor do pescoço do velho. Ele sorriu ao juntar os dedos.

— Tome seu último fôlego, velho idiota! — berrou o homem pálido.

Vogel soltou um riso frio.

— Não, não o último...

A mulher olhou para Vogel e para o fogo.

— Ele contou para alguém! Há algo na lareira. Pegue!

Sem pensar, o homem pálido enfiou a mão nas chamas, gritando enquanto puxava o HD ardente para o chão. A foto já tinha virado cinzas.

— Descubra para quem ele contou — ordenou a mulher, fria. — Deveria ter desconfiado. A chave nunca esteve aqui. Acabem com ele. Joguem o corpo na rua. Não deixem pistas...

Sem conseguir respirar, Vogel se balançava freneticamente. Ele derrubou um suporte para partituras na esperança de agarrar sua haste. Em vez disso, a única coisa que veio parar em sua mão foi um velho diapasão de prata.

Enquanto a vida escorria rapidamente do corpo do velho, Galina Krause olhava fixamente para ele com os olhos de duas cores. Um azul. Um cinza-prateado.

— Vá em frente, Vogel. Toque pra gente. Toque seu canto do cisne...

Capítulo 3

Austin, Texas
9 de março
8h03

Wade e Darrell se revezaram empurrando a porta do observatório da Universidade do Texas. Ela não mexia.
— E é por isso que papai lhe deu a chave — disse Wade.
— Que dei para você.
— Não, não deu.
— Tenho quase certeza de que sim — respondeu Darrell.
— Quando?
— Antes.
— Antes quando?
— Antes de você perdê-la.
Wade resmungou:
— Eu não perdi a chave. É *impossível*. Porque eu vi quando o papai a entregou para você. No escritório dele. Quando ele nos deixou lá, para levar Sara ao aeroporto.
— Sara. Você quer dizer a senhora a quem chamo mãe?
— Sara me deixa chamá-la de Sara — respondeu Wade. — O que não tem nada a ver com o que estamos falando. Lembra? Papai pegou a chave da gaveta da mesa. E deu para você. Isso parece familiar?
Darrell apalpou os bolsos.

— Não, nada familiar, e continuo sem a chave.

— Você deve tê-la deixado em cima da mesa.

Wade empurrou Darrell para o lado e refez seu caminho pela estreita escada de ferro que levava a um pequeno escritório no terceiro andar do Painter Hall.

O pai de Wade — padrasto de Darrell — era o Dr. Roald Kaplan, professor de astrofísica da Universidade do Texas em Austin. O Painter Hall, antigo prédio do departamento de física, era a sede de um observatório octogenário, onde se alojava um dos maiores telescópios ainda operados por um complexo sistema de manivelas e roldanas.

Wade suspirou.

— Darrell, você tem de ver esse telescópio. Não dá para acreditar que depois de... o quê?... três anos, nós ainda não trouxemos você aqui. É completamente *steampunk*: cheio de guinchos, engrenagens, alavancas e pesos.

Um brilho de interesse passou pelo rosto de Darrell. Como sempre, ele respondeu da sua maneira não convencional:

— Eu realmente gosto do punk chamado *steamy*.

Como estavam na semana de folga do colégio, os dois garotos estavam ansiosos por esses dias sem aulas. O que, para Wade, significava nove dias lendo livros teóricos sobre astronomia e nove noites estudando as estrelas no observatório da universidade. Ele tinha certeza de que, para Darrell, a folga significava uma estranha combinação de hibernação e comilança ininterrupta.

Ou detonar sua guitarra Stratocaster no volume máximo.

Havia meses, Darrell vinha tentando, sem sucesso, montar uma banda. Wade achava que havia duas razões para isso. Primeiro, Darrell queria dar à sua banda o nome de Simpletones, o que supostamente deveria ser engraçado, mas talvez não fosse. E segundo ele só queria tocar surf-punk, que Wade tinha quase certeza que nem existia.

Eles pararam em frente ao escritório do pai. Wade agarrou a maçaneta e tentou girá-la. Aquela porta também estava trancada.

— Tá de brincadeira comigo? — reclamou ele. — Papai só vai voltar do aeroporto daqui a meia hora. Tenho de mostrar esse telescópio para você. Onde será o escritório da central de segurança do campus? Eles vão nos deixar entrar...

— Não se mexa. Acho que peguei um mapa do campus — disse Darrell, enfiando a mão no bolso do jeans. — Se é que o segurança vai estar de pé. Ainda são... tipo oito horas. O que, por alguma razão, me lembra que estou com fome.

— Você comeu um muffin há uma hora.

— Exato. Há uma hora. Você acha que papai nos deixaria ir almoçar mais cedo? Quanto tempo acha que tudo isso vai... ops!...

— "Ops" *o quê?*

Darrell tirou do bolso uma chave de bronze envelhecido.

— É isto que estamos procurando?

— Sabia — resmungou Wade. — Vamos.

— Está bem, mas vamos continuar sem nada para comer?

Wade riu.

— Sinto muito, cara.

Darrell murmurou qualquer coisa, depois cantarolou um solo rouco de guitarra, enquanto eles subiam para a cúpula do prédio. Bom, pensou Wade. Isso é o que Darrell fazia quando estava mais ou menos feliz: ficar obcecado com comida e cantarolar *riffs*.

Cinco minutos mais tarde, os garotos empurraram a porta do velho observatório, e a energia do grande espaço tomou conta deles como uma onda do passado.

Darrell assoviou.

— Você não estava exagerando; *steampunk*!

Centralizado diretamente abaixo da enorme cúpula de cobre, ficava o famoso telescópio do Painter Hall. Construído em 1933, era um tubo de ferro com 3,6 metros de comprimento, apoiado em uma plataforma de tijolo e meticulosamente equilibrado por um peso gigante, o que fazia que fosse facilmente direcionado para qualquer posição. Wade explicou que as lentes do telescópio tinham um diâmetro de menos de 23 centímetros — mínimas, se comparadas, por exemplo, às do telescópio do Observatório McDonald, cujo espelho media 11 metros, de lado a lado. Mas esse era um instrumento histórico, e Wade o adorava. Ele tinha paixão por lugares onde a ciência e a história se entrelaçavam. Havia algo de mágico em lentes, engrenagens e mecanismos, que tornava a exploração muito mais — que palavra poderia usar? — *humana*.

A ligação de Wade com o antigo telescópio do Painter Hall já vinha de muito tempo, desde a primeira vez em que seu pai o tinha trazido àquele espaço redondo. Foi lá que ele aprendeu a localizar os planetas e as constelações. Foi naquele observatório que leu sobre a mitologia por trás dos nomes exóticos. Foi lá que começou a entender seu próprio ínfimo lugar no imenso cosmo do espaço.

Onde a matemática e a magia se tornam uma só.

— Nada mau, hein?

— Nada mau mesmo. — Darrell pulou para a plataforma. — Cabos, manivelas. Alavancas. Um *clock drive*! Muito retrofuturístico. Adorei! Que tipo de coisas incríveis isso faz?

— Durante o dia, nada demais. Mas vamos voltar esta noite, e aí veremos estrelas de verdade. Não mexa em nada até eu encontrar as instruções. Você vai ficar maluco com o jeito como ele gira só com um toque. — Wade saltou até uma pequena mesa perto da porta. Seu pai estava escrevendo sobre a história do telescópio e tinha montado um posto de pesquisa lá. — Espere só um pouco. Marte vai estar tão perto que vai parecer um prato.

— Queria estar perto de um prato de comida — disse Darrell. — Não achou nada para comermos?

— Desde a última vez que você perguntou? Não. Mas por que não checa nesses bolsos que você nunca olha?

— Porque é claro que nunca carrego comida... ops... — Darrell tirou do outro bolso um pacote fino. — Chicletes é comida, né?

— É, se você engolir — respondeu Wade.

— Sempre engulo.

Antes de conhecer Darrell e a madrasta, Sara, três anos antes, Wade tinha esperado por uma eternidade que seus pais voltassem a ficar juntos. Ele tinha ficado arrasado ao perceber que eles nunca voltariam a viver juntos e ainda sofria com a ideia de que o passado realmente não voltaria. Mas sempre via a mãe (ela morava na Califórnia, agora), e estava começando a entender que a vida continua e você aprende a lidar com um monte de coisas. Também tinha de admitir que as novas famílias estavam indo muito bem.

— Dá para acreditar que mamãe ficará perdida nas florestas da América do Sul por uma semana? — perguntou Darrell de cima da plataforma. — Bem, não exatamente perdida, mas caçando um escritor maluco?

— Pois é, uma semana sem celular, eletricidade, nada.

— Só insetos — completou Darrell. — Muitos insetos. Depois, ela vai para Nova York. E Londres. Minha mãe viajante de primeira classe.

— Sara é muito incrível — disse Wade.

— É. *Minha mãe é.*

De qualquer forma, a melhor parte mesmo do negócio todo era Darrell. Desde o momento que os dois garotos se conheceram, ele tinha se tornado o irmão que Wade sempre quis ter. Eles se completavam em quase tudo, mas, por outro lado, Wade e Darrell eram completamente diferentes um do outro.

Darrell tinha cabelo escuro e curto, pele morena e olhos castanho-escuros, que ele puxou do pai tailandês. Wade era claro, louro e esguio. Darrell tinha 1,62 metros e tocava guitarra de uma maneira que podia ser realmente excelente ou só barulhenta. Wade era oito centímetros mais alto e tinha um iPod, cheio de músicas de Bach, porque Bach não era barulhento e era o mais matemático dos compositores, além de ser alguém a quem sua mãe o tinha ensinado a admirar. Darrell era um jogador júnior de tênis profissional — atletas com menos de 18 anos. Wade usava calçados que mais pareciam de jogadores de tênis mesmo. Darrell se sentia bem com quase todo mundo. Wade se sentia melhor com Darrell do que consigo mesmo. E, para terminar, Darrell sorria tranquilo até quando estava dormindo. Já Wade praticamente tinha inventado a paranoia.

E, naquele instante, ele sentiu um baque repentino de preocupação.

Ao procurar pelo manual operacional do telescópio na mesa, acidentalmente moveu o mouse do computador do pai. O descanso de tela sumiu, e um e-mail apareceu. Sem querer, ele viu quem o tinha enviado.

Heinrich Vogel.

— Não pode ser — sussurrou Wade. — Tio Henry?

— Não, meu nome é Darrell — brincou o irmão, de cima da plataforma. — Achei que depois de ser meu irmão por três anos, você saberia disso.

— Não. Papai recebeu um e-mail do Tio Henry. A gente acabou de falar sobre ele. Você sabe que ele não é meu tio de verdade, né? Ele era professor do meu pai na faculdade na Alemanha. Não o vejo desde que tinha sete anos.

Darrell desceu pulando os degraus e deu uma olhada sobre o ombro de Wade.

— E-mails são particulares. Não leia. O que ele diz?

Wade tentou não ler, mas seus olhos não obedeceram.

> I guygas sib eamiuy.
> Yniuy luynaedyb dszbdlyeyb tihatyuyi y ytislatau.
> Juilafy i xanyei ei hablua.
> Astislua yb eiva uaxdkzdyb.
> Mita a i zxldhi.

Darrell franziu a testa.

— O papai lê alemão? Ou isso é russo?

— Nenhum dos dois. É um tipo de código.

— Código? Espera aí, nosso pai é um espião? Ele é espião, não é? Claro que é. Ele nunca me falou que era, o que é exatamente o que um espião faria. Por isso usa aquela barba. Ninguém sabe como ele realmente é debaixo dela.

— Não, Darrell.

— Deve ser um agente duplo. Esses são os melhores. Não existem mais agentes que não sejam duplos. Ou, não, um agente *triplo*. Melhor ainda. Espera, o que é um agente triplo...

A porta rangeu.

— Então, é aí que vocês estão!

Wade disparou para longe da mesa assim que seu pai entrou no observatório.

— Pois é! — respondeu Wade.

Roald Kaplan tinha sido um corredor durante o ensino médio, um campeão de corrida de longa distância na faculdade e ainda corria algumas maratonas. Era elegante, alto e bonito atrás dos óculos de sol e da barba escura e curta.

— Sara decolou em segurança para a Bolívia. Obrigado por ficarem aqui enquanto resolvíamos os últimos detalhes. O que estão fazendo?

— Bem... — Darrell engoliu em seco. — Eu achei chicletes.

— E eu... — disse Wade — Não...? Er...

Darrell limpou a garganta.

— O comportamento estranho de Wade mostra que ele está preocupado. O que, eu sei, não é nenhuma novidade, mas ele encontrou uma coisa bizarra no seu computador...

Wade apontou para a tela do computador.

— Pai, sinto muito, mas foi sem querer que vi a tela. Sei que não devia ter lido o e-mail, mas eu o vi e... O que está acontecendo? É do Tio Henry, mas parece um código.

O Dr. Kaplan parou por um momento. Seu sorriso se desfez. Ele se inclinou por cima de Wade e apertou uma tecla. O e-mail saiu em papel de uma impressora próxima. Em seguida, ele deletou o e-mail e desligou o computador.

— Não aqui, não agora.

Capítulo 4

— Você pode pelo menos nos dizer por que o Tio Henry escreveu um código para você? — perguntou Wade quando eles entraram no carro. — Ele está com algum problema? Ou em perigo? Pai, *nós* estamos em perigo?

— Você se preocupa demais — respondeu o Dr. Kaplan, sem muita convicção.

— O Tio Henry é espião? — perguntou Darrell. — Porque, se ele for, isso é demais! Um espião na família seria simplesmente sensacional e incrivelmente irado. Como vocês já devem saber, eu seria um espião perfeito...

— Garotos, por favor — interrompeu o Dr. Kaplan, ziguezagueando pelo tráfego do campus e das ruas. — Tenho certeza de que o Tio Henry está bem, e essa mensagem não deve passar de uma piada. De qualquer modo, ela não fará nenhum sentido para vocês, ou nem mesmo para mim, até chegarmos em casa. Há algumas peças do quebra-cabeça que preciso colocar no lugar. Até lá...

Quebra-cabeça? Wade não sabia o que dizer. Ficou sentado, em silêncio, olhando pela janela, durantes os vinte minutos viajando de carro do campus até as colinas, no oeste de Austin.

Darrell não ficou sentado calado.

— Acho que matei a charada. O Tio Henry é professor na Alemanha, mas está, secretamente, agindo como espião. Ele é um mestre da criptografia e está tentando recrutar você para espionar também. Pai, se você não aceitar, eu aceito. Claro. Sei que ser professor é um bom disfarce. Eles fingem ficar sentados em suas salas, debruçados sobre seus livros e outras coisas, enquanto, em segredo, estão executando todo tipo de missão. Mas alunos do fundamental são melhores ainda. Ninguém suspeitaria da gente. Wade, você também poderia ser um espião. Claro que você cuidaria da papelada, enquanto eu correria o mundo com minha banda como disfarce. O que não quer dizer que os Simpletones seriam uma banda de disfarce. Seríamos uma banda de verdade e tocaríamos só material original. Eles chamam isso de trabalho de campo. Eu seria um agente de campo. *Agente* é o termo técnico para "espião"...

Darrell não parou de falar, e Wade se viu obrigado a se desligar para conseguir refletir, o que sempre fazia quando o irmão abusava da guitarra.

Desde que o Tio Henry tinha lhe dado a antiga carta celeste, em seu sétimo aniversário, Wade se tornara um fanático por mapas e gráficos estelares, cursos e rotas dos corpos celestiais. Ele tinha ficado acordado toda noite, durante semanas, estudando a carta sob a luz da lua e de uma lanterna. Claro que tinha aprendido a maioria das coisas com seu pai, astrônomo brilhante, mas provavelmente a carta celeste era o que tinha conquistado sua imaginação mais profunda. Ela era antiga, estranha e misteriosa, e em sua mente Wade associava todas essas características com as próprias estrelas. Por causa do seu pai e do Tio Henry, ele passou a adorar o céu noturno mais do que qualquer outra coisa.

Quando finalmente viraram na entrada da ampla casa com vista para o vale, Darrell quase explodiu no banco de trás.

— O Tio Henry *é* um espião! Tem alguém bisbilhotando a nossa casa!

Enquanto o Dr. Kaplan diminuía a velocidade, uma silhueta correu pela lateral do jardim e desapareceu na escuridão do pequeno telhado que cobria a porta da frente.

Wade ficou paralisado.

— Pai, vamos sair correndo daqui...

— Yu-huu!

Uma garota usando shorts e uma camiseta cortada de forma estilosa saiu dali e veio até o carro, puxando uma mala alaranjada atrás dela.

Era Lily Kaplan, prima de Wade, sobrinha do seu pai.

— Surpresa, pessoal!

— Lily?! Isso realmente é uma surpresa — disse o Dr. Kaplan, baixando a janela.

— Tipo, o que você está fazendo aqui? — perguntou Darrell.

— Tipo, é um prazer ver você também — respondeu Lily, tirando uma foto de Darrell com seu celular. — Ah, com certeza vou postar essa carinha. — Seus dedos voavam pelo telefone enquanto ela falava. — Era para eu estar em Paris com meus pais agora — explicou. — Isso fica na França. Uma das minhas amigas da escola até ia comigo. Íamos fazer compras. Bem, eu ia. Muitas compras. Mas mamãe ficou gripada. Demais. E papai teve que ir para Seattle trabalhar. Então, tchau França, e é por isso que ele ligou para você, Tio Roald, e... Espera. Você *conversou* com meu pai, né? Ele disse que ia ligar para você.

O Dr. Kaplan franziu a testa.

— Eu... — Ele catou o celular e tentou várias vezes ligá-lo. — A bateria deve ter acabado. Desculpe, não recebi a mensagem dele.

Lily estalou a língua.

— Ninguém deveria deixar a bateria acabar. Eu nunca deixo a minha acabar. Seu celular é como seu cérebro. Mais importante, até. De qualquer maneira, meu pai nos deixou aqui para passar a semana e tchan-ran! Aqui estamos nós!

Alguma coisa acendeu na mente de Wade.

— *Nós?* Aqui estamos *nós?*

Lily se virou e acenou para a casa.

— Becca veio comigo. Wade, você se lembra da Becca, né?

Claro que ele se lembrava.

Becca Moore.

No momento em que Becca saiu da sombra do telhado, Wade se levantou como um soldado em guarda. Ele não conseguia evitar. Era instintivo e estranho. Ele sabia disso. Mas, além de ser estranho, era doloroso, porque Wade ainda estava dentro do carro. É impossível se levantar em um carro. Nem em conversíveis, o que o carro do pai não era. Ao esmagar a cabeça no teto do carro, ele sabia que a cena devia parecer extremamente ridícula.

Garotos não se levantavam para uma pessoa qualquer.

Mas, por outro lado, Becca Moore não era uma pessoa qualquer. Ela era... interessante. O cérebro dele não o deixava ir além disso.

Interessante.

Becca tinha nascido em Massachusetts e mudado para Austin quando tinha oito anos. Era alta e clara, tinha cabelos longos e castanhos, quase pretos, que mantinha presos em um rabo de cavalo. Wade tinha um pouco de medo dela, porque ela era muito inteligente, mas não fazia propaganda disso, e era quase tão calada quanto ele — o que era outra coisa legal. Ao andar até o carro, estava usando uma camisa vermelha desbotada do Festival do Livro Juvenil de Austin de 2012, uma *legging* jeans e sapatilhas cinza tão macias que quase não faziam barulho, era como se estivesse descalça.

Interessante.

O Dr. Kaplan desceu do carro e abraçou as duas.

— Bem, estamos contentes que tenham vindo nos visitar. Entrem!

Darrell não conseguia conter o riso, enquanto Wade se desdobrava para sair do carro e ir mancando até a porta da frente.

Logo que todos se amontoaram dentro de casa, Lily começou a rodar entre eles.

— Xis! — Ela tirou outra foto com seu celular. — Sensacional! Wade de olhos fechados, Darrell com cara de... Darrell.

Em seguida, encontrou um lugar na sala de estar, puxou da bolsa um tablet e imediatamente começou a digitar no touchscreen. Olhou para cima.

— Estou fazendo um blog de viagem. Mas vocês já sabiam disso, né?

Ninguém sabia. Se Wade tivesse imaginado que acabaria na internet, teria penteado o cabelo naquela manhã. Ou lavado.

Lily fez uma careta ao digitar. "Feriado/Dia 1. A Grande Decepção. Uma semana com meus primos Wade e Darrell. Mal consigo convencer meus dedos a digitarem essas palavras..."

Darrell fechou a cara.

— Haha.

Conseguindo, com dificuldade, tirar os olhos de Becca, que estava sentada em silêncio no sofá, ao lado de Lily, Wade observou o pai se mover distraidamente pela sala. Era óbvio que o e-mail codificado ocupava sua mente. Claro que sim. Código. Para que servia um código a não ser para guardar um segredo de alguém? De quem o Tio Henry e o pai precisariam guardar segredos?

Quando a conversa exaltada entre Lily e Darrell finalmente parou, ele levantou o assunto:

— Pai, o e-mail?

— Preciso da sua carta celeste — disse o pai, como se também estivesse esperando por uma calmaria. — O mapa estelar que Tio Henry lhe deu quando você tinha sete anos.

Wade piscou.

— Mesmo? Por quê?

— Você vai ver — respondeu o pai.

Capítulo 5

No silêncio do seu quarto, Wade abriu a gaveta de cima da mesa. Tirou de lá a pasta de couro, como tinha feito na noite anterior. A carta, tão preciosa e rara, seria agora o centro da atenção de todos. "Mas por que papai queria a carta?" Intrigado, levou o mapa para a sala de jantar, onde encontrou todos sentados à mesa.

Seu pai puxou uma cadeira para ele.

— Wade, abra a carta, por favor.

Ele abriu a pasta, expondo a folha de pergaminho grossa, dobrada duas vezes. Viu algo que não deu pra ver no escuro do seu quarto, na noite anterior: no verso, com letras escritas a lápis e já desbotadas, "Feliz aniversário, Wade". Com cuidado, desdobrou o pergaminho e o estendeu sobre a mesa.

Becca se inclinou sobre ele, e seus olhos brilharam.

— Wade, que lindo! Uau...

— Obrigado — respondeu ele, em voz baixa.

Aberta, a carta tinha aproximadamente o tamanho de um pôster. Tinha sido impressa no ano de 1515 e era pintada à mão de forma primorosa. Os céus eram azul-escuro, e as 48 constelações originais, descritas pelo astrônomo grego Ptolomeu, eram desenhadas e marcadas com estrelas em tinta prateada.

Crater, Lyra, Orion, Cassiopeia e todas as outras. Ao longo da borda da carta, havia uma sequência de letras douradas, uniformemente distribuídas, formando um alfabeto incompleto — que sempre tinha intrigado Wade e sobre o qual o pai nunca tinha dado nenhuma explicação.

— Ok, então — disse o Dr. Kaplan, inspirando profundamente. — Primeiro, temos o e-mail. — Tirou do bolso da jaqueta o e-mail impresso e, em seguida, passou os dedos pelas letras que contornavam a carta celeste de Wade. — O Tio Henry lhe deu este mapa no seu aniversário, pois sabia que você iria adorá-lo.

— E adoro — completou Wade, em um tom quase de reverência. — É o que me levou a ficar aficionado pelas estrelas.

— Eu sei — disse o pai. — Talvez você não se lembre de eu ter mencionado, mas aquela não foi a primeira vez que eu vi esta carta. Heinrich a mostrou para mim quando eu ainda estava estudando, muitos anos antes de você nascer. Naquela época, ele tinha um pequeno apartamento — ainda tem.

— Você o encontrou depois disso? — perguntou Becca.

— Uma vez, e depois só cartas, e-mails esporádicos — respondeu o Dr. Kaplan. — Heinrich sempre colecionou antiguidades. Uma noite, há uns vinte anos, diante de mim e alguns outros alunos, ele abriu cinco impressões idênticas, todas pintadas à mão, da mesma carta do século XVI. Esta carta. Enquanto todos observávamos, ele pegou uma caneta, mergulhou-a em tinta dourada e, sem falar uma palavra, escreveu um alfabeto na borda de cada uma.

— Mas o alfabeto está todo bagunçado — disse Lily. — Só tem... 17 letras.

Em seu tablet, ela digitou as letras douradas que cercavam a carta celeste, enquanto Darrell as escrevia em um caderno amarelo.

C D F G H I J K M O P V W Y Z

— Claro — concordou o Dr. Kaplan, pegando seus óculos para leitura. — Notamos isso também. Heinrich nos explicou que nossos alfabetos eram parte de uma cifra, um código, que ele mesmo inventou. Disse que talvez um dia precisássemos usá-lo e que, antes disso, ia se assegurar de que cada um de nós recebêssemos uma cópia da carta. Assim, guardou os mapas, antes mesmo de termos chance de tentar entender. E foi isso. Não pensei muito mais sobre as cartas, até seu sétimo aniversário, Wade, quando ele lhe deu esta. Nessa ocasião, ele não fez qualquer menção ao código. Imaginei que não tinha mais importância.

Darrell balançou a cabeça devagar.

— Mas tem importância. E isso prova que eu estava certo. Ele era um espião. Fingia ser professor, mas era um agente secreto.

O Dr. Kaplan abriu um sorriso.

— Realmente, acho que não. Agora ele está aposentado, mas era um dos físicos mais importantes da sua época. Quando nos mostrou as cartas pela primeira vez, nos fez jurar segredo. Deu a nosso pequeno grupo de cinco alunos o nome de *Asterias*, palavra para "estrela-do-mar" em latim. Éramos, Heinrich disse, como as cinco pontas da estrela-do-mar, e ele era a cabeça. Na época, aquilo pareceu meio bobo. Uma excentricidade de professor. Mas estávamos nos formando, e cada um seguiria seu caminho; então, todos concordamos. Nos últimos anos, perdi contato com a maioria dos outros, e ele nunca me pediu para usar o código. Até hoje.

Wade inspirou profundamente para tentar se acalmar. Não funcionou. Uma centena de perguntas ressoavam em sua cabeça.

— Você está dizendo que com o código no mapa vamos decodificar o e-mail?

— Mas nem todas as letras estão lá — observou Becca. — Se for um código de substituição padrão, é necessário ter todas as 26 letras.

Todos olharam para ela.

— Código de substituição? — perguntou Darrell. — Ah, tá! Deixando de lado, por um instante, o próprio significado de código de substituição, como é que você sabe da existência disso?

O rosto de Becca ficou um pouco vermelho.

— Eu leio. Muito. No verão passado, li todas as histórias de Sherlock Holmes. Sabe do que estou falando, né, Dr. Kaplan?

Ele sorriu.

— Sei. Sherlock Holmes decodifica códigos de substituição em várias histórias. Quando perguntamos a Heinrich sobre as letras faltando, ele só piscou e, com um olhar malicioso, tamborilou a lateral do nariz. Nós o pressionamos para falar mais, e ele disse: "Quando faltam coisas, é preciso procurar por elas!" Vocês são todos muito espertos, então, qual é o primeiro passo a dar? Que letras estão faltando?

Aparentemente, Lily já tinha pensado nisso e contou a eles, com uma careta:

— A, B, E, L, N, R, S, T e U!

— Ótimo — respondeu o Dr. Kaplan e as escreveu no caderno de Darrell.

A B E L N R S T U

— Nove letras. O código começa como uma Cifra de César relativamente fácil. Esse código de substituição foi criado, há milhares de anos, por Júlio César, para codificar suas próprias cartas. Heinrich era um estudioso de códigos e alterou esse de uma maneira pessoal. Assim, as letras que não estão na carta celeste formam uma palavra ou sentença secreta. Você coloca essas letras na ordem correta para encontrar uma palavra e, em seguida, põe essa palavra no começo do alfabeto para voltar a ter o total de 26 letras.

— Nove letras podem formar um monte de palavras — observou Darrell.

O Dr. Kaplan balançou a cabeça, concordando.

— Mas, de alguma maneira, ela deve fazer sentido para a pessoa para quem o código foi destinado... — Ele fez uma pausa, coçando o queixo. — Meu diário. Naquela época, eu tinha um diário, um bloco de anotações, no qual escrevia meus registros das aulas e várias outras coisas. Está no meu escritório. Só um minuto.

Ele deixou a sala às pressas.

— Podemos começar — disse Becca. — A, B, E, L, N, R, S, T e U. Vamos pensar.

A sala de jantar ficou em silêncio, exceto pelo barulho do lápis de Darrell rabiscando o papel e seu cantarolar esporádico e pelo tique-taque dos dedos de Lily no tablet. Becca, do outro lado da sala, estava com a testa franzida e o olhar perdido.

Wade tentou pensar, mas a imagem do Tio Henry escrevendo com tinta dourada nas cartas era hipnótica. Teria sido à luz de velas, os rostos dos alunos brilhando? Será que seu apartamento estava tão silencioso quanto a sala de jantar, agora? Por que razão ele teria feito aquilo?

O pai voltou, folheando um pequeno bloco de anotações preto.

— Talvez a resposta esteja aqui, em algum lugar...

— Eu consegui as palavras "bela", "lá" e "nutre" — disse Darrell finalmente.

— Claro que conseguiu. — ironizou Lily. — Achei "surte".

— E eu "trens bula" — disse Becca, com um sorriso. — Vou ganhar um prêmio por ter usado todas as letras?

Wade teve de se segurar para não sair pulando e gritando: "Sim, você vai!"

Mas, quanto mais ele estudava as letras, mais elas trocavam de lugar, como os quadradinhos daqueles quebra-cabeças de mover os números. Era assim que normalmente resolvia problemas de matemática. Seu pai dizia que ele tinha um dom para números. E, agora, parecia que para letras também...

Combinações comuns de letras se moviam para frente e para trás... vogais trocavam de lugar sem parar. Fixando os olhos em todas, Wade mais uma vez leu uma a uma. E de novo... e então *clique*. Resolvido. Ou quase resolvido. Ele limpou a garganta.

— Bem... — Quatro rostos se viraram para ele. — Uma coisa que as letras formam é *blue star*, mas sobra um N. Não sei como o N se encaixa, mas a expressão *blue star*, estrela azul, realmente existe. Quando uma estrela parece azul, significa que ela está se aproximando da Terra.

O Dr. Kaplan olhou fixamente para as letras no caderno, acenando a cabeça. Depois, abriu seu bloco na última página e sorriu.

— Ah, foi por pouco. Bem pouco. Mas olhem isso.

Enquanto todos o observavam, ele reescreveu BLUE STAR N, em outra ordem: *BLAU STERN*.

— *Blau stern*? — perguntou Becca. — É *estrela azul* em alemão.

— Exato — concordou o Dr. Kaplan, mostrando as palavras em seu bloco. — *Blau Stern* era o nome do café onde nos encontrávamos depois das aulas...

— Sabia! — exclamou Darrell. — O ponto de encontro dos espiões!

Capítulo 6

Roald suspirou.

— Longe disso, Darrell. Mas conseguimos. Ótimo trabalho. Agora, pegamos a frase secreta e a colocamos na frente do alfabeto incompleto, para termos as 26 letras totais.

Eles reescreveram o alfabeto.

B L A U S T E R N C D F G H I J K M O P Q V W X Y Z

— E agora escrevemos o alfabeto normal abaixo deste? — perguntou Lily.

— Não exatamente — disse o Dr. Kaplan. — Ao invés de um segundo alfabeto, Heinrich acrescentou um passo extra. Precisamos de um número chave. Temos de saber quantas letras devemos contar do início e, assim, descobrir em qual começar a substituição.

— Há um número no mapa? — perguntou Lily. — Talvez a gente já tenha esse número, mas ele esteja escondido no mapa de Wade.

— Boa ideia, Lil. — Becca começou a estudar a carta celeste.

Wade notou uma coisa que ela fazia, quando estava se concentrando. Um franzir dos lábios.

O Dr. Kaplan se levantou.

— Sim, boa ideia, mas há centenas de números na carta. Coordenadas, graus. Minha sensação é de que o Tio Henry teria apontado o número diretamente, com uma pista específica...

— Talvez ele tenha, com isto — disse Wade e virou a ponta da carta, mostrando o verso. Em letras apagadas, lia-se "Feliz Ani-versário, Wade".
— Mamãe me disse que escrever a lápis é o melhor para manuscritos. Dura muito tempo, e dá pra apagar e refazer. Enfim, um aniversário é um número.

— Caramba! — exclamou Lily. — Wade, quando é seu aniversário?

— Dez de junho.

— 10 e 6. — disse Becca. — 16. Então, a substituição para cada letra está 16 letras à frente? Vamos começar.

Eles contaram 16 letras desde a primeira da mensagem codificada.

I guygas...

tornou-se

S apiaoq...

Darrell tentou pronunciar as palavras.

— S apiaop?

Lily virou-se para Roald:

— Isso não é uma língua, é?

— Não — respondeu ele. — A gente deve ter feito a substituição errada.

— Espere — disse Becca, tamborilando no mapa. — Se o seu tio gosta de códigos e quebra-cabeças, talvez ele tenha pretendido que *tudo* relacionado à mensagem seja uma pista, certo? E o que me dizem do sinal de menos em "ani-versário"?

Wade se inclinou sobre a inscrição a lápis.

— Talvez essa seja só a maneira europeia de escrever. É, pai?

O pai levantou uma sobrancelha.

— Ou talvez Heinrich esteja nos falando para subtrair o dia do aniversário. Ou seja, 10 de junho não é dez mais seis. É dez menos seis. Vamos tentar quatro.

Eles fizeram assim.

I guygas...

tornou-se

O kraken...

— Estas palavras existem! — gritou Lily. — Agora, sim!

O Dr. Kaplan riu.

— Então, o número é quatro. Temos de contar quatro letras desde o começo do código, para termos a letra correta, assim.

Por alguns minutos, ele fez anotações no caderno de Darrell e, depois, mostrou para os outros.

$B = S$
$L = T$
$A = E$
$U = R$
$S = N$
$T = C$
$E = D$
$R = F$
$N = G$
$C = H$
$D = I$
$F = J$
$G = K$
$H = M$
$I = O$
$J = P$

$K = Q$
$M = V$
$O = W$
$P = X$
$Q = Y$
$V = Z$
$W = B$
$X = L$
$Y = A$
$Z = U$

— Se tivermos acertado a cifra de decodificação, a letra B no e-mail na verdade representa o S, e assim por diante, seguindo a ordem. Então, quando a mensagem inteira for traduzida...

O Dr. Kaplan rabiscou o caderno por vários minutos, respirando de maneira cada vez mais animada, até que soltou o lápis e disse:

"O kraken nos devora.
Agora, tragédias inusitadas começarão a acontecer.
Proteja o Legado do Mestre.
Encontre as doze relíquias.
Você é o último."

Wade sentiu um aperto no peito. "Você é o último." Isso nunca era uma mensagem boa, especialmente quando estava codificada. Mas e as outras palavras? Tragédias? Legado? Relíquias?

— Mestre? — perguntou Darrell. — Um líder?

O Dr. Kaplan balançou a cabeça negativamente.

— Está mais para um título de respeito, como *professor*.

— OK, mas não vamos chamar você de Mestre, pai.

— E kraken? — perguntou Lily. — O que é?

— É um tipo de lula gigante — respondeu Becca. — Um monstro do mar das lendas, histórias e coisas assim.

Wade piscou. "De onde ela tira essas coisas? Cifras de substituição e krakens? Será que é mesmo por causa de todo o tempo que passa debruçada em livros, ou ela é na verdade um gênio? De qualquer forma, ela é fascinante."

— Como seu tio sabia ontem sobre as tragédias que estão noticiando esta manhã? — perguntou Lily.

— Que tragédias? — perguntou Darrell.

— Coisas que estão acontecendo pra todo lado. Estão mostrando na internet a manhã toda. Olhem. — Lily abriu uma página de notícias em seu tablet e a percorreu. Abaixo das notícias de política, havia uma reportagem com foto sobre um prédio que tinha caído no centro do Rio de Janeiro. Abaixo dela, havia várias matérias sobre um petroleiro afundando no Mediterrâneo. — Não é bem estranho que os dois fatos tenham ocorrido juntamente com o recebimento do e-mail? São tragédias, não são? — Lily olhou para cada um dos quatro. — Acho que sim.

— São, claro — disse o Dr. Kaplan, olhando por cima do tablet. — Mas não sei...

— Ligue para ele — pediu Wade. — Ligue para o Tio Henry agora e descubra o que ele quis dizer.

— Você tem que ligar, Tio Roald — concordou Lily.

O Dr. Kaplan olhou para o relógio.

— Lá, são seis horas a mais. De tarde. Ele deve estar em casa. Certo.

Pegou o número em sua agenda. Ao tirar o celular do bolso da jaqueta, lembrou-se de que ele estava sem bateria e o conectou ao carregador. Em seguida, foi até a sala de estar e discou o número no telefone fixo. Ligou o viva-voz e pôs o aparelho na mesa de centro.

O telefone tocou cinco vezes, antes de uma mulher atender.

— *Ja?*

— Alô — disse o Dr. Kaplan. — Poderia falar com *Herr* Heinrich Vogel, por favor? É urgente.

Houve um silêncio.

— *Nein. Nao. Nao é Herr* Vogel. É *Frau* Munch. *Faxinerra.* — A mulher tinha um sotaque forte. Wade demorou um pouco para conseguir entendê-la.

— Faxineira — sussurrou ele.
— A senhora poderia dar um recado para o Dr. Vogel?
— *Nao* mensa-agem.
— É pequena. Por favor, peça a ele para me ligar. Meu nome é...
— *Herr* Vogel *nao* liga. *Herr* Vogel morta!

Capítulo 7

Wade se virou para o pai.

— Pai?

O Dr. Kaplan parecia paralisado por um instante. Depois, tirou os óculos e limpou os olhos, enquanto o telefone fazia barulho sobre a mesa.

— Desculpe, acho que não entendi bem. Você disse que... Heinrich...

— Morta. *Ja... Ja...* — falou a voz ríspida do outro lado. — Fun... fun... Becca tentou pronunciar a palavra, em silêncio. "Fun."

— Fun... fun... erral. Amanha de manha. *Alter St.-Matthäus-Kirchhof.* Aqui. Berlim. *Onz Horras.*

— Onze horas? — perguntou Lily.

— *Ja, ja.*

— Espere. Não pode ser — disse Wade. Seu peito estava queimando. — Quer dizer, como? Como ele morreu? Quando?

A voz do outro lado da linha sumiu.

— *Frau* Munch? — chamou o pai, inclinando-se em direção ao telefone.

— *Frau...*

— Rápido. Vaum perderra funerra.

Ouviu-se um clique. Ela tinha desligado.

Os garotos se entreolharam, ouvindo o sinal do telefone, até que a ligação caiu. Lily pôs o aparelho de volta no lugar.

Wade, de repente, se sentiu tonto, como se um jato de água gelada escorresse por suas costas, enquanto o interior do seu peito ardia.

— Pai?

Ele se sentou no sofá e sentiu a mão de Becca tocar seu ombro.

"Tio Henry... morto?"

O Dr. Kaplan desmoronou a seu lado, afundando nas almofadas.

— Wade, sinto muito. Não... consigo acreditar. Como Heinrich pode estar morto? — Olhou para o relógio na parede. — Não posso ir... não com vocês aqui e Sara viajando para a América do sul. — Ele parecia tão esmagado quanto as almofadas a seu redor.

Darrell pegou o e-mail traduzido e, mais uma vez, leu as poucas palavras.

— Sei lá, eu não conhecia o Tio Henry, mas alguma coisa nisso tudo não faz sentido. Ele lhe envia um e-mail estranho, uma mensagem *codificada*, e agora aparece morto? É suspeito demais.

Wade levantou-se do sofá. A mão de Becca escorregou do seu ombro.

— Pai, o que acha que devemos fazer?

O pai apertou os dedos contra as têmporas e massageou lentamente ao redor.

— Garotos, ainda não sei. É um choque. Mas tenho quase certeza de que não há o que fazer agora. Principalmente com sua mãe viajando. — Ele respirou fundo. Seu rosto estava tenso e triste.

— Pelo menos ligue para ela — pediu Darrell. — Ela precisa saber.

Roald olhou fixamente para o relógio, como se tentasse obter mais informação do que ele poderia lhe dar.

— Ela deve estar no avião agora, mas vou deixar uma mensagem. Lily, você poderia checar o voo para La Paz, Bolívia, e ver onde será sua próxima escala?

— Claro. — Ela tocou e deslizou pela tela do tablet.

Roald enxugou os olhos e ligou para Sara.

— Oi, Sara. Sei que você está no avião agora, mas ligue para mim, quando fizer sua primeira escala...

— Atlanta, daqui a duas horas — informou Lily. — Mas está caindo uma tempestade.

Ele acenou com a cabeça.

— Todos estão bem, mas um antigo e querido professor meu... faleceu. Heinrich Vogel. Já falei dele para você. O enterro é amanhã, na Alemanha. Claro que não vou deixar os garotos sozinhos. Lily e sua amiga, Becca, também estão aqui. Acho que eu deveria ir, mas, bom, ligue para mim quando descer em Atlanta, e vamos ver o que fazer. — Ele desligou.

— Alguém sinceramente acha que a morte dele tem alguma coisa a ver com o e-mail e o código? — perguntou Becca. — É muito James Bond para ser real.

— Bond é real — sussurrou Darrell.

— É uma pena que a faxineira não nos deu mais nenhuma informação — disse Wade. — Por que ela não contou mais nada?

— E essas coisas no noticiário? — perguntou Lily. — Elas não podem realmente estar ligadas ao Tio Henry.

— Não consigo imaginar como estariam — concordou Roald. — Elas parecem ter sido acidentes, trágicos, mas sem nenhuma relação. — Ele folheou todo o seu bloco. — O Legado do Mestre. Mestre. Isso soa familiar. — Começou a andar enquanto lia. — Heinrich, o que você está tentando nos dizer?

Wade sabia que o pai sempre andava quando estava solucionando problemas matemáticos. Aquilo era completamente diferente.

— Leve a gente com você — disse Becca, de repente.

Roald girou.

— O quê?

Lily deu um pulo.

— Isso! Tínhamos seis passagens para a França, mas ficamos com crédito na empresa aérea. Aposto que é mais do que suficiente para várias passagens para Alemanha. Já estamos com nossos passaportes. Deveríamos ir, Tio Roald!

O Dr. Kaplan riu, nervoso.

— Não, não, não.

Os garotos trocaram olhares.

— Pai, nós todos fizemos nossos passaportes para ir ao México no ano passado — disse Darrell. — E você vai precisar de reforços. A Europa está cheia de espiões, não?

— Talvez não mais — retrucou Becca.

— Não, já vi em muitos filmes — disse Darrell. — É o que eles chamam de...

47

— Guerra Fria — completou Becca. — Já acabou.

— Ou talvez seja o que eles querem que você pense...

— Garotos, sério? Espiões? Reforços? Heinrich já estava idoso. Talvez tenha sido sua hora de partir. Do que vocês acham que se trata?

Wade não sabia do que se tratava.

Ele não sabia de nada, exceto que o Tio Henry tinha morrido, logo após enviar uma mensagem codificada, e que seu pai queria ir a Berlim para o funeral do seu velho amigo. Do velho amigo deles. Desde o começo, o Tio Henry tinha uma ligação com sua enorme paixão por astronomia.

— Talvez a gente possa ir, pai — falou ele, em voz baixa. — Afinal de contas, depois de Atlanta, Sara vai ficar incomunicável por uma semana. O Tio Henry pediu para encontrarmos as tais relíquias. Bem, a Europa tem um monte de relíquias. Pai, sério, acho que deveríamos ir.

— Wade... — A voz do pai sumiu, enquanto seus olhos foram do bloco para o e-mail na mesa e para a carta celeste codificada aberta ao lado. — Talvez eu possa pedir à minha assistente, Joan, que fique com vocês por uns dias. Você se lembra dela. É jovem e divertida. Bem, mais para jovem. E agora ela tem um poodle...

Darrell bufou.

— Pai, você se lembra das últimas férias? Ela fugiu daqui gritando, depois de só duas horas comigo e Wade. Acho melhor irmos com você.

— Ninguém vai para a Europa! — disparou o Dr. Kaplan, enxugando os olhos de novo. — Não podemos.

Lily andou discretamente até eles e bateu de leve com o tablet no braço do tio.

— Mas podíamos, Tio Roald. Ele era seu professor, seu amigo e tio do Wade. Podemos ir. De acordo com o site da companhia aérea, o próximo voo é totalmente possível. Realmente, podemos ir. Estou com o código do crédito aqui. E já cheguei, meu pai está de acordo. Acho que deveríamos colocar nossos carregadores em uma mala e ir.

— Você já checou com seu pai? — perguntou Roald.

Quando viu a expressão do pai ficar mais amena, Wade teve vontade de abraçar Lily. Se tivesse sido a Becca a dizer o que Lily tinha acabado de falar, ele não teria conseguido se segurar.

O pai estava de pé no meio da sala, com os olhos fechados e a cabeça inclinada para cima.

Wade conhecia aquela expressão. O pai precisava de um tempo em silêncio enquanto processava os últimos elementos de um problema. Ele era brilhante quando ficava assim. Mas, por outro lado, se ele passasse muito tempo pensando, iria antever as centenas de razões para não viajar para Berlim com um bando de garotos e se lembraria de alguém para ficar com eles, enquanto ele ia sozinho.

— Pai, eu quero ir — disse Wade.

— Eu também — concordou Darrell. — Acho que deveríamos ir. Todos nós. Como uma família.

— Garotos... — Roald começou, mas parou e abraçou os dois. — Está bem. Vamos sim.

— Vou reservar as passagens e chamar um táxi — disse Lily. — É melhor fazermos as malas. Temos pouco mais de duas horas até a decolagem!

Capítulo 8

Nowotna, Polônia
9 de março
22h23

Uma camada de gelo se formava nos campos esburacados do nordeste da Polônia.

Três refletores gigantes lançavam uma luz brilhante em um homem com o rosto inexpressivo, usando um longo sobretudo de couro, fazendo seu cabelo curto e branco parecer o pico de uma montanha coberta de neve. Ele olhava fixamente para a terra sendo escavada, pá a pá, de uma fenda.

— Quinze dias e nada — disse uma voz sobre seu ombro. — Os homens estão exaustos. Deveríamos tentar outro local.

O homem de cabelo branco virou-se um pouco, mantendo os olhos no trabalho sendo executado abaixo.

— Ela disse para o Dr. Von Braun onde era o local exato. Ela entende dessas coisas. *Você* quer falar com ela que vamos desistir?

O segundo homem se encolheu.

— Não, não. Só estou dizendo que talvez as coordenadas estejam erradas e tenha havido um engano.

— *Fraulein* Krause não comete erros.

— Ainda assim, quinze dias e nada de...

Clac!

O homem de cabelo branco sentiu o coração dar um salto. Os escavadores pararam onde estavam e olharam para cima, na direção dele. Ele desceu com dificuldade para dentro da fenda, com os trabalhadores ajudando-o a ir de uma beirada à outra. Chegou ao fundo e enxotou os outros de lá. Segurando uma lanterna com uma das mãos, tirou do bolso do casaco uma escova macia e limpou séculos de terra que cobriam o objeto alojado no solo. Primeiro, revelou-se uma ponta. O objeto era retangular. Isso fez seu coração acelerar. Ela lhe tinha dito: *uma arca de bronze, do tamanho de uma caixa Gucci de sapatos*. Como era um homem de gosto refinado, sabia exatamente a que dimensões ela se referia. Mais algumas escovadas, mais umas suaves raspadas nos séculos de terra endurecida, e uma caixa de bronze apareceu.

Com cuidado, ele a extraiu do solo.

— Luz! Mais luz!

Dois holofotes foram redirecionados para a caixa. Com o cabo da escova, ele retirou a terra na borda da tampa da arca. Acomodando-a na altura do solo, soltou o fecho que prendia a tampa. Inspirou profundamente, para acalmar o coração acelerado, e levantou a tampa pela primeira vez em cinco séculos.

Dentro dela, entre os restos esfarrapados do forro de veludo, havia uma correia de couro, um tipo de cinto meio apodrecido, como se fosse a pele de um cadáver. No entanto, nele, tão maravilhoso quanto no último dia em que tinha sido visto, estava um grande rubi, que capturava todos os feixes dos holofotes, e tinha o formato de uma criatura marítima com doze braços enrolados.

Um kraken.

O homem de cabelo branco se virou.

— O que você estava dizendo?

Naquele mesmo instante, mil e seiscentos quilômetros ao sul, o mesmo céu estrelado cobria as ruas de uma cidade italiana que encerrava as atividades do dia. "Bologna, em uma noite quente de março, é o paraíso", filosofou uma mulher de meia-idade, sentada à mesa de um café. A rua estava deserta, a não ser por comerciantes e donos de cafés que varriam, levantavam as cadeiras e baixavam suas grades de segurança, preparando-se para o movimento intenso da manhã seguinte. Em uma cadeira de vime, ela tomou o último gole de expresso da xícara, colocou-a sobre o pires e pegou o celular.

— Atenda, desta vez! — pediu, em voz alta.

Era a quarta vez que ligava nos últimos dez minutos. Segurando o aparelho junto ao ouvido, ouviu a mesma mensagem breve e cortada. Após o sinal, ela disse: "Por favor, Henry, me ligue. É sobre o Silvio. Descobri uma coisa sobre o acidente dele no ano passado. Algo que ele queria que eu encontrasse, depois de todo esse tempo. Preciso falar com você, assim que ouvir essa mensagem." E desligou.

Do outro lado da praça, sinos badalaram. Ela olhou para cima, para a torre de seiscentos anos, e depois para o celular. O relógio, incorporado à torre no século XIX, não estava mais do que um minuto atrasado.

Àquela altura, o trânsito havia reduzido. Ela tinha de ir para seu escritório — uma caminhada curta do café. Logo cedo, na manhã seguinte, daria uma palestra sobre os poemas de Michelangelo, e ainda precisava organizar algumas anotações. O marido, Silvio, leitor antigo da poesia do artista, teria adorado estar lá para ouvir. Agora, ela sabia que só havia uma razão pela qual ele não estaria.

Enquanto catava várias moedas na bolsa, um carro preto subiu roncando a rua de paralelepípedos, na direção do café. Ele atravessou a praça e parou, cantando pneus e derrapando nas pedras. A porta de trás se abriu rapidamente, e um homem vestindo um terno preto e chamativo saltou de lá.

Instintivamente, a senhora gritou:

— *Aiuto*! Socorro!

Do interior do café, ouviu-se o barulho de uma vassoura caindo e de cadeiras sendo arrastadas.

— Que? *Signora* Mercanti?

Do lado de fora, o homem estranho pôs um braço sobre o rosto e o outro ao redor da cintura da mulher. Ela esperneou, furiosa, derrubando a pequena mesa com os saltos do sapato. O homem a arrastou para o banco de trás do carro, que saiu em disparada.

Quando o dono do café apareceu correndo, três segundos mais tarde, tudo o que viu foi uma mesa virada e um pequeno pires rodando na calçada.

Capítulo 9

Becca Moore quase gritou: "Vou para a Europa!", mas se segurou e tapou a boca com a mão.

— Desculpe.

— Por quê? — perguntou Wade, movendo o olhar da mochila para cima.

A casa estava um pequeno tumulto, pois Wade, Darrell e o Dr. Kaplan corriam de um quarto a outro, catando roupas e enchendo mochilas.

— Quase falei uma coisa idiota — explicou ela. — Vai fazer sua mala.

Becca sabia que seu rosto estava vermelho. Ela sempre corava quando cometia uma gafe social. E mesmo quando não cometia. Não importava que ela sempre tivesse desejado visitar a Europa. Ou que, antes mesmo de virem para este país, seus avós já fossem um exemplo de caldeirão de culturas francesa, alemã, escocesa e espanhola. Ou que a Europa abrigasse todas as culturas que ela adorava. Ou que fosse onde ficava Paris, Roma, Madri, sem falar em Berlim.

Ela nunca tinha realmente acreditado que iria à Europa com Lily, e quando a viagem foi cancelada ela sabia que tinha amaldiçoado os planos por não acreditar que se realizariam.

Lily! Ela se sentou no sofá ao lado da amiga, remexendo em sua bagagem. "Que anjo de pessoa por me convidar! Logo eu! Exatamente o oposto do seu jeito bacana, confiante e conectado de ser!"

Agora, no entanto, poucas horas depois da decepção, lá estavam indo, de novo! E seus pais, que conheceram Roald Kaplan por meio do pai de Lily, estavam de acordo com a mudança nos planos. Não havia nada para atrapalhá-la.

Mas que insensível ela quase tinha sido!

Um homem tinha morrido. O professor do Dr. Kaplan. O tio postiço de Wade.

— Está tudo bem — disse Wade, fazendo uma pausa na arrumação da mala, para esticar a mão na direção do braço dela — o que Lily observou — mas sem realmente tocá-la.

Becca tinha notado isso sobre ele. Ele... buscava contato. Mas sempre à distância. Ela lhe sorriu, mas ele já tinha virado o rosto.

"Ainda bem, pois tenho um sorriso idiota. É por isso que não sorrio muito."

— No geral, ele é bacana — sussurrou Lily, quando Wade saiu da sala. — Mas, você sabe, ele é todo matemático e essas coisas, como o pai. — Ela moveu os dedos em círculos no ar, sobre a cabeça e aproximou-se da amiga. — Darrell é um mistério, né? Conclusão: você e eu teremos de ficar juntas, se quisermos permanecer sãs.

Becca riu.

— Combinado!

O Dr. Kaplan entrou no cômodo para pegar seu notebook. Quando viu as meninas, soltou um sorriso triste.

— Sinto muito, esse não é o melhor motivo para visitar a Europa. Ponham só o que vão precisar em uma mala de mão. Temos de viajar com pouco. No máximo em dois dias estaremos de volta.

— Já fizemos isso, Tio Roald — Lily disse, com um sorriso.

Para Becca, era fácil: três blusas, jeans reserva, suéter, coisas variadas, escova, bolsa pequena, livro. Enquanto todos corriam pela casa, juntando coisas de último minuto, ajustando alarmes, trancando e retrancando portas, ela observava Wade guardar com cuidado o e-mail decodificado e a carta celeste na pasta de couro, colocando-a em sua mochila tão tranquilamente, como se ele fosse um tipo de planeta e os outros, luas orbitando ao seu redor.

Bibi!

Lily se sobressaltou.

— O táxi! Aqui vamos nós!

O primeiro voo que eles tinham conseguido reservar voando do Aeroporto Internacional Austin-Bergstrom foi o United Airway 766, saindo às 00h15. Depois de uma escala em Washington D.C., para troca de aeronave, eles deveriam desembarcar em Berlim às 11 horas, na manhã seguinte, o que significava que teriam que correr para chegar a tempo no cemitério Alter St.-Matthäus.

O aeroporto estava uma loucura. Becca previa isso e se preparou da melhor maneira possível para enfrentar o barulho. Qualquer lugar lotado a fazia sentir-se um pouco maluca e irritada. Tantas pessoas, tantos olhos. A partir do instante em que entraram no terminal, ela não mais pensou, não mais ouviu, só seguiu Lily até o balcão de emissão de passagens e, depois, até a segurança.

— Já fiz isso várias vezes — sussurrou Lily para a amiga, enquanto se apressavam. — A gente vê todo tipo de pessoa em aeroportos. O melhor conselho que posso dar a você? Não faça contato visual.

— Normalmente, não faço — disse Becca. — Em nenhum lugar.

Lily riu.

— Já percebi. Sem problema. Aviso quando estiver tranquilo para olhar para cima. Logo a gente vai estar no portão de embarque. Pode relaxar. Admire Wade ou outra coisa.

— Admirar?

— Estou brincando! — Lily riu, já na metade do próximo corredor.

"Wade? Era tão óbvio assim? NÃO FAÇA CONTATO VISUAL!"

Capítulo 10

Poucos minutos depois, eles chegaram ao portão de embarque. Mantendo a cabeça baixa, Becca sentou-se ao lado de Lily, abriu sua mochila e pegou um livro. Era grosso, garantindo dias de leitura. Ler, se minimamente possível, era a melhor maneira de se abstrair do barulho.

Ela abriu na página 190. Capítulo XXXII.

> *Já estamos vagando com ousadia sobre as profundezas; mas em breve estaremos perdidos em suas imensidões sem margens, nem portos.*

"Linha bizarra para estar lendo exatamente agora", pensou ela.

— Uma leitura leve? — perguntou Darrell, no assento ao lado, na área de espera. — É a história do universo ou algo assim?

— Não...

Wade inclinou a cabeça para ler o título.

— Moby Dick, de Herman Melville. É sobre um homem e sua tentativa de capturar uma baleia gigante, não é? Mas aí ele encontra a baleia, o barco afunda, e todo mundo morre?

— Não todo mundo — respondeu Becca. — É a segunda vez que leio.

— Na verdade — disse Darrell —, uma vez, minha mãe trabalhou com um original de Herman Melville. De Dickens, também. Aliás, de todo mundo.

Depois da Bolívia, ela vai a Nova York para conversar com Terence Sei-lá-o-quê sobre ele doar suas coisas para a biblioteca da universidade. Ela é a arquivista chefe do departamento de livros raros.

Becca lhe lançou um olhar e sorriu.

— Eu sei. Sua mãe é tão incrível!

Darrell brilhou de alegria.

— Eu a tornei mãe, sabe? Ela era só uma pessoa comum, antes de eu aparecer.

Wade o olhou de lado.

— Você tem um jeito bem peculiar de ver as coisas.

A primeira chamada para o embarque foi feita, e o Dr. Kaplan endireitou-se na cadeira.

— Vou ligar para Sara mais uma vez, só para falar um oi e contar sobre nossos planos.

Era óbvio que tomar uma decisão tão grande, sem consultar a esposa, estava preocupando o pai de Wade. Aquilo era bom. Eles pareciam bem unidos, e Becca imaginou que deveriam conversar sobre tudo. Mas não dessa vez. A ligação caiu na secretária eletrônica de novo. Ele falou um pouco, pediu que ela pelo menos enviasse uma mensagem de texto e desligou.

— A Sra. Kaplan vai ver a mensagem antes de chegarmos a Washington — disse ela. — E você vai poder conversar com ela durante a escala.

— Ah, pode chamá-la de Sara — disse Darrell. — Todo mundo a chama assim, menos eu.

— Obrigado — disse o Dr. Kaplan, sorrindo exatamente como um pai, ela pensou. — Sim, chame-a de Sara. E a mim, Tio Roald ou só Roald. Confesso que vou me sentir bem melhor quando ela souber exatamente o que estamos fazendo.

"Que é... indo para a Europa!", ela gritou por dentro.

"Passageiros do voo 766, com destino a Washington e conexão para Berlim, estamos embarcando o grupo 3."

Vinte minutos mais tarde, enquanto o avião estava taxiando para decolar, Wade e Darrell debruçaram-se um sobre o outro — e sobre Lily — para conseguir a melhor vista da cidade na decolagem. Era a última coisa para a qual

Becca queria olhar. Ela não se incomodava de andar de carro. Até que gostava de ônibus. Trens ela realmente adorava. Pássaros gigantes que, de alguma maneira, desafiavam a gravidade? Não muito.

As turbinas roncaram extremamente altas, e o jato começou a andar rápido. Ela agarrou os braços do assento.

— Isso é o meu braço, sabe? — disse Lily.

— Desculpe...

— Você se acostuma. Se acomode. Próxima parada: Washington!

Enquanto a aeronave decolava, Becca sentia seu estômago embrulhar. Após alguns minutos, ela percebeu que o barulho não ia parar, tornando qualquer conversa desconfortável, exceto para Darrell, que parecia estar monopolizando a atenção de Wade. Tudo bem. Até Lily, que adorava bater papo, tinha finalmente desistido e estava só digitando seu post no blog.

As turbinas zumbiram pelas duas horas mais longas da história, antes que ela conseguisse cochilar.

— Finalmente! — exclamou o Dr. Kaplan, quando o avião tocou o solo no Aeroporto Reagan, em Washington, onde eles tinham de trocar de aeronave.

Assim que ligou seu celular, ouviu um sinal de ligação perdida. Ele escutou por um minuto, apertou um botão, falou várias palavras e terminou a chamada.

— Por causa de uma tempestade em Atlanta, Sara quase perdeu a conexão para a Bolívia e teve de correr — explicou ele. — Ela já está voando de novo e vai estar fora de área até, pelo menos, o final da semana. Então, somos só nós. Vamos ao banheiro, depois a gente come alguma coisa e compra jornais para o voo. Vamos ver se descobrimos mais algum desastre. Encontrar uma ligação entre eles, talvez.

A escala foi encurtada quando as tempestades de Atlanta ameaçaram Washington. Eles voltaram correndo da praça de alimentação para o portão de embarque, parando rapidamente em uma banca de jornal no caminho.

Como seus avós moravam em Austin e tomaram conta dela frequentemente ao longo dos anos, Becca tinha aprendido várias línguas estrangeiras desde cedo. Seu francês não era muito bom — seu alemão e seu espanhol eram melhores —, mas ela conseguia ler razoavelmente, sem dicionário. Então, quando ela viu uma edição do *Le Monde*, comprou. Não que ela soubesse exatamente — ou mesmo vagamente — o que eles estavam procurando. Tragédias? O mundo inteiro era trágico esses dias. E ali estava ela desenterrando mais algumas.

"Última chamada para o voo 354 para Berlim."

— Somos nós! — O Dr. Kaplan os guiou para dentro da ponte de embarque.

A porta do avião se fechou assim que eles se sentaram, e a aeronave taxiou para a pista escorregadia.

— Pode segurar em meu braço, se quiser — sussurrou Lily para ela.

Becca riu.

— Tudo bem. Já sou uma profissional agora.

Que nada! Ela sentiu seus pulmões se esmagarem durante a longa subida até atingir a altitude de navegação, e seu cérebro batia como martelos em pregos.

— Respire — disse Lily. — Assim você permanece viva.

— Obrigada. — Eles finalmente nivelaram. — Talvez eu não seja tão profissional assim.

— Pessoal, ouça isto! — Darrell disse, com um jornal de Londres no colo. — Vocês se lembram daquele petroleiro no Mediterrâneo, perto da Turquia? Agora, já sabem que havia 17 pessoas a bordo. Isso é bem trágico.

Em seguida, Wade dobrou seu jornal e o mostrou aos outros.

— Isto é alguma coisa? Houve um acidente com um caminhão e uma limusine nos arredores de Miami. Então, o caminhoneiro desapareceu do local do acidente, mas foi encontrado perambulando a duzentos quilômetros de lá, quase à mesma hora do acidente.

— Talvez nem tenha sido ele que estava dirigindo o caminhão — disse Lily.

Wade balançou a cabeça.

— Havia testemunhas do acidente que o identificaram. Além disso, ele estava com as chaves do caminhão.

— Certo, isso ficou um pouco esquisito — comentou Lily.

O Dr. Kaplan pegou o jornal de Wade e leu o artigo.

— Heinrich era um amigo querido, mas ele se aposentou há muitos anos. Ele se mantinha isolado. Não gosto de dizer isto, mas talvez seu e-mail seja só um sinal de que ele estava ficando velho. Sabem, isso acontece. Ele faleceu, e não tem nenhuma ligação entre essas coisas.

Becca se viu presa nessa palavra — "faleceu". Ela soava tão serena e tão diferente da mensagem codificada. *Devora. Tragédias. Proteja. Encontre.* Além disso, eles não sabiam como ele tinha morrido, certo? A faxineira não tinha dito uma palavra sobre isso.

Ela estava quase fechando o *Le Monde*, quando uma pequena notícia chamou sua atenção.

— Não é nada demais, mas houve uma morte na redação do jornal em Paris. Alguém do pessoal da noite acidentalmente caiu no fosso do elevador e morreu.

— Wade, lembre-se — disse Darrell. — Não quero morrer desse jeito. De jeito nenhum.

— Vou tentar evitar isso — respondeu Wade.

Roald se virou.

— Um dos cinco de nosso pequeno grupo de vinte anos atrás trabalha no *Le Monde*. Será que ele conhece o homem que morreu? Há tempos não converso com ele. Seu nome é Bernard Alguma coisa...

— Bernard Dufort? — perguntou Becca.

— Isso! A gente o chamava de Bernie. Ele foi entrevistado?

O sangue dela gelou.

— Bernard Dufort é o homem que caiu no fosso do elevador. A polícia está considerando o caso um acidente, mas a investigação continua.

Algo aconteceu com o Dr. Kaplan naquele instante, pensou Becca. Aquela era diferente das outras notícias estranhas sobre acidentes de caminhão e prédios caindo. O rosto dele ficou sombrio, e ele pareceu perder-se em si mesmo. Será que era porque as notícias ruins estavam começando a se conectar, mesmo que de maneira estranha? O e-mail. A morte de Heinrich Vogel. As matérias dos jornais. E, agora, Bernard Dufort.

Darrell se inclinou na direção dele.

— Bernie era seu amigo próximo?

Roald fechou os olhos por um segundo.

— Na verdade, não. Quer dizer, um pouco. Ele era só um de nós, no pequeno grupo Asterias de Heinrich, sabe?

— Você acha que era sobre isso que ele estava falando? — Wade perguntou. — "O kraken nos devora. Você é o último." Talvez seja isso que ele quis dizer. O último dos Asterias. Você está em perigo?

— Não, Wade, não — disse o pai, firme. — Claro que não.

— Mas você tem notícia das outras pessoas do grupo? — perguntou Darrell. — Como podemos descobrir...

Roald levantou o dedo, e todos se calaram.

— Sobre essas coisas nos jornais, realmente não sei o que dizer. Sobre tio Henry e Bernard, vamos precisar de mais informações. Assim que pousarmos, provavelmente saberemos o que realmente aconteceu. Por enquanto, estaremos bem se ficarmos juntos.

— Nós não vamos causar nenhum problema, sério — disse Lily, olhando de relance para os outros, com um leve aceno de cabeça.

— Heinrich era um homem bom — disse Roald, firme. — Um ser humano do bem. Vamos prestar nossa homenagem, e depois vamos ver o que descobrimos. Você está certa sobre não causar nenhum problema, Lily. Vocês quatro não vão sair das minhas vistas. Nem mesmo por um segundo.

Ele respirou calmo e sorriu para cada um deles. Em seguida, tirou o bloco do bolso do casaco, pôs os óculos e começou a ler.

Os carrinhos de comida começaram a chocalhar pelo corredor, e Becca se encostou para ler *Moby Dick*. Ela parou algumas páginas depois, quando a tripulação do navio se aproximava dos arredores da grande baleia branca.

> *Com ouvidos sedentos, conheci a história desse monstro assassino, contra quem eu e todos os outros tínhamos prestado juramento de captura e vingança.*

Monstro. Moby Dick era uma baleia gigante, um monstro marinho. Ao reler as palavras, ela se perguntava mais uma vez o que o Tio Henry quis dizer em sua mensagem, quando disse "kraken".

Capítulo 11

Pelo máximo de tempo que conseguia, Ebner von Braun mantinha seus dedos queimados da mão esquerda, imersos em uma tigela de água gelada, que ele carregava.

Cerâmica. Veneziana. Século XIII.

Quatro anos peculiares com Galina Krause lhe tinham ensinado alguma coisa sobre as artes de eras passadas. "Use isto", ela tinha dito, num intrigante ato de compaixão, ele tinha pensado, até que ela acrescentou: "e pare de choramingar sobre seus dedos nojentos."

O elevador parou. Subsolo 3.

A porta se abriu, e, como sempre, as luzes brancas e foscas do teto do laboratório causaram nele uma náusea estranha. O laboratório cheirava a temperatura controlada, desinfetante e medo.

Sem falar no zumbido infernal, um ruído branco que Ebner não tinha certeza se vinha do laboratório ou dele mesmo. Seus ouvidos tinham começado a badalar quatro anos antes, após um dos experimentos da Ordem. Agora, era como uma cachoeira de pedras caindo de uma grande altura até o centro da sua cabeça. O ruído estava sempre lá. Um companheiro perverso. Um espírito familiar, como o chamavam as velhas histórias do Doutor Fausto.

Assim como sete instalações similares através do planeta, a sala de controle era ampla, branca e completamente desprovida de personalidade. A não ser que se levasse em conta o cientista com a barba cuidadosamente por fazer, sentado a uma longa bancada de computadores.

Ebner tinha escolhido Helmut Bern entre os recém-formados mais brilhantes, mas, apesar de ter total confiança no talento raro de Bern para vigilância digital e decodificação eletrônica, Ebner ainda não tinha certeza da perversidade da alma do jovem. Observava as mãos delgadas percorrerem o teclado. Rápido, sim. Preciso, sem dúvida. Mas até que ponto dedicado?

— Senhor? — disse Helmut, girando sua cadeira.

— O computador está pronto?

— Está, senhor. — O jovem cientista deu um tapa leve em uma fina pasta prateada, na bancada a seu lado. — Ele tem tudo que o senhor pediu. A vida da bateria é praticamente infinita. Sem pontos cegos em nenhum lugar do mundo. Estou curioso: por que o senhor me pediu para construir uma coisa dessas exatamente agora?

Ebner olhou fixamente para ele.

— Você está curioso? Eu é que estou curioso. Você reconstruiu o HD de Vogel?

Parecendo desapontado, o cientista deu uma olhada para a tigela de cerâmica que Ebner embalava na ponta do braço.

— Em breve, senhor.

Na tela ao lado, havia uma transmissão de vídeo ao vivo, direto do antigo prédio da Petrobrás, no Rio de Janeiro. Equipes de construção e investigadores criminais aglomeravam-se na pedra cinza e no vidro estilhaçado, o que Ebner sabia ser um esforço inútil para encontrar a causa do desabamento.

— O e-mail de Vogel?

— Codificado.

— Decifre o código!

— Pela manhã.

— Pela manhã?

— O mais tardar.

Talvez Ebner tivesse adorado o ritmo dessa conversa em um filme, mas perguntas extras e comandos cortados eram *sua* marca registrada.

O jovem Helmut Bern, não importa quão brilhante fosse, com sua barba por fazer, não tinha nada que imitar seu estilo. Cheirava a ironia e cheirava mal. Só as pessoas no comando tinham o privilégio da ironia. Trabalhadores, não era importante se ganhavam pouco ou muito, ainda assim eram trabalhadores, massas sujas de gente comum, e seu dever era lhe obedecer com respeito reverente. Até mesmo lamúria era preferível a sarcasmo.

Sorrindo para si mesmo, Ebner retirou a mão da tigela, balançou os dedos e pôs o objeto na mesa do cientista. Devagar, tirou do bolso da frente um bloco de couro azul, abriu na primeira página em branco e escreveu o nome "Helmut Bern". Ao lado, escreveu as palavras "Islândia. Estação 4." Acrescentou um ponto de interrogação, por precaução, e fechou o bloco.

— O petroleiro na costa de Cypress?

— Boas notícias. — disse Bern, tocando em seu teclado. A imagem se desfez, aparecendo um texto, e ele o leu. — Nossos mergulhadores já iniciaram a perfuração do casco, e a construção submarina começou. A habitação pode acontecer já na próxima semana. O senhor gostaria de examinar nosso experimento atual?

Tantos experimentos. Tantas missões empreendidas por ordem específica de Galina Krause. Seus ouvidos zumbiam.

— O Transporte Australiano? Sim.

Ebner andou na direção do laboratório central. Ele era cercado de vidro fumê para barrar a radioatividade dos feixes de luz.

— Desculpe, Doutor...?

Ebner parou e virou um pouco a cabeça.

— Sim?

— Os 12 itens. Quer dizer, por que agora? Depois de todo esse tempo.

Ebner se perguntou se deveria dizer alguma coisa. Seria perigoso falar? O silêncio era uma espécie de poder, afinal de contas. A Senhorita Krause lhe tinha ensinado isso.

Mas conquistar a confiança de alguém também significava poder. Ele decidiu, por enquanto, manter certa distância.

— A Senhorita Krause identificou uma urgência. Há um alinhamento singular de causas.

Helmut Bern coçou o queixo com sua barba por fazer.

— O senhor quer dizer que há um cronograma?

"Eu quero dizer o que digo!"

Ebner desprezou a pergunta.

— A vida é um cronograma. Você deveria se preocupar com o seu.

Ele gostou de como aquilo soou, apesar de não ter certeza do que significava exatamente. De qualquer maneira, tinha o efeito desejado. Helmut Bern mordeu a língua, virou-se para a tela e não disse mais nada.

Ebner atravessou a porta aberta do laboratório central.

O canhão — se é que se pode chamá-lo disso: uma roda com raio de três metros, de liga de platina, em cujo centro havia um longo e estreito cilindro de aço, enrolado por uma espiral de fibra de vidro ultrafina — ocupava metade da sala. Na outra, ficava uma gaiola de ratos brancos, os mais inteligentes dos seus pacientes experimentais. Ebner riu para si mesmo. "Para onde eles estão indo, pouco vai lhes adiantar sua inteligência."

A porta do elevador se abriu na primeira sala. O motorista sem nome se inclinou para dentro e avistou Ebner.

— Está na hora. — disse ele.

Ebner se retirou do laboratório central.

"Na hora. Está sempre na hora."

Passou pela mesa de Helmut Bern, enfiou a mão na tigela de água morna, retirou-a de lá e sacudiu as gotas dos dedos.

— Preciso devolver esta tigela preciosa para a Senhorita Krause agora. — disse, olhando fixamente para Bern. — Ela tem de estar vazia.

— Senhor?

— Retire a água — ordenou Ebner, o mais suave que pôde.

Bern empurrou a cadeira para trás.

— Senhor?

— Aqui. Agora.

O jovem cientista com a barba por fazer, olhando de relance para o motorista sem nome parado na porta e para Ebner, levantou a tigela, levou-a até os lábios e bebeu toda a água.

— De nada — disse Ebner.

— É... — murmurou Bern. — Obrigado, Dr. Von Braun.

Ebner não conseguiu conter seus próprios lábios. Eles se curvaram em um pequeno sorriso. Agora, ele se perguntava se a Islândia era mesmo o lugar certo para Helmut Bern.

Depois de pegar a tigela vazia e o computador prateado, ele se juntou ao motorista no elevador, apertou "Subir" e foi embora.

Capítulo 12

Berlim estava cinza. Fazia frio. Chovia.
Quando, na manhã seguinte, os quatro jovens colocaram o pé para fora do enorme terminal de desembarque, em busca de um táxi, o ar os atingiu em cheio, carregado com o escape dos motores a diesel, fumaça de cigarro e cheiro forte de café.

Becca inspirou levemente.

— Li que a Europa tem este cheiro.

Roald balançou a cabeça, concordando.

— Isso me traz lembranças. Gostaria que não estivéssemos aqui por esse motivo.

— Último táxi sobrando — gritou Wade, correndo com Darrell até um homem baixo, em pé, ao lado do carro.

Ninguém falou nada, enquanto o táxi ziguezagueou para fora do complexo do aeroporto e acelerou para a autoestrada, na direção da cidade. Passaram por vários conjuntos de arranha-céus idênticos, cercados por pequenos parques com árvores desfolhadas.

— Não muito atraente — comentou Lily.

Roald explicou que grande parte de Berlim tinha sido reconstruída depois da Segunda Guerra, dando preferência à funcionalidade, e não ao estilo. Os prédios sóbrios faziam Berlim parecer mais fria e triste.

O táxi saiu da autoestrada e entrou em ruas molhadas e escorregadias, perto da ferrovia e, depois disso, em várias ruas de paralelepípedos, que Becca supôs ser a parte mais antiga da cidade.

Pararam de maneira abrupta em frente a um conjunto de altos portões de ferro, que pertenciam ao cemitério, pouco antes de 11h30. Saíram do carro, com as bagagens penduradas nos ombros.

No interior do terreno, havia um prédio manchado de fuligem lembrando uma igreja. Parecia estar lá há séculos, mas o *tablet* de Lily disse ter "meros 150 anos."

Depois da capela, as sepulturas e as placas estendiam-se sobre vários acres densamente arborizados.

Wade apontou para o outro lado do parque.

— As pessoas estão se reunindo lá. — Suas palavras soaram abafadas, de uma forma estranha, no ar frio. — Há um caminho.

Algumas lápides estavam posicionadas em fileiras ordenadas, afastando-se do corredor. Outras, com palavras e números apagados, pareciam ter nascido direto do solo. Algumas tinham animais de pelúcia, encharcados de chuva, entre as coroas de flores.

Sepulturas de crianças.

Uma trilha bem gasta deslizava por entre as árvores como uma cobra, terminando em quatro blocos de pedra, altos e sem adornos, dois dos quais traziam inscritos nomes que Becca conhecia bem: Jacob Grimm e Wilhelm Grimm, os irmãos que tinham compilado contos folclóricos em meados do século XIX. Lily tirou uma foto, antes de sair às pressas.

Enquanto atravessavam a grama e passavam entre as altas árvores, Becca inspirou o aroma de pinho e tentou se equilibrar. Estava sentindo-se meio tonta.

Qual era o seu problema com os cemitérios?

Qual era? Ela sabia exatamente qual era.

Quando sua irmã mais nova, Maggie, tinha ficado doente dois anos antes, Becca morreu de medo de perdê-la. Ela chorou até dormir mais noites do que conseguia se lembrar e tinha começado a sonhar com lugares como esse — avenidas de pedra, o murmúrio de vozes de crianças — e só parou de ter esses sonhos, quando sua irmã se recuperou completamente e estava fora de perigo. Ela escondeu dos pais parte do medo, eles já tinham de lidar com o próprio sofrimento de uma possível e insuportável perda. Agora, Maggie estava bem, porém...

Lily tocou seu braço.

— Lá estão eles.

Um pequeno grupo de pessoas se aglomerava sob os galhos de várias faias majestosas. Perto dali ficava um mausoléu antigo e triste, coberto de videiras. O nome entalhado na pedra da porta estava ilegível. Um relógio de sol em ruínas ficava em um ângulo à sua frente. Hora. Morte. Túmulos. Perda.

As palavras de Melville voltaram à cabeça dela.

Já estamos vagando com ousadia sobre as profundezas; mas em breve estaremos perdidos...

Alguma coisa se moveu. Atrás do velho túmulo, alguns homens usando macacões estavam de pé entre as árvores. Provavelmente, eram jardineiros esperando que a cerimônia acabasse. O rosto de Maggie pairava em sua mente, mas Becca balançou a cabeça para afugentá-lo. "Não. Ela está bem. Este funeral não é dela. É de Heinrich Vogel. Um homem idoso. Tio de Wade."

— Não estou reconhecendo ninguém aqui — sussurrou o Dr. Kaplan. — Acho que todos os seus antigos amigos professores já faleceram, mas eu esperava... — Tirou os óculos e enxugou o rosto. — Esperava encontrar um ou dois alunos.

Becca tocou o braço dele, lembrando-se do e-mail. *Você é o último.*

Roald e os garotos avançaram. Lily ficou para trás.

— Sei que isso não é legal — disse ela, tirando a bolsa do ombro e pegando o celular. — Quer dizer, sei que é um funeral, mas quero registrar isso.

— Lily, não sei...

Mas ela começou a filmar as pessoas em câmera lenta, enquanto o padre falava.

— *Guten Morgen, liebe Freunde...*

A avó de Becca, Heidi, a havia ensinado um alemão razoável, mas entender a língua falada era bem mais difícil do que ler. As pessoas conversavam tão rápido e sempre falavam sem parar, sem repetir, como você poderia fazer quando está lendo um livro.

"Nós estamos algo, algo aqui... amigo... cientista... professor... sua vida de 'Gelehrsamkeit'... conhecimento..."

A mente de Becca voou. Desde a recuperação da sua irmã, ela se sentia atraída por cemitérios, apesar de ter pavor deles. Talvez fosse um tipo de gratidão por não ter de visitá-la em um deles. Mas um funeral de verdade era triste, e ela não precisava ficar mais triste. Esfregou os olhos, percebeu mais uma vez que não dormia há muitas horas e se perguntou quando eles teriam uma oportunidade para descansar.

"... descanso final... a longa jornada da alma..."

Não, não. Por favor, não fale nisso. Tentando manter os olhos abertos, ela examinou, atrás do relógio de sol inclinado, um túmulo de onde saía uma coluna quebrada. Ao lado, havia uma pedra com um anjo chorando no topo. Perda e tristeza, em qualquer lugar para onde olhasse...

Um homem apareceu na beirada do caminho de madeira à esquerda deles. Ele caminhou devagar na direção do público, mas parou na metade do percurso e seus olhos se moveram até ela e os Kaplans.

Becca se virou e viu Lily ainda filmando.

— Aquele cara ali parou de andar, quando viu sua câmera.

Darrell deu um passo para trás até elas.

— Você também viu? Lá vêm os amigos dele.

Dois outros homens se juntaram ao primeiro. Um deles era corpulento, com o rosto esculpido e vestindo um terno preto chamativo. O outro era pálido, pequeno e corcunda, como um arame curvado. O homem pálido conversou com os outros dois, que andaram para trás de um túmulo ao mesmo tempo, como se estivessem conectados.

Becca observou o homem pálido escolher com cuidado o caminho pela grama até o túmulo e se posicionar ali por perto. Suas mãos estavam unidas, a cabeça abaixada. Durante uma pausa nas palavras do padre, ele ergueu os olhos para Becca, depois para Roald e Wade e abaixou o rosto. Ela sentiu um estranho formigamento subir por suas costas, como se naquele instante ele tivesse olhado através dela. Seus óculos eram grossos e sua postura, retorcida, apesar de não ser um homem velho. Sua têmpora esquerda tinha um machucado feio na forma de um V pontilhado. Parecia recente.

— Amém...

O padre jogou água benta de um pequeno recipiente sobre o caixão, murmurou uma bênção final, e tudo estava acabado. O céu parecia ter escurecido no mesmo instante. A chuva fria engrossou.

As pessoas se dispersaram rapidamente, algumas para os carros, outras a pé pelos caminhos e calçadas na direção das saídas. Várias chamavam táxis na rua. Logo o cemitério estava vazio, exceto por eles, os trabalhadores, e os três homens perto do anjo choroso, que ainda olhavam para eles.

Becca andou na direção de Wade e seu pai.

— Tio Roald, aqueles homens estão nos observando.

Até que Roald levantasse a cabeça, colocasse os óculos de volta e se virasse para olhar, os homens já tinham ido embora.

Capítulo 13

Para fugir da chuva, Darrell se espremeu sob o largo acabamento de um mausoléu amedrontador junto aos outros e supôs que o silêncio deles era porque estavam pensando no que fazer em seguida. Ele sabia muito bem o que precisava ser feito.

— Desde aquela conversa bizarra no telefone com a faxineira do Tio Henry, tenho pensado que ela deve saber alguma coisa.

— Vamos ao apartamento — disse o Dr. Kaplan. — Mas vamos fazer o check-in em um hotel primeiro. Corremos bastante para chegar aqui a tempo, mas podemos ir mais devagar agora. Tomaremos um banho e depois iremos ao apartamento dele.

— O que me lembra do próximo tópico: tem que ter um restaurante nesta cidade, certo? — acrescentou Darrell. — Os alemães cozinham bem. Ou talvez não. Não importa. Como qualquer coisa. Alguém gostou da comida do avião? Me deixem refazer a pergunta: alguém comeu a comida do avião...

— Darrell, você está fazendo aquilo de novo — disse Lily.

Ele parou de falar, mas seu cérebro continuou. "Eu comi, mas não estava boa e a quantidade não era suficiente. Ninguém mais está com fome? Eu estou..."

— Por que *Frau* Munch não estava aqui, pai? — perguntou Wade. — É estranho, não é? Ela atendeu o telefone. Talvez ela até more lá, ou pelo menos no mesmo prédio.

— Tudo é estranho — disse Darrell. — É a Europa.

Roald se virou para a saída, parecia prender a respiração para manter a calma.

— Estou certo de que ela vai nos dizer alguma coisa para pôr um fim a todo esse mistério. Primeiro, um hotel. Vamos!

Darrell concordava em parte com seu padrasto — ela vai nos contar alguma coisa — mas não tinha certeza de que o mistério estaria resolvido em breve. Provavelmente, não. Um e-mail codificado de um amigo que havia morrido de repente *tinha* de significar algo na capital mundial da espionagem. Claro que sim.

Graças à pesquisa on-line de Lily, eles encontraram um hotel razoavelmente barato e se registraram em dois quartos: um para Lily e Becca e um para os garotos e o pai. Darrell queria largar suas coisas e voltar logo para a rua — *strasse*, Becca lhe ensinou — mas sentar na cama tinha sido um erro. Ele quase a podia ouvir gritando para que ele deitasse. Ele escorregou para o colchão macio, esperando que fosse tão livre de insetos quanto parecia. Na hora em que seus olhos abriram, já era de tarde, e os outros estavam acordando também.

O almoço no restaurante do hotel era algo mergulhado em um molho pesado, mas vinha em bastante quantidade, então estava bom. Quando pisaram na *strasse* movimentada, estava quase na hora do jantar, os restaurantes começavam a acender as luzes, e ele estava sentindo fome de novo, apesar de aparentemente ninguém mais estar.

Eles pegaram um táxi para ir até o apartamento do Tio Henry e, em vinte minutos, estacionaram em frente a um prédio baixo e inexpressivo, em uma avenida larga e dividida, chamada Unter den Linden.

Roald deu uma olhada em seu bloco de notas, checou o número do prédio e o fechou.

— É este aqui.

Ele pagou ao motorista, e todos saíram. Uma sirene, a dois ou três quarteirões dali, soou *iii-ooo-iii-ooo*, igual aos filmes. A polícia? Bombeiros? Espiões?

"Não, espiões não usam sirenes."

Uma mulher embrulhada por causa do frio murmurou alguma coisa ao esgueirar-se rapidamente por eles e subir a rua. Uma espiã? Ou só estava com frio? Ele podia ver a própria respiração e começou a bater o pé no chão.

— Heinrich morava no terceiro andar — disse Roald, subindo até uma porta grande que ficava entre dois vasos na altura da cintura, cheios de sempre-vivas.

Ele tocou a campainha. Ela soou baixo lá dentro. Sem resposta. Ele tocou de novo. De novo, nada de resposta.

— E agora? — perguntou Lily. — Devemos esperar alguém entrar para irmos juntos?

— Ou entrar à força — concluiu Darrell. — Wade, você e eu...

— Você e eu o quê?

— Calma aí! — disse Roald.

Ele se agachou e enfiou a mão atrás do vaso à esquerda da porta, deslizou os dedos para cima na lateral e parou na metade do caminho. Quando trouxe a mão de volta, estava segurando um chaveiro com duas chaves.

— Legal! — disse Wade. — Escondido em plena vista. Como você sabia?

— Heinrich sempre deixava chaves extras para alunos que chegassem tarde.

— Como, por exemplo, você? — indagou Becca.

— Ah, sim. Costumávamos conversar até altas horas da noite. Todos nós.

Usando uma chave para a porta da rua, eles entraram em um hall deserto e mal iluminado por uma luminária de teto.

— Eletricidade europeia — bufou Darrell. — Da Idade das Trevas.

Lily riu.

— Contanto que ela recarregue nossos celulares.

Subiram dois andares de escadas estreitas. Os degraus rangiam, e fazia quase tanto frio lá quanto do lado de fora do prédio, mas o edifício estava silencioso. Pararam no apartamento 32. Roald levantou a mão para bater à porta, mas se lembrou de que o apartamento estava vazio: destrancou a porta, e eles entraram.

— Oi? — chamou Wade, em voz baixa. — Tem alguém aqui?

Nenhum barulho. Os cômodos estavam escuros e sem aquecimento. Lily encontrou o interruptor mais próximo, e um abajur de mesa se acendeu. A sala de estar estava arrumada e organizada, como se tivesse acabado de ser limpa, com a exceção de uma mesa extremamente empoeirada, abaixo da janela que dava para a rua. Becca pegou um diapasão de prata que estava sobre ela.

— Heinrich Vogel fazia parte de um grupo *a capella*?

— Não. Um grupo de música moderna — respondeu o Dr. Kaplan. — Mas, talvez, eu não o conhecesse tão bem...

Clec. Tump. Clec. Tump.

O coração de Darrell pulou do peito.

— Alguém está subindo a escada!

Antes que pudessem se mover, a porta se abriu de uma vez, e uma senhora idosa, com cabelos cinzentos e finos, inclinou-se para dentro da sala. Ela sondou todo o espaço, de parede a parede, como se não visse nenhum deles.

— *Wer ist da*?

Todos olharam para Becca.

— Ela perguntou quem somos nós.

— Somos amigos de Heinrich — respondeu o padrasto de Darrell, avançando com a mão estendida. — Fui aluno dele muito tempo atrás, Roald Kaplan.

— Ah, ah — disse a mulher, sem pegar sua mão. — Falei *a* você *na* telefone. *Amerikaner*. Eu *Frau* Munch.

Ela mancou para dentro e se acomodou familiarmente em uma poltrona superacolchoada. Levantou a cabeça e piscou algumas vezes, antes de falar.

— *Nao* enxergo bem. *Porrisso, nao* foi na *funerral*. Vocês *sao trrês*?

Darrell levantou a mão com os cinco dedos esticados, para os quais ela não olhou.

— Hã... Cinco — afirmou ele.

— Cinco! Ah. Entao. Vocês têm perguntas?

— Sim — respondeu Wade, olhando irritado para a mão de Darrell, que ainda estava levantada. — A senhora sabe nos dizer como o Dr. Vogel morreu?

— Wade, talvez... — interveio o pai.

— *Nao, nao.* Tudo bem. — *Frau* Munch disse, franzindo as sobrancelhas de uma maneira grosseira. — *Nao trrabalhei dois noites antes.* Ele estava sozinha e deve ter saído. *O Polizei encontrrou ele no strasse atrrás do prrédio.* Estava *enfocado*.

— Enfocado? — perguntou Lily.

— *Ja!* — *Frau* Munch pôs as mãos em volta do pescoço. — Kkkk! *Enfocado*!

— Enforcado — corrigiu Lily, em voz baixa.

Seu rosto estava branco, assim como o de Becca.

Wade parecia estar oscilando sobre os pés.

— A senhora quer dizer que ele foi... — Ele se virou. — Pai... o Tio Henry foi...

— A senhora está dizendo que ele foi assassinado? — questionou o Dr. Kaplan.

De repente, Darrell se sentiu fraco. Ele se jogou na cadeira perto da janela, próxima à mesa empoeirada com o diapasão.

— *O Polícia* procurra o assassino. Eles *acha* que é um assalto que deu errada e que o assassino é um ladrrao.

Darrell divagou por um segundo, perguntando-se se *Frau* Munch estava usando o código do Tio Henry para falar.

— Com licença? Um... ladrrao?

— *Ja*. Você sabe. Ladrrao. Bandida. As-sal-tan-ta.

As palavras se repetiram em sua cabeça, até que ele finalmente entendeu.

— Ladrão, bandido, assaltante! — disse ele.

— Isso mesmo. *Und*, como eu disse, limpo apartamento trrês vezes semana. Eu nao estava aqui dois noites antes, quando ele morreu.

Lily cutucou Darrell e cochichou em seu ouvido.

— Para uma senhora que não enxerga muito bem, ela com certeza mantém este lugar limpíssimo.

E era verdade. Com exceção da mesa extremamente empoeirada perto da cadeira dele, o apartamento estava impecável. Ele deu uma olhada debaixo dos móveis para ver se ela passava o aspirador tão bem quanto limpava o resto.

— A senhora pode nos dizer mais alguma coisa? — perguntou Lily.

— Nao — respondeu *Frau* Munch. — É tudo. Vocês vao agorra.

O Dr. Kaplan levantou, hesitante, mas a senhora permaneceu no lugar.

— Bem, obrigado. Herr Vogel era um amigo antigo e querido. Eu era um dos alunos do grupo que ele chamava de Asterias...

De repente, *Frau* Munch se enrijeceu na poltrona.

— Asterias? Asterias! *Ja, ja!*

Ela se levantou desajeitada da poltrona e mancou na direção de Darrell, apesar de parecer não vê-lo. Ficou de pé, exatamente em frente à mesa empoeirada, ao lado da sua cadeira. Ela levantou uma mão fina e, com uma unha, começou a escrever palavras na poeira. Levou minutos para que formasse cada letra. Quando terminou, ela se virou, segurando o diapasão.

— Quem é musical aqui?

Todos olharam para Darrell. Ele ergueu a mão.

Não houve resposta. Ela não conseguia vê-lo.

Finalmente, ele disse:

— Hã... Eu sou musical. Toco guitarra...

— Entao! — *Frau* Munch apertou o diapasão nas mãos de Darrell e expirou profundamente. — Agorra, contei parra vocês o que Heinrich me pediu parra memorrizar. Deixo resto parra você.

Ela andou até a porta e desceu a escada.

Clec. Tump. Clec. Tump.

Todos olharam fixamente para as marcas na poeira da mesa, exceto Darrell. Alguma coisa cintilava no chão debaixo da mesa, e ele ficou de quatro para examiná-la.

— Parece que *Frau* Munch não limpa debaixo dos móveis tão bem quanto nas outras partes. Pai, o Tio Henry tinha um peso de papel no formato de estrela-do-mar?

Roald mexeu a cabeça, concordando.

— Realmente, tinha. Ele disse que foi o que deu a ele a ideia de nos chamar Asterias.

Com cuidado, Darrell arrancou de baixo da mesa um caco de vidro em forma de V.

— Isto parece um braço de uma estrela-do-mar. Tem uma coisa grudenta e vermelha nela.

Becca observou o fragmento de vidro.

— Um daqueles caras no funeral estava com um machucado na testa que tinha um formato meio parecido com esse. Alguém mais notou isso? Estava todo vermelho e inchado.

— Eu também vi — disse Wade, estudando o pedaço de vidro. — Estava nojento, como se tivesse sido golpeado por alguma coisa. Pai, isto é... isto não é sangue, é?

O Dr. Kaplan examinou o objeto debaixo do abajur.

— Pode ser...

— Ah... — Darrell limpou os dedos na calça.

— Espere aí. Sangue? — Lily aproximou-se de Becca. — O que exatamente estamos dizendo aqui?

Wade pegou o caco das mãos do pai. Ele o segurou com cuidado entre os dedos e olhou para Darrell.

— Estamos dizendo que talvez o Tio Henry tenha batido naquele cara com o peso de papel, e foi assim que ele se quebrou.

Ele parecia estar procurando por mais palavras, quando Roald soltou um longo suspiro, balançando a cabeça devagar.

Examinando a sala escura, como se procurasse por outra pista, ele disse:

— Se... *se* nesse peso de papel houver sangue, e se o sangue for do homem no cemitério, isso significa que a polícia está enganada. Tio Henry não foi assassinado na rua. Pode ser que o homem do cemitério tenha matado o Tio Henry. E ele pode ter feito isso bem aqui.

Capítulo 14

Wade olhou para o vidro ensanguentado, sua cabeça zumbia.
"Um assassinato. Nesta sala."
— Se não foi um assalto...
— Se *não* foi um assalto... — O Dr. Kaplan virou na direção de Lily. — A queda de Bernard Dufort no elevador em Paris. A polícia ainda está dizendo que foi um acidente? Lily, você pode checar? Becca, pode traduzir?
— Agora mesmo! — exclamou Lily, tamborilando em seu *tablet*. Becca ficou de pé a seu lado.
Wade se inclinou na direção da mesa empoeirada, num ângulo específico. A primeira linha estava em grego, nenhuma palavra que ele entendesse, mas sabia como a língua era por causa dos livros de astronomia.

ἀγεωμέτρητος μηδεὶς εἰσίτω

Seguiram-se duas linhas codificadas.

Y Lauuy ba Hima sy Cyzb ea Gzjrauhyss
Bdnyh i Nsihis Bdnyh y Xyhdsy

Ele reconheceu a primeira parte codificada como sendo *A*.

— Pai, Becca. — disse ele, mexendo em sua mochila para pegar a carta celeste. — Algum de vocês sabe um pouco de grego?

Ela balançou a cabeça.

— *Baklava* e *spanakopita*. Só isso.

A pergunta chamou a atenção de Roald.

— Só sei uma frase em grego. Heinrich me ensinou. Para nós todos no grupo. Era uma citação famosa de... espere...

Ele pegou seu bloco e foi direto para o final dele. Leu as palavras na mesa.

— Não acredito... ou talvez deva acreditar. É isso. Anotei a citação aqui. Heinrich começava as aulas do semestre com ela. Significa: "Que ninguém incompetente em geometria entre aqui." Mas também é... — Ele fechou os olhos. — Vou lembrar em um minuto...

Becca, que estava lendo no tablet de Lily, levantou a cabeça. Seu rosto estava pálido.

— A polícia de Paris não acha mais que a morte de Bernard Dufort foi um acidente. Houve um incêndio em seu apartamento, e os cabos do elevador do jornal parecem ter sido danificados propositalmente.

Wade sentiu sua respiração parar. O Tio Henry tinha sido morto naquela sala. Talvez o homem do cemitério fosse o culpado. E agora um segundo assassinato?

— Pai, deveríamos conversar com a polícia. O peso de papel é uma pista que eles desconhecem. Vai ajudá-los a pegar o assassino...

De repente, o trânsito ficou caótico na rua lá embaixo. Buzinas tocaram. Houve gritaria e pneus cantando. Becca foi até a janela. Wade olhou pela cortina ao lado dela. Uma limusine preta e longa tinha parado de forma estranha em frente ao prédio, e o trânsito estava se amontoando atrás dela. Quatro homens saíram do banco de trás.

— O cara do machucado! — exclamou Becca. — Temos que sair daqui.

— Alguém memorize a mensagem — pediu Darrell.

— Eu tenho uma ideia melhor — retrucou Lily. Ela se inclinou sobre a mesa e tirou uma foto com o celular. — *Agora* vamos!

— Depressa! — O Dr. Kaplan empurrou Darrell e Lily para a porta.

Todos saíram correndo do apartamento, exceto Wade. Ele deu uma última olhada nas palavras e depois passou a manga da blusa sobre o topo da mesa. A mensagem codificada de *Frau* Munch — seja lá o que ela quisesse dizer — só existia agora em uma foto no celular de Lily.

— Venha! — sussurrou Becca do topo da escada.

Ele desceu os degraus atrás dela e encontrou *Frau* Munch de guarda no hall. Ela apontou para a porta dos fundos, como se pudesse vê-la. A porta da frente se abriu com um baque. Wade se espremeu contra a parede e observou vários homens com pescoços grossos avançarem sem cerimônia pelo pequeno hall e subirem a escada.

"Eles nos seguiram do cemitério?"

Becca o puxou bruscamente pela porta dos fundos para um beco. O sol estava se pondo, e o ar frio da noite começava a apertar. Ela o arrastou por uma longa passagem de tijolos pretos. Ele ainda deu uma olhada para trás, por cima do ombro. Ninguém ainda. Eles saíram um quarteirão atrás da Unter den Linden. Virando à direita, o Dr. Kaplan os empurrou por entre uma multidão de jovens, onde a conversa fervilhava. Eles se misturaram aos outros até a próxima rua, então viraram na esquina de uma avenida de lojas chiques, Charlottenstrasse, onde Lily fez um barulho que soou como um guincho.

— Você está bem? — perguntou Darrell.

— São só... as... lojas...

O som de pneus cantando sem parar os fez saltar, e eles se esconderam debaixo do toldo arqueado de um restaurante. O Dr. Kaplan ficou paralisado quando olhou para as mesas no interior.

— Pai, o que está vendo? Pai! — disse Wade. — Alguém...

— Não, não é isso. — disse ele. — É só que... — Ele olhou para as ruas em todas as direções. — Tudo mudou muito, mas acho que o Blue Star não é muito longe daqui, se ainda existir. Preciso de um tempo para me sentar e tentar entender tudo isso.

Uma moto desceu correndo pela rua, ziguezagueando entre os pedestres. Os garotos viraram para as janelas.

— Ainda existe, encontrei! — disse Lily, levantando seu tablet. Roald balançou a cabeça, ao ver a foto. — A pé até o Blue Star leva mais ou menos meia hora. Descemos Charlottenstrasse... direita, duas esquerdas curtas, reto...

Refazendo-se, os garotos e o Dr. Kaplan seguiram o caminho indicado. Já eram quase 18 horas, e a vida noturna de Berlim, que começa cedo, era uma massa cintilante de gente, fumaça, música e trânsito.

— Talvez a gente devesse evitar as ruas maiores — sugeriu Wade.

— Boa ideia — concordou Darrell.

Roald rapidamente recalculou o trajeto que Lily tirou da internet. Desejava mantê-los fora das rotas principais o máximo possível, apesar de que mesmo as ruas mais estreitas estivessem lotadas de pedestres. Passaram por vários parques bem iluminados e por uma loja de departamentos moderna, que fez Wade se lembrar de um shopping de aeroporto, cheio de clientes mesmo à noite.

— Tanta coisa foi construída desde que estive aqui — comentou Roald, olhando para a direita e para a esquerda para se situar. — Espero que o lugar esteja aberto quando chegarmos lá...

Trinta e três minutos sem fôlego depois de começarem a jornada, eles se viram agachados debaixo das árvores peladas da Lützowstrasse, olhando fixamente para o outro lado da rua.

Lá, enterrado à sombra de vizinhos mais altos, com suas janelas embaçadas e escuras, estava o Blue Star, largado, deteriorado, provavelmente acolhendo uma clientela perigosa. Mas um brilho âmbar vindo do interior sinalizava que estava aberto ao público.

— É difícil acreditar que ainda esteja vivo — disse o Dr. Kaplan, ao descerem receosos pela calçada. — Vinte anos atrás, mal estava sobrevivendo. Ajudávamos *Herr* Hempel a limpar o chão e empilhar as cadeiras no final da noite. Ou no começo da manhã. Conversávamos até...

Duas motos circularam perto e rápido.

— Espiões — resmungou Darrell, escondendo-se dentro do casaco. — Espiões por toda parte.

Wade os guiou adiante.

— Vamos sair da rua. Agora.

Olhando para os dois lados, Roald os empurrou, pelas portas pesadas, para o interior da taverna.

Capítulo 15

— *Willkommen in den Blauen Stern!*

Wade achou Christina Hempel bonita desde o instante em que ela abriu seu sorriso cor de cereja e repetiu as boas-vindas em um inglês razoavelmente fluente.

Ela era uma mulher de meia-idade, com um longo cabelo vermelho e corpo avantajado. O Dr. Kaplan lhe disse que tinha conhecido o pai dela quando estudava com o Tio Henry, ela ficou ainda mais animada e os pôs em uma mesa à janela, com vista para a rua nas duas direções.

— A mesa favorita de Heinrich Vogel. Ele ainda vem aqui, uma vez por ano, para comemorar o aniversário da sua esposa — disse ela. — Infelizmente, Frieda faleceu muitos anos atrás.

A expressão de Roald ficou triste.

— Sinto muito ter que te dar esta notícia, mas Heinrich também faleceu. Há dois dias.

Frau Hempel cobriu o rosto com as mãos. Lágrimas logo caíram dos seus olhos.

— Ai, não. Meu pai gostava tanto dele. Como?

O sangue de Wade gelou, quando pensou em como.

— Ainda estamos tentando descobrir — ele conseguiu responder. — Mas eu não sabia que o Tio Henry era casado. Pai, você sabia?

Seu pai parecia ter se perdido em si mesmo por um instante.

— Não. Quer dizer, sim, mas nunca a conheci. Ele se casou já mais velho.

Frau Hempel enxugou o rosto.

— Ai. É triste demais. O nome dela era Frieda Kupfermann. Morreu há alguns anos. E agora ele! É tão triste!

Ela deixou alguns cardápios na mesa e desapareceu atrás do balcão.

Wade ficou sentado olhando para a rua sem dizer nada, apesar de que seus pensamentos não paravam de remoer a morte do tio.

"Morte? Não é uma morte comum. É um assassinato."

Ninguém mais disse nada também, até que Lily abriu o celular.

— Estou enviando a foto que tirei da mesa no apartamento para meu *tablet*, para que a gente possa ver maior.

Wade abriu a carta celeste sobre a mesa.

— A primeira palavra da mensagem no pó é A, então tenho quase certeza de que o número do código continua a ser quatro.

— Tome, use isto — disse o pai, entregando-lhe seu bloco. — No avião, anotei o alfabeto decodificado. Melhor manter em um só lugar todas as informações que encontrarmos.

— Boa ideia. — Tirando uma lapiseira da mochila, Wade estudou a foto no *tablet*, rabiscou em uma página em branco e decodificou a primeira linha da mensagem de *Frau* Munch.

Y Lauuy ba Hima sy Cyzb ea Gzjrauhyss

...tornou-se...

A Terra se move na Haus de Kupfermann.

— Kupfermann? — perguntou Lily. — Igual à Frieda Kupfermann, a esposa de Heinrich? O que será que *isso* significa?

— *Haus* é casa — acrescentou Becca. — Será que o Tio Henry queria que fôssemos à casa da família da sua esposa?

Wade gostava que Becca chamasse de *tio* o tio dele.

— Talvez seja isso. Mas "a Terra se move"? O que acha, pai?

O pai emergiu dos seus pensamentos.

— Pode ser isso. Não tenho certeza. *Haus* é um termo que pode significar várias coisas em alemão.

— Uma loja, por exemplo — disse Lily. — Como: Alsterhaus e Carsh Haus. Essas são lojas alemãs sobre as quais eu li.

— Ou um hotel — continuou Roald. — Há também 12 "casas" em astrologia. Tenho certeza de que Heinrich as conhecia, apesar de não serem nem um pouco científicas e nenhuma delas ser chamada Kupfermann. Vou perguntar à *Frau* Hempel o que ela sabe. Continuem trabalhando.

Ele deixou a mesa.

Wade decodificou a segunda linha mais rápido.

Bdnyh i Nsihis Bdnyh y Xyhdsy

...tornou-se...

Sigam o gnômon, sigam a lâmina.

— Gnômon? — perguntou Darrell. — Gnômon não é uma palavra. Tente de novo.

Wade repetiu. Duas vezes.

— De novo, *gnômon*.

Não era uma palavra que ele ou os outros conheciam. Ele pensou sobre o velho ditado "duas cabeças pensam melhor do que uma". Às vezes, talvez isso funcionasse. Mas quatro cabeças diferentes, tagarelando sobre um monte de palavras empoeiradas, estavam quase fazendo a cabeça dele implodir.

— Posso pesquisar na internet — ofereceu Lily.

— Não, deixe o código na tela. Vou tentar de novo. — Wade começou a decodificar novamente, quando seu pai voltou para a mesa.

— Frieda Kupfermann era o último membro da sua família — contou ele. — Seus imóveis foram vendidos há alguns anos, e não há mais nenhuma casa dos Kupfermann em Berlim. Ela disse que Heinrich sempre brincava que achava o nome de Frieda engraçado. *Frieda*? Não entendo. Acho que poderíamos tentar decodificar isso, mas nossa atendente não sabe nada além disso.

— Continua dando "Sigam o gnômon". — disse Wade.

— Gnômon? — perguntou o Dr. Kaplan, pondo os óculos no lugar e inclinando-se sobre a tradução de Wade. — A mensagem diz "gnômon"?

— Falei para ele que estava errado — repetiu Darrell.

— Isso existe? — perguntou Lily.

— Claro. Gnômon é a lâmina de um relógio de sol. É o que faz a sombra que aponta a hora...

— Relógio de Sol? — Becca quase explodiu. — Você está falando sério? Havia um relógio de sol no cemitério! Vocês não viram? Naquele túmulo antigo, perto de onde foi a cerimônia. Estava coberto de videiras e o relógio de sol fica em frente a ele. Lily, você deve ter filmado isso.

Lily enviou o vídeo do celular para o *tablet*. Quando apareceu na tela, ela congelou a imagem do túmulo.

O relógio caindo aos pedaços ficava inclinado em frente ao antigo mausoléu, e sua lâmina apontava diretamente para ele por causa do ângulo afundado. Sobre as pesadas portas de ferro, estavam os nomes dos ocupantes, gravadas em elaboradas letras góticas antigas. Várias letras estavam à sombra e outras tinham se desgastado. Levaram algum tempo para decifrar os entalhes, até que Lily aumentou a imagem, e todos perceberam de uma vez.

K...u...p...

O nome no túmulo era Kupfermann.

Wade ofegou e sua respiração se transformou num ar gélido.

— A casa de Kupfermann é o túmulo da esposa. É isso? Ele quer que a gente volte lá? Ele quer que a gente siga o caminho para o qual a lâmina do relógio de sol está apontando? Por quê? O que há lá dentro?

Todos os olhos se voltaram para o Dr. Kaplan. Ele olhou fixamente para a mensagem traduzida e em seguida se levantou. Atravessou a sala, retornou até parte do caminho e virou de novo.

— Pai? — disse Darrell.

O padrasto levantou o dedo, como se pedisse silêncio, e fechou os olhos. Um minuto inteiro se passou, antes que ele soltasse um longo e lento suspiro. Depois, sentou-se e folheou várias páginas do bloco, procurando algo. Parou.

— Meu alemão não é tão bom quanto o seu, Becca. Sei que *mann* significa homem. O que significa *kupfer*?

Becca o encarou com o olhar perdido.

— Hum...

— Cobre — disse Lily. Todos se viraram para ela, que se explicou: — O quê? Há sites de tradução.

— Cobre Homem? — Darrell perguntou. — Mais códigos?

Roald olhou da mensagem decodificada da carta celeste para as luzes do trânsito fora do restaurante, depois virou três páginas no bloco e parou. Ele se ergueu e começou a bater o pé no chão.

— Kupfermann. Cobre é *copper* em inglês. Copper Homem. Essa é a piada com o nome de Frieda.

Wade quase podia ouvir as engrenagens rodando no cérebro do seu pai, até que ele finalmente falou. Uma palavra.

— Copérnico.

Darrell franziu a testa.

— Hã?

— É de onde a citação grega vem — explicou Roald, olhando para uma página do seu bloco. — Heinrich queria que nos lembrássemos dela porque a citação também aparece no começo *Das revoluções dos corpos celestes*, o tratado de Nicolau Copérnico, que descreve como *a Terra se move* ao redor do sol.

— Na primeira mensagem, o Tio Henry diz "o legado do Mestre." Os alunos de Copérnico o chamavam de Mestre. Heinrich está dizendo que o Legado de Copérnico — seja ele qual for — precisa ser protegido. Não faço a mínima ideia do que possa ser, mas o gnômon do relógio de sol no túmulo da esposa de Henry está apontando para ele...

A campainha tocou na entrada, e dois homens com cara inexpressiva entraram. Não pareciam estudantes. Estavam usando ternos escuros e claramente escondiam algo debaixo dos braços. Sentaram do outro lado da porta, com uma vista ampla da rua.

Um deles começou a mexer no celular, enquanto o outro olhava o cardápio. Ou fingia olhar.

Capítulo 16

O coração de Darrell batia como um baixo tocando um *riff* de funk. Se eles estivessem certos, Heinrich tinha sido assassinado pelos sujeitos mal-encarados do cemitério. Por consequência, se os dois caras da outra mesa tinham conseguido segui-los desde o apartamento de Vogel, eles também deviam ser assassinos.

Ele sabia muito bem como as coisas aconteciam a partir dali.

Os homens os seguiriam pela rua. Seriam encurralados em um beco sujo. Os caras iriam esperar até que ninguém estivesse olhando, puxariam suas armas automáticas com silenciadores, diriam umas palavras em alemão e — bang, bang! — fim da história.

— Aqueles caras são assassinos — sussurrou ele. — Temos de pagar a conta e sair daqui. Ir para bem longe. Tipo, para casa. Ou para o Havaí. Eu voto no Havaí. — Agora, os dois homens durões estavam olhando para ele. — Ah, não...

— O que vamos fazer? — perguntou Becca, com a cabeça baixa.

De repente, um jovem carregando uma bandeja com quatro jarras gigantes de água apareceu com *Frau* Hempel, que sussurrou alegre para os garotos:

— Juntem suas coisas. Acho que é melhor vocês virem comigo.

— Há uma saída nos fundos? — perguntou Lily. — O último lugar de onde fugimos tinha uma saída nos fundos.

— Há uma saída — respondeu *Frau* Hempel. — Mas não é nos fundos.

No instante em que eles jogaram suas mochilas nos ombros e se levantaram da mesa, os dois homens empurraram suas cadeiras para trás e se levantaram também. Com um movimento que surpreendeu Darrell, mesmo o vendo acontecer, o garçom com as jarras de água cambaleou desajeitadamente entre as mesas. Em seguida, seu pé torceu, a bandeja virou, e as quatro jarras de vidro bateram na mesa dos homens e explodiram.

Um dos homens gritou num falsete, enquanto o outro tentou seguir os garotos, mas escorregou na água e caiu. O garçom balançou e escorregou, arrastando o que gritou para a pilha de gente no chão. *Frau* Hempel empurrou os Kaplans para o quarto atrás do balcão e fechou a porta.

— Kurt está treinando para ser palhaço — explicou ela. — Ele agradece a oportunidade de praticar seu número aqui.

Os cinco dispararam por uma porta e desceram um lance de degraus até a adega do estabelecimento. Ela era muito antiga: metade esculpida em pedra bruta; metade com acabamento em prateleiras de carvalho em forma de diamante, contendo centenas de garrafas de vinho.

— Agora, rápido e silêncio — sussurrou, pondo o dedo sobre os lábios.

Eles a seguiram até o final das prateleiras de vinho e viraram uma esquina, para um pequeno nicho. Puxando uma alavanca na prateleira mais alta, ela deu um passo para trás quando as prateleiras abriram-se cerca de trinta centímetros.

Ela apertou um interruptor de luz, revelando uma passagem íngreme que ia para debaixo da taverna. Esticado no teto da passagem, havia um fio elétrico alimentando, de tantos em tantos metros, uma lâmpada. A iluminação das lâmpadas era apenas o suficiente para ver que a passagem continuava muito além.

— Estes túneis foram construídos pelos berlinenses orientais, que tentavam escapar para Berlim Ocidental por baixo do muro — explicou *Frau* Hempel. — Eles são frios, molhados e nojentos. Raramente são usados hoje em dia. Por isso, há tantos ratos. Eles construíram sua própria metrópole debaixo de Berlim. Uma cidade de ratos.

Wade se arrepiou.

— Uma cidade subterrânea de ratos. Maravilha.

Ela riu.

— Mas os túneis vão tirar vocês daqui da forma mais rápida possível.

No andar de cima, ouvia-se gritaria e barulho de madeira estalando.

— Agradeça a Kurt por nós — disse Wade, entrando na passagem.

— Nós devemos nossa fuga a ele — acrescentou Becca. — E a você.

Frau Hempel sorriu.

— Kurt também pratica luta greco-romana, então vai ficar bem. Agora, entrem nas passagens. Virem à direita sempre que puderem e vão sair perto... bem, vocês vão ver. Vocês vão estar a quilômetros daqui e seguros. Boa sorte. Cuidado. Agora, vão!

O Dr. Kaplan a abraçou.

— Você nos salvou.

Enquanto seguiam a luz fraca, correndo pela passagem estreita e fazendo a primeira curva, Darrell realmente torceu para que não se perdessem, vagando para sempre na escuridão infindável... de uma cidade subterrânea... de ratos.

Capítulo 17

Uma cidade subterrânea de ratos.

Ao avançar na escuridão, sem ver nada do caminho à frente porque todos eram mais altos do que ela, Lily sabia — ela sabia — que aquelas horríveis bolinhas de pelo estavam só esperando para cravar os dentes pontudos em seus finos tornozelos rosados.

Ratos eram a única coisa na qual ela conseguia pensar. Eles tomaram conta da sua mente do mesmo modo como espiões tinham tomado a de Darrell. Ratos e espiões. E assassinato. Espiões assassinos e traidores. Por que não? Aqui, definitivamente, não era o Texas.

O túnel ficou ainda mais estreito. E mais mal cheiroso. Ela resmungava tão baixo que tinha certeza de que ninguém a ouvia.

"Por que ninguém está conversando? Olá! Vocês não estão com tanto medo quanto eu? Na verdade, duvido muito. Consigo ficar com medo como ninguém."

— Vamos ao cemitério agora, certo? — murmurou ela. — Depois que sairmos daqui? Vamos encontrar um táxi ou alguma coisa e voltar ao túmulo?

— Isso — concordou Darrell, olhando para trás. — A lâmina do relógio de sol aponta para algo lá dentro.

— Talvez o Legado do Mestre — acrescentou Wade. — Ou as relíquias. Tudo remete a Copérnico e a como a Terra se move.

"Todos são tão inteligentes. Como se tivessem bibliotecas no lugar do cérebro. Me tirem do subsolo, me ponham em algum lugar com wi-fi, e vou lhes mostrar o que é ser inteligente."

— Vamos para lá imediatamente. Até um cemitério na chuva é melhor do que ficar no subterrâneo, com um exército de ratos gigantes...

— Quem falou alguma coisa sobre ratos gigantes? — perguntou Wade.

— Para mim, qualquer rato é um rato gigante...

— Crianças... — censurou Roald, diminuindo o passo. — As lâmpadas acabam ali na frente. Vamos ter que dar as mãos para não nos perdermos.

— Ou talvez Lily possa cantarolar — disse Darrell. — Já que ela é a última, sempre vamos saber que estamos juntos...

— Ei! — protestou Lily. — Eu poderia liderar, sabe?

— Estou só dizendo que não tenho muita certeza sobre essa coisa de dar as mãos — disse Darrell. — São tantas questões. A mão de quem eu iria segurar? Que mão? O quanto apertaria? Além disso, dar as mãos me faz pensar em esqueletos. Não quero tocar em ossos...

— Você é estranho... — disse Lily.

— Estou ouvindo alguma coisa. — disse Wade. — Ouçam...

Havia um barulho de trânsito sobre eles: carros, o roncar de bondes elétricos e caminhões, o zunido de lambretas. Em seguida um som vindo de longe. Passos?

— Continuem — disse Becca. — Lil, segure minha mão.

Eles se apressaram o máximo possível. De vez em quando, o teto se elevava, e eles viam andares de vigas sob as ruas, talvez a escavação semiacabada de túneis do metrô, e estranhos círculos de luz que Lily não conseguia parar de dizer que pareciam eclipses solares, mas que Wade explicou que eram apenas raios da iluminação da rua ao redor das tampas dos bueiros. OK. Bueiros. Túneis. Cemitérios. Ratos. Assassinato. Seja lá o que for.

"Se eu sobreviver a esta noite, tudo isso vai para o meu blog."

Roald diminuiu a velocidade e olhou para eles.

— Uma escada — sussurrou, ao apontar para os degraus de ferro estreitos e íngremes pregados na parede. — Ela deve dar na rua.

— A rua é uma boa ideia. É onde eles guardam o ar — ironizou Lily, sabendo que a piada era péssima, mas sem dar a mínima. "Só me tirem daqui!" Becca a cutucou.

— Eu vou respirar como nunca.

— Vou checar — disse o Dr. Kaplan.

— Eu também vou. — Darrell abriu um sorriso para Wade. — Você fica.

— Por que eu? — perguntou Wade.

— Eu vou esperar — disse Becca, ofegando.

— Eu também — disse Wade.

— Eu não vou ficar aqui embaixo nem um minuto mais do que o necessário. — disse Lily. — Desculpe, Bec. Vou subir.

Darrell e o padrasto começaram a subir os degraus em fila, e ela os seguiu, pisando o mais suave possível. Não conseguia olhar para baixo. No topo, ficava a entrada de um pequeno cômodo construído com blocos de cimento. No final dele, havia uma porta de madeira, cercada por uma luz fraca.

Roald bateu na porta. Nada. Então girou a maçaneta.

— Trancada. — Ele deu uma olhada lá embaixo da escada. — Deve ter outra saída mais para baixo, no túnel.

— Não — protestou Lily. — Por favor, não vamos voltar lá para baixo. Não há nada...

De repente, Darrell chutou a porta com força. A maçaneta caiu no chão, quebrando-se, e a moldura da porta rachou.

— Assim serve?

— Darrell! — chiou Roald. — Que isso? Seu pé!

— Tudo bem. — respondeu Darrell, fingindo mancar pelo pequeno cômodo, mas com um sorrisinho ao mesmo tempo.

Lily sorriu para ele também, empurrando de leve a porta. Uma lasca se abriu. O mau cheiro quente e pesado de fazenda entrou no ambiente. Ela olhou pela fresta.

— Uau...

— Uau? — perguntou Darrell.

Ela mexeu a cabeça, confirmando.

— Uau, como em "Uau, estamos no zoológico!"

— Tá brincando! — Darrell empurrou a porta com força.

À frente deles havia um corredor mal iluminado e coberto de barras verticais nas duas paredes. Jaulas. Havia pouco movimento no interior das jaulas. No final do corredor, do outro lado, havia outra porta. Um bate-papo estava vindo de trás dela, misturado com o eventual barulho de carro ou lambreta.

— Esse pode ser nosso caminho para a liberdade — sussurrou Darrell. — Contanto que a gente não acorde os animais...

Os degraus rangeram quando Becca e Wade subiram para o topo.

— Mais passos no túnel — disse Becca. — Acho que Kurt não conseguiria segurar aqueles caras para sempre. Precisamos sair daqui. Agora.

Sem outra opção, entraram no corredor das jaulas, fazendo o mínimo de barulho possível. Wade tentou fechar a porta firme atrás deles, mas, graças a Darrell, a maçaneta estava perdida.

Depois de um passo, perceberam que estavam em um tipo de área dos primatas. Havia enormes gorilas peludos amontoados e dormindo sob uma luz rosa fraca, enquanto chimpanzés menores e macacos-aranha corriam para cima e para baixo em árvores falsas, ou refestelavam-se sobre montes de grama artificial.

O Dr. Kaplan pôs um dedo sobre os lábios e andou devagar em direção à porta do outro lado. Darrell se inclinou atrás dele, seguido por Lily, Becca e Wade. Pelo menos uma vez, pensou Lily, ela não era a última.

Na metade do caminho e respirando pela boca, ela lembrou por que não ia a um zoológico há anos e percebeu que não sentia nenhuma falta.

Nesse momento, uma lambreta passou zunindo lá fora, buzinando. Um macaco respondeu com um guincho, pulando para cima e para baixo. Antes que eles pudessem chegar ao final do corredor, o hall explodiu em uma gritaria, e, de repente, coisas começaram a voar.

— Eles estão jogando cocô! — gritou Lily. — Eu mereço...

Os cinco partiram em máxima velocidade até a porta e atravessaram-na com um baque, dando de cara com um esquadrão de seguranças do zoológico, reunido na casa dos primatas.

— *Hey!* — berraram os seguranças. — *Halten Sie! Es ist verboten!*

— Sentimos muito! — gritou o Dr. Kaplan, enquanto eles correm.

— Não queremos reembolso. Obrigado! — acrescentou Wade.

Um segurança soprou um apito estridente, e alarmes soaram em três lugares, enquanto eles corriam por caminhos pavimentados na direção da saída mais próxima. Logo no instante em que as luzes ao redor do zoológico se acenderam, Roald ajudou os quatro jovens a passar sobre a cerca e os arrastou pela calçada. Ele assoviou para o primeiro táxi que apareceu. O carro parou, com uma cantada de pneu.

— Entrem! Rápido! — gritou ele.

— Cemitério São Mateus — disse Becca, quando eles entraram.

— *Alter St.-Matthaüs-Kirchhof!* — acrescentou Lily, no que ela considerou ter sido um sotaque bastante razoável, até que o motorista respondeu.

— Certamente, senhorita.

O táxi partiu, enquanto meia dúzia de carrinhos de segurança parava bruscamente na calçada, e mais alarmes soaram. Seguranças balançaram os punhos e gritaram para o grupo, mas eles já estavam virando a esquina.

Eles tinham conseguido.

Capítulo 18

Sentar-se em um banco acolchoado, em um táxi quente, era o paraíso depois do que Lily já estava chamando de "a aventura dos ratos e do cocô de macaco". Ela queria aproveitar o conforto, mas, como sempre, os outros estavam astutamente à sua frente, ligando pontos, fazendo suposições e sabe lá mais o quê.

— Então, Pai. Copérnico — disse Wade. — Século XVI. Conte pra gente tudo que você sabe sobre ele.

— Isso! E não pule nada da parte do legado e das doze relíquias. — acrescentou Darrell, cutucando Roald e fazendo um sinal com a cabeça na direção do motorista. — E talvez seja melhor você sussurrar.

— O Legado de Copérnico é realmente uma coisa histórica? — perguntou Becca. — Quer dizer, sei que estamos sendo perseguidos, então tem que ser alguma coisa, mas, agora que sabemos quem é Copérnico, a primeira mensagem tem um significado maior? O kraken e as relíquias?

— Esperem — disse Roald, claramente tentando se acalmar. Tirou seu bloco do bolso e o levantou até as luzes que passavam na rua. — Ainda bem que guardei isto. O curso de História da Astronomia de Heinrich foi o meu primeiro de muitos com ele. Ele cobriu tudo isso. Aqui está. Copérnico. — Ele suspirou. — Copérnico...

Pelos sete minutos seguintes, enquanto o táxi roncava pelas ruas, os garotos ouviram o que o Dr. Kaplan sabia.

— Ele era um matemático, nascido em 1473, em Toruń, Polônia. Há lacunas sobre o que sabemos sobre ele, que tipo de pessoa ele era. O que temos, na maioria, são documentos públicos. Ele fez a maior parte dos seus cálculos dos movimentos das estrelas e dos planetas com base no seu conhecimento sobre matemática e na observação sem aparelhos. O telescópio ainda não tinha sido inventado.

— Por Galileu, certo?

— Boa memória, Wade. Sim. Mais ou menos sessenta anos depois de Copérnico. Havia instrumentos na época, claro. Astrolábios, sextantes e compassos usados por navegadores para traçar o movimento das estrelas, e Copérnico sabia tudo sobre eles, tenho certeza. A principal coisa que ele descobriu foi que a Terra se move ao redor do sol. Antes de ele constatar isso, todo mundo acreditava que a Terra era o centro do universo e que os planetas, o sol, as estrelas, tudo girava ao seu redor. Copérnico provou, por meio da matemática e da simples observação, que isso era impossível.

— A Terra se move na *Haus* de Kupfermann — disse Becca.

— Exato. — Roald passou uma página, depois outra. — A Terra realmente tinha que orbitar o sol, para que qualquer um dos números fizesse sentido. Era a única maneira de explicar o movimento das estrelas e dos planetas.

O coração de Lily ainda estava pulando demais no peito, por causa do encontro com os macacos, para ela entender tudo aquilo. Ela sabia quem era Copérnico. Isso era astronomia básica. Antes de Copérnico, astronomia era um tipo de ciência ritualística, certo? Astrologia. Alquimia. Quase uma coisa mágica. Ela tinha ouvido tudo isso na escola. Copérnico era o tal, porque tinha finalmente dito que nós não éramos o centro do universo. O que deve ter incomodado muita gente.

— Copérnico foi um dos verdadeiros pensadores modernos — prosseguia Roald. — Seus alunos o chamavam de Mestre, e nós o chamamos de revolucionário por uma boa razão. Tudo mudou depois que as pessoas realmente entenderam o que ele tinha descoberto: que a Terra é só um de vários planetas. Nada de tão especial.

Becca estava olhando para as ruas molhadas, quando se virou para eles.

— Não foi ele que teve a descoberta publicada só depois de falecer? Não tinha algo assim na história? Que ele estava preocupado com o que as pessoas iriam dizer?

Aquilo soava bem familiar. Lily ligou o *tablet*.

— É verdade. — Roald confirmou, enquanto o táxi entrava em um trecho de trânsito lento. — Ele estava perturbado com o efeito que sua descoberta revolucionária teria na sociedade. A Igreja Católica era muito poderosa, e ele era um cânone, um tipo de professor da igreja. Ele só foi convencido por um jovem astrônomo a deixar divulgar seu trabalho, quando já estava no leito de morte. Eu esqueço o nome do jovem...

— Rheticus! — disse Lily, levantando o *tablet* para que todos vissem. — Ele apareceu perto do final da vida de Copérnico e... — Sem qualquer aviso, a tela escureceu. — Ei!

O motorista do táxi freou de repente, quase mandando Wade para o colo de Becca, enquanto um enorme SUV prateado passava em alta velocidade por eles.

— Sinto muita! — o motorista disse. — Alguns pessoas sao muita grrossas e nao importa outrras pessoas!

Depois que o SUV prateado saiu em disparada, um segundo SUV preto e mais um terceiro vieram atrás, como se fossem uma caravana. Eles fizeram a curva enlouquecidos e desapareceram.

Lily olhava horrorizada para sua tela vazia.

— Por favor, não faça isso comigo. — Ela passava o dedo pelo vidro.

No instante em que o motorista deu ré ao longo da rua, a tela piscou duas vezes e acendeu de novo.

— E aqui estamos de volta!

Capítulo 19

Aconchegada no assento acolchoado do seu SUV prateado, Galina Krause fixou o olhar na imagem na tela do computador, um homem em uma canoa em um rio da selva brasileira.

A canoa estava inteira. O homem, não.

— Estúpido! — O motorista sem nome gritou para o táxi que ele tinha acabado de jogar para fora da rua. — Idiota...

— Silêncio — disse ela. — Continue para Unter den Linden.

Ebner von Braun olhou de relance para Galina, enquanto ela estudava a tela do computador com seus olhos cinza e azul. Ele se perguntou o que seu tio-avô teria pensado dele. Um físico teórico tão brilhante ter passado — como eles falavam? — para o lado negro!

"Talvez ele tivesse me repreendido," pensou Ebner, "e batido sua bengala com ponta de ouro em meus dedos. E então, imagino, seus olhos teriam brilhado, enquanto ele me oferecia uma taça de conhaque."

"— Ao poder! — ele teria brindado."

"Talvez, um dia, nós brindemos juntos..."

Tirando o cabelo escuro do rosto, Galina murmurava ao celular.

109

— O senhor foi negligente, Sr. Cassa. Dou-lhe 12 horas para organizar seus negócios no Rio e se despedir da sua família. Às... — ela fez uma pausa para checar a hora no computador — seis da manhã, no horário daí, o senhor estará morto.

Ela terminou a ligação calmamente, virou-se para Ebner e disse:

— Providencie.

Ele balançou a cabeça, concordando, e suas palavras — "Claro, Senhorita Krause" — fizeram que uma onda de náusea chegasse à sua garganta. Ebner tinha uma coisa para lhe contar que ela não iria gostar de ouvir. Não eram boas notícias, e ele estava relutando até mesmo em mencionar o assunto. Por outro lado, quando descobrisse por si mesma mais tarde — e ela sempre descobria —, ele também estaria em pedaços. De repente, percebeu que os olhos dela não estavam mais fixados na tela do computador. E sim, nele.

— Bem — disse ela —, desembuche!

Ebner limpou a garganta.

— O incidente do elevador em Paris foi uma necessidade, infelizmente. A vítima, um tipo de homem sem importância, não era um simples escritor no jornal, mas, sim, uma parte inseparável da organização secreta que Vogel tinha construído. O *Le Monde* o tinha contratado 17 anos atrás. Seu nome era Bernard...

— Me poupe do seu nome — cortou Galina. — Como o sistema deles funcionava? Era preparado para falhas? Havia um backup?

Ebner continuou:

— Acreditamos que a simplicidade do sistema deles é responsável pelo seu sucesso. Havia um sistema de rotação de guardiões do segredo. Um levava a outro e a outro e a outro e, finalmente, ao francês. Uma mensagem curta era enviada por Vogel, na segunda noite de cada segunda-feira do mês. Ber... esse homem em Paris publicava cada mensagem codificada em edições impressa e on-line do *Le Monde* através do mundo. Assim, os vários membros da organização eram notificados.

— A mensagem? — ela perguntou.

— Simples. Três letras: RIP. Em inglês, *Rest in Peace* — explicou Ebner. — As letras eram posicionadas nas palavras cruzadas, de acordo com uma série de truques que sempre mudavam, com base no número 12.

Ela inspirou bruscamente.

— Doze. Claro. Vogel estava informando aos outros que o legado *descansa em paz*. Como devemos assumir que sua morte deslanchou o Protocolo, agora isso não é mais verdade.

Ebner sentiu um leve arrepio. A palavra "Protocolo" era assustadora. Da maneira como ele a entendia, significava que as doze relíquias, não importava onde estivessem através do globo, estavam predestinadas à sua jornada final e irreversível.

— Nenhuma outra comunicação parece ter sido feita entre os participantes. Para aumentar a segurança, a maioria dos membros não tem notícia um dos outros. Só Vogel, como o comunicador chefe, sabia de todos os... os Guardiões.

— Os Guardiões — repetiu Galina, em voz baixa. — E o homem em Paris ofereceu alguma resistência?

— No começo, naturalmente — respondeu Ebner. — Tivemos que convencer o sujeito a falar. Ele nos contou sobre Vogel, não sob ameaça à sua própria vida, mas à da sua família. Disse que tinha sido um milagre nós o encontrarmos. E foi. Mas milagres terminam, como tudo no mundo. Ele nos contou o que precisávamos saber. Depois, morreu. Tragicamente.

— E a polícia parisiense? O jornal?

Essa era a questão. O grande problema. Dois dos seus agentes em Paris tinham sido desleixados. Por se tratar da morte de um jornalista, agora um dos colegas de Dufort estava investigando a fundo a tragédia. Até então, ele só tinha descoberto um pequeno fragmento de evidência, mas já era suficiente.

— É possível encobrir o caso, claro, mas vai custar dinheiro — disse ele. — Entrei em contato com o Banque Nationale...

Galina moveu um pouco a cabeça. Ela o encarou.

— Irei diretamente ao topo: o diretor-geral da *sûreté*. Nesse meio tempo, discipline os agentes de Paris. De uma vez por todas!

— Como quiser, Senhorita Krause.

— Você está hesitando?

Ebner prendeu a respiração gelada.

— É só que tantos corpos assim não são invisíveis. Assim como não são prédios desmoronados e navios afundados.

— O tempo está contra nós.

— Esta é a razão de estarmos trabalhando em várias frentes para alcançar o objetivo final da Ordem. As experiências, os laboratórios, assim como a busca pelas 12...

— Você está dizendo que o desafio é grande demais para você, Ebner von Braun?

— Galina, por favor. De jeito nenhum. Só estou dizendo que estamos fazendo tudo que podemos e, ao mesmo tempo, mantendo segredo. Precisamos nos manter como uma Ordem de fantasmas, afinal. — De repente, ele percebeu que sua escolha de palavras podia ter conotações lamentáveis. — Uma presença invisível, quero dizer.

Ela baixou os magníficos olhos para o peito dele.

— Discrição, então — disse ela. E virou o rosto para a janela. A chuva tinha se transformado em neve úmida, durante o trajeto. — Essa família que visitou o túmulo? Quem são eles? O que eles sabem? É possível que Vogel tenha compartilhado o segredo com eles?

— Um homem com um bando de crianças? Duvido — respondeu Ebner. — Mas estamos checando suas identidades em nossos bancos de informação neste momento. — Ebner arrumou a bandagem em seus dedos. — Se alguma coisa surgir do HD de Vogel, saberemos amanhã de manhã.

— Amanhã... *de manhã*?

— Antes — corrigiu Ebner. — Muito antes. — E fez uma anotação mental: "Helmut Bern, na Estação 2, precisa apressar a reconstrução do HD."

— E o apartamento do velho foi limpo de qualquer evidência?

— Cada centímetro — respondeu Ebner. — Nós o deixamos exatamente como a faxineira costuma fazer. — "Será que deixaram mesmo?" Ele não estava lá para supervisionar pessoalmente o trabalho, o que era com certeza um risco. Esse sempre era o problema enfrentado por uma organização global com — do que ele a tinha chamado? — um alinhamento singular de causas.

Galina encarou Ebner. Ele desviou o olhar, não conseguia mirar diretamente dentro daqueles olhos. Eram mais fortes do que um raio mortal. E ele sabia muito sobre raios mortais. Experiências tinham sido feitas na Estação 3, em Bombaim, no mês anterior.

— E se você estiver enganado... — começou ela.

— Eu sei — disse Ebner, engolindo em seco. — Terei meu próprio acidente de elevador.

Capítulo 20

Ao andar até os portões do cemitério, Wade sentiu uma mão tocar seu braço.

— Espere aqui — sussurrou seu pai. — Vou encontrar um jeito de entrarmos.

"É, um jeito de entrarmos no parque da morte!"

Observou o pai correr pela calçada. Sabia que ele tinha sido corredor na faculdade, e admirava todos os troféus em seu escritório em casa, mas, agora, gostaria que o homem não fosse tão rápido. Em segundos, ele já estava virando a esquina, desaparecendo, e Wade se sentiu estranhamente abandonado. A escuridão da noite, gelada, e agora a neve também não ajudavam muito.

Ainda passou por sua cabeça que o pai, sendo um adulto, estava correndo muito mais risco do que ele, Darrell e as garotas. Fugindo de homens em carros, correndo por ruas estranhas, escapando por passagens subterrâneas! Os quatro jovens podiam ser considerados como simples turistas despreocupados, aprontando. Mas não o pai. O que significava ele agir assim?

"Que isso era questão de vida ou morte."

Os portões pareciam tão mais altos à noite do que de dia. E as pontas de ferro retorcidas no alto eram como restos de uma fábrica de armas medieval.

Talvez fosse a distância de casa, a noite, a neve molhada, ou os faróis dos carros flutuando como fantasmas entre as árvores, mas o cemitério escuro de repente parecia assombrado.

— Alguém deve estar nos seguindo agora mesmo.

— Darrell, qual é? — reclamou Wade.

— Estou sentindo — disse ele, estremecendo ao olhar em todas as direções. — Sempre fui capaz de sentir essas coisas. Sou sensível a mudanças no ar ou alguma coisa assim. Desde pequeno sou desse jeito. Coisas como movimentos no escuro. Passos. Sussurros. Olhos encarando você por trás de móveis. Tudo isso vai pro meu cérebro e cria uma sensação de que tudo vai dar errado. É o que está acontecendo agora. E está ficando cada vez pior.

— *Você* que está ficando cada vez pior — corrigiu Wade. — E digo isso da maneira mais educada possível. Você está deixando todo mundo apavorado.

— Não sou *eu* quem está deixando todo mundo apavorado — retrucou Darrell, trocando o peso de um pé para o outro, como um jogador de tênis esperando um saque. — A questão é que estamos invadindo um cemitério à noite. Um *cemitério*. À *noite*!

— Já chega! — interveio Lily. — Becca já está assustada o suficiente.

— Nós *todos* já estamos assustados o suficiente. — Becca sentiu um arrepio, ao amontoar-se aos outros sob o arco. — Além do mais, de repente, estar aqui fora desta maneira parece mais maluco ainda. Meu estômago está embrulhando. Sem falar que estou exausta. Talvez devêssemos voltar para casa. Para casa mesmo. Para o Texas.

Wade estava se perguntando se concordava com aquilo quando seu pai apareceu na mesma esquina de onde tinha desaparecido, acenando para eles.

— Isso aqui é quase como o Fort Knox — disse ele. — Mas encontrei uma abertura na cerca de plantas ao longo do muro lateral. Há um portão, mas ele vai só até a minha cintura. Podemos pular.

Dez minutos mais tarde, depois de Darrell checar várias vezes de um lado para outro, e quando não havia nenhum carro passando, eles saltaram sobre o portão baixo, descendo por uma passagem. "No parque da morte."

— Fiquem perto do muro — disse Darrell, agachando como um agente secreto em uma missão. — E cochichem.

Rastejaram ao longo do muro até que Lily, aumentando um mapa do cemitério em seu tablet, localizou o caminho que eles tinham percorrido mais cedo naquele dia, e todos correram pelas árvores até ele. A neve tinha voltado a cair como chuva ao alcançarem o túmulo de Kupfermann.

À noite, o túmulo parecia ainda mais triste do que de manhã. Era uma pequena casa pontiaguda de pedra preta, toda coberta de videiras. As colunas da porta estavam rachadas, e as paredes, espessas de mofo.

A chuva empoçava na face marcada e desgastada do relógio de sol, e a lâmina angulada o seccionava.

— "Sigam o gnômon, sigam a lâmina." — Darrell repetiu. — Parece que a lâmina do relógio de sol está apontando diretamente para dentro do túmulo.

Lily deu um passo para trás.

— Acabei de pensar em uma coisa. Se esse é o túmulo da esposa do Tio Henry, então ele também está... aí dentro agora?

Roald deu as costas por um instante e depois voltou.

— Acho que sim. Ele deve ter sido posto aí dentro, depois que todos deixaram a cerimônia.

— Nesse caso, realmente não deveríamos fazer isso, não é? — perguntou ela.

O Dr. Kaplan passou os dedos pelo cabelo, visivelmente desconfortável com a ideia. Ele limpou a garganta.

— Não, não deveríamos e não faríamos. A não ser por ter sido Heinrich que nos pediu para fazer isso. Tenho que pensar que o desejo dele é mais importante do que respeitar a santidade de um túmulo.

— Talvez *isso* seja respeitá-lo — disse Becca, em voz baixa. — Ele meio que nos guiou até aqui, desde o Texas.

Wade olhou para cima e a viu corar.

— Está certo então — concordou Lily. — Seguir a pista é o último desejo dele.

Wade ficou um pouco emocionado. Ele se agachou e olhou fixamente para as duas direções do ângulo do gnômon, como uma mira de revólver.

— Olhando para cima, não há nada, só céu. Mas, se traçarmos uma linha do ponto alto da lâmina para baixo, parece que ela vai encontrar o solo em algum lugar do lado direito na parte de trás do chão do túmulo.

— Garotos! — chamou Roald. Eles subiram até a soleira.

A ampla porta era feita de bronze mosqueado. Era grande e tão pesada quanto uma porta de cofre, mas parecia ter sido articulada com muito cuidado e lubrificada regularmente, porque, quando os três forçaram a maçaneta, a porta se abriu em silêncio e com facilidade.

O interior do túmulo era uma sala escura.

Lily usou a lanterna em seu celular, e a sala se iluminou com uma luz cinza fraca. No centro, havia dois caixões de pedra elevados, um mais antigo do que o outro, ambos limpos recentemente. No alto de cada um, havia a efígie entalhada de uma figura vestindo uma mortalha.

— O Tio Henry e sua esposa estão juntos agora — sussurrou Becca. — Sinto muito, Dr. Kaplan e Wade.

— Obrigado — responderam os dois juntos.

Darrell espremia os olhos, tentando enxergar no escuro.

— O gnômon aponta para o canto de trás. Lily...

A luz do celular passou por placas de concreto desbotadas, encaixadas umas nas outras. Não tinha nada de peculiar no canto de trás da sala.

— Ilumine ali — pediu o Dr. Kaplan, e Lily levou a luz até a parede do fundo. — Continue assim... Pare!

Mais ou menos no meio da parede, havia uma representação, em estilo antigo, do sistema solar, entalhada em baixo-relevo. Sete anéis perfeitamente redondos cercavam o sol, dos quais os seis mais internos tinham uma pequena meia-esfera em relevo.

— O sistema solar de Copérnico, com seis planetas, e a esfera das estrelas fixas — disse o Dr. Kaplan, contando de dentro para fora, a partir do Sol. — Mercúrio, Vênus, Terra, Marte, Júpiter e Saturno. Somente com o telescópio, iriam descobrir os outros planetas.

— A mensagem falou "a Terra se move" — disse Becca. — Talvez ela se mova. Lily, me empresta a luz? — Ela pegou o celular e andou até a parede do fundo. Os planetas eram meias-esferas de tamanhos variados, projetando-se da superfície da parede. — A Terra é o terceiro planeta?

— Terceira rocha a partir do sol — respondeu Darrell.

Becca levantou a mão e a tocou. Nada aconteceu. Ela a pressionou. Nada. Ela a segurou firme debaixo da sua palma e girou. O som breve de pedra raspando veio do canto atrás do túmulo. Jogando a luz lá, eles viram uma laje de pedra levantar-se levemente do chão, como se movida por uma articulação.

— Meu Deus! — Wade ajoelhou-se para ver. Na beirada da grossa laje, havia um talho, dentro do qual ficava um anel de ferro do tamanho de um bracelete. — Darrell, me ajude...

Juntos, os dois garotos seguraram o anel e o puxaram com toda a força. A laje de pedra se soltou do chão.

Capítulo 21

— Para o cemitério! — ordenou Galina do banco traseiro. Os SUVs arrancaram do apartamento de Vogel tão próximos entre si que quase bateram os para-choques. Uma caravana maligna.

— Mas por que lá? — perguntou Ebner, antes que pudesse se conter. "Idiota!", pensou. "Para que perguntar em voz alta?" Abaixou a cabeça e digitou avidamente no computador em seu colo.

Galina se virou para ele devagar. "Ela está me lançando o olhar da morte de novo", ele pensou. "E se eu não olhar para cima? Será que devo dizer o que estava pensando: que a faxineira não nos contou nada de relevante?"

— Você está pensando que a faxineira não sabia de nada.

"Como ela sabia disso? Como ela sabe o que todos estão pensando? Isso não é muito... humano. Mas, por outro lado, quando alguém é tão linda quanto um anjo, não precisa ser tão humana assim."

Por sorte seu tom não foi de raiva, mas de divertimento. Ele estava salvo, por enquanto.

— Na verdade — ele conseguiu dizer —, eu estava pensando nisso.

Galina olhou pela janela os carros que passavam.

— Pelo contrário. *Frau* Munch pode ser uma velha cega, mas ela sabia de uma coisa.

— Kupfermann *Haus*? — perguntou Ebner, batendo em seu computador prateado. — Mas, mesmo sob ameaça de morte, ela poderia ter inventado isso. Deveríamos ter prosseguido. De qualquer maneira, a *Haus* de Kupfermann mais próxima que encontrei foi uma pousada na Bavária. Com certeza não estamos indo para a Bavária...

— Você não é um estudioso dos mortos, é, Ebner? — indagou Galina, passando o dedo indicador sobre o ferimento na têmpora dele. Doeu, quando ela fez isso, mas como ele pediria para ela parar? — Eu logo soube o que Vogel quis dizer quando escolheu esse nome. O túmulo da família da sua esposa. A chave para a localização da primeira relíquia de Copérnico está escondida no túmulo. Já tem os nomes?

Ebner esperou que ela tirasse o dedo do seu rosto.

— Logo. Mas parecem ser um turista comum e seus filhos.

Galina voltou os olhos gelados para ele.

— Pelo jeito, o homem conhecia Vogel e não deve ser tão comum quanto gostaríamos que fosse. Mande os Corvos encontrarem-se conosco no cemitério. Quanto aos jovens, esqueceu como as crianças mudaram a história do mundo? Terei de lembrá-lo da história de... Hans Novak?

Ebner baixou a cabeça e voltou a digitar em seu teclado. Ela mencionou o nome. Ninguém menciona o nome.

— Não, Senhorita Krause. Não. Claro que não.

Ela se virou para a janela e sussurrou ao celular. Ele detestava quando ela sussurrava na frente dele.

Os SUVs tomaram mais velocidade ainda, em direção ao cemitério.

Capítulo 22

Os degraus de pedra que desciam até a parte inferior do túmulo eram estreitos e tomados pela escuridão.

— Sigam o gnômon — sussurrou Darrell no ouvido de Wade. — Claro. Para o interior do túmulo. Depois, para um tipo de cripta pré-histórica. E depois para onde? Porque, se tem uma coisa que sei, é que onde há uma cripta, há um guardião da cripta. Lembre-se disso.

— Entendi. — Wade se inclinou e começou a descer degrau por degrau. Suas pernas estavam tremendo. Ele parou e olhou para cima. — Pai, você vai descer com a gente, não vai?

Uma sirene soou alto do lado de fora do cemitério. Todos pararam. Ela foi ficando mais alta, em seguida os sons se estabilizaram e desapareceram pelas ruas.

"O efeito Doppler!", Wade pensou, para se acalmar. "A frequência do som decrescente de um objeto se afastando de você. Ciência. Você pode confiar na ciência. É racional. Lógica. Não há guardiões de criptas. Não há fantasmas. Ratos? Bem, talvez."

— Acho melhor eu ficar de guarda aqui. — respondeu o Dr. Kaplan. — Só para garantir.

— Garantir... o quê? — perguntou Lily.

— Nem sei — respondeu ele, com sinceridade. — Mas tenho certeza de que as pessoas ficariam com raiva se nos vissem fazendo isso. Prefiro que lidem comigo. Wade, pegue meu bloco. Anote qualquer palavra, se vir alguma. Depois, vamos embora daqui. Vamos para casa. Caso encerrado.

Wade inspirou o ar um pouco mais fresco do túmulo e continuou a descida para o andar inferior. Lily, novamente com o celular, e Becca o seguiram. Darrell finalmente pôs o pé no primeiro degrau, dizendo:

— Se encontrarmos os esqueletos dos últimos garotos que fizeram isso, vou ficar muito chateado.

As paredes dos dois lados da escada estavam escurecidas pela idade e viscosas por causa do líquen.

— Isso parece... — Lily começou a falar, mas parou quando moveu a luz para as paredes abaixo. — Ops...

Crânios e pilhas de ossos soltos enchiam nichos feitos nas paredes.

Darrell baixou a cabeça.

— Eu sabia. Vamos morrer. Estou oficialmente chateado.

— É uma catacumba — sussurrou Becca. — Com, ao que parece, centenas de esqueletos.

Wade quase se estabacou em uma grade de ferro que tinha caído da parede muito tempo atrás, espalhando pedaços de ossos nos degraus. Ele tirou a grade do caminho.

— Será que são os antepassados de Frieda Kupfermann? São tantos.

— Não todos — respondeu Lily. Ela iluminou vários nichos, todos trazendo a mesma data de 1794. — Talvez tenha havido uma praga. Ou uma guerra?

— Ou voltamos para cima, ou continuamos a andar — disse Darrell. — Não consigo ficar mais aqui.

Passando pelos ossos o mais rápido possível, eles descobriram um andar mais abaixo, com uma entrada no canto à direita, igual ao túmulo superior.

Como ninguém tomou a iniciativa, Wade desceu engatinhando quatro degraus até o cômodo de baixo, e os outros o seguiram.

As dimensões da cripta inferior eram as mesmas do túmulo principal acima, mas o teto era tão baixo, que os garotos tinham de se mover sobre as mãos e os joelhos.

"Debaixo d'água. Essa é a sensação. Estar debaixo d'água."

Darrell fazia barulho ao bufar sem parar, tentando expelir o ar bolorento. Becca estava calada. Provavelmente, pensando. "Ela estava sempre pensando."

— Hum — disse Lily. — Vejam isso.

Sob a luz fraca do celular, eles viram paredes cobertas de grafite, mas não o tipo visto nas ruas das cidades, com tinta spray. Esses eram anotações, números, iniciais e desenhos arranhados nas pedras, como hieróglifos antigos. Alguns eram muito velhos.

— Aqui há iniciais de 1607 — sussurrou Becca. — As pessoas vêm aqui há muito tempo.

— E parece que elas morrem aqui, também — comentou Darrell. — Continuem andando.

Preso à porta da frente do túmulo, havia uma placa feita com o mesmo bronze mosqueado da porta acima deles. Wade se ajoelhou em frente a ela, e Becca se levantou devagar a seu lado.

— É muito pequena para ser um jazigo — concluiu ela. — Parece mais a porta de um cofre.

Gravado na placa havia um pequeno brasão parecendo um escudo, com uma caligrafia floreada de três letras maiúsculas, entrelaçadas de forma tão emaranhada que eles levaram vários minutos para identificá-las.

— G... A... C — disse Lily, finalmente.

Também havia uma citação inscrita acima da porta. Estava em inglês.

THE FIRST WILL CIRCLE TO THE LAST.

— "A primeira circulará até a última", vou anotar isso. — Wade abriu o bloco no final. Abaixo da tradução do e-mail do Tio Henry e das palavras de *Frau Munch*, ele acrescentou a nova inscrição.

Além do brasão, não havia mais nenhuma marca no cofre, exceto por um sinal redondo, mais ou menos do tamanho de uma moeda de dez centavos, em um canto. Lily iluminou o local com a luz do celular e passou os dedos sobre ele.

— Não é um botão, é? — perguntou Becca.

— Vou lhe dizer com o que isso parece — disse Lily. — Parece com um microfone. Do tipo que vemos em computadores e celulares. Olhem. — Ela puxou seu tablet e, claro, lá estava o mesmo tipo de círculo no canto, apesar de que bem menor.

— Reconhecimento de voz, talvez? — perguntou Darrell. — Um tipo de proteção?

— Crianças! — chamou o Dr. Kaplan lá de cima. — Encontraram alguma coisa? O que há aí embaixo? Não podemos demorar. — suas palavras estavam cortadas, preocupadas.

— Um cofre ou algo do tipo — respondeu Lily.

— Conseguem abri-lo?

— Vamos tentar — respondeu Wade.

Darrell balançou a cabeça.

— Certo. Então, supondo que isso seja um cofre e que a única maneira de abri-lo seja através deste microfone na porta, o que devemos dizer? Não temos nenhuma pista.

Becca balançou a cabeça.

— Mas provavelmente a gente *tem* uma pista. Chegamos até aqui por causa das pistas que o Tio Henry nos deixou. Ele nos deu um monte delas. Todas as citações, a carta celeste de Wade. O relógio de sol. O nome deste túmulo. Houve pistas a cada centímetro do caminho até aqui. Talvez haja algo em alguma coisa que a gente já sabe.

— Então, para abrir o cofre, devemos falar alguma coisa no microfone? — perguntou Wade, lendo o bloco. — Que palavras? E se ele for codificado para uma voz específica?

— Mas o Tio Henry nos guiou até aqui — disse Lily. — Por que ele faria isso, se não pudéssemos abrir o cofre?

De repente, Darrell fez um movimento brusco.

— Esperem. — Ele enfiou os dedos no bolso e tirou de lá o diapasão que *Frau* Munch tinha posto em suas mãos. — Talvez o segredo não tenha nada a ver com uma voz. E se for música? Quer dizer, a *faxineira* nos deu isto como parte da última pista do Tio Henry. Talvez seja porque alguém iria precisar dele para decifrar o código do cofre.

— Faz sentido — disse Lily. — Se esse cofre é parte do segredo, provavelmente não seria a voz de uma só pessoa, certo? Se algo acontecesse a essa pessoa, o cofre nunca poderia ser aberto...

— Alguém está vindo, um carro. — sussurrou o Dr. Kaplan do alto da escada. — Vocês têm que subir.

Ouviu-se o barulho distante de veículos se aproximando.

— Continue — incentivou Becca. — Quantas notas há no diapasão?

— Uma oitava completa, incluindo sustenidos e bemóis — respondeu Darrell.

— Toque todas as notas no microfone — pediu Becca.

Darrell se inclinou para perto do pequeno círculo na placa de bronze. A cada nota que ele tocava, Wade torcia para o cofre se abrir e eles poderem sair de lá. Mas nada acontecia. O cofre não se mexia.

— Pessoal, o que está acontecendo aí embaixo?

— De novo! — disse Lily. — Ouvi alguma coisa quando você tocou certas notas. Toque devagar.

Darrell tocou as notas mais uma vez, da mais grave à mais aguda. A... *clic*... B-bemol... B... C... *clic*... D-bemol... D... E-bemol... E... F... F-sustenido... G... *clic*... A-bemol... A... *clic*.

Um barulho baixo soou atrás do cofre, após três notas: A, C, G.

Becca fechou os olhos, apertados, depois os abriu.

— Isso é outra pista: A, C, G são as letras no brasão. Toque essas notas na ordem certa: G, A, C.

Darrell tocou as três notas. O cofre clicou três vezes, mas não abriu. Então, ele as tocou em todas as combinações possíveis. O cofre continuou fechado.

— Talvez deva tocar as três todas de uma vez — disse Lily. — Não separadas, mas juntas. Chamam isso de acorde.

— Sei o que é um acorde — retrucou Darrell, olhando atravessado para ela. — Mas as três notas estão espalhadas pelo diapasão. Sei que falo muito, mas não tenho três bocas...

Lily riu.

— Mas nós temos! Quer dizer, e se uma pessoa sozinha não puder abri-lo, e for preciso várias pessoas? É um tipo de medida de segurança, certo? Três de nós podem tocar as três notas ao mesmo tempo...

— Subam aqui, agora! — mandou o Dr. Kaplan. — Mais carros estão vindo. A polícia deve saber que invadimos o local. Vamos ser presos!

Becca balançou a cabeça.

— Só precisamos de duas pessoas. Se bloquearmos A-bemol com um dedo, G e A estão perto o suficiente para serem tocadas por uma pessoa ao mesmo tempo. Falta só uma pessoa para tocar C. Quem vai fazer isso comigo?

— Eu toco G e A — soltou Wade, sem se conter.

— Subam aqui! — gritou o Dr. Kaplan. — Estou mandando!

— Façam — insistiu Lily. — Rápido.

Wade se viu de rosto colado com Becca, o cabelo dela encostava nele, suas respirações praticamente se misturavam. Ela fez um sinal com a cabeça, e eles sopraram as três notas ao mesmo tempo: G, A, C.

Clic-clic-clic. Trancas se deslocaram atrás da porta de bronze, de repente houve um leve barulho de liberação, e o cofre na câmara inferior do túmulo de Kupfermann, no cemitério de São Mateus em Berlim, se abriu.

— Senhorita Krause, o portão está trancado...

— Atravesse-o com o carro! — gritou Galina, do banco traseiro.

O SUV prateado saltou sobre a calçada, arrebentou o portão e acelerou pela rua principal do cemitério.

Ele repousava sobre um tecido de veludo dentro do compartimento, como se estivesse lá há séculos.

Um punhal fino.

A lâmina, com 2,5 centímetros de espessura no cabo que se estreitavam em uma ponta tão afiada quanto uma agulha, era feita de ferro polido, e suas bordas, que pareciam navalhas, eram sinuosas como uma onda de prata.

Gravadas no cabo de marfim, entrelaçadas da mesma maneira que as letras no brasão do túmulo, havia duas iniciais.

    AM

Wade esticou a mão e pegou o punhal, e, no instante em que tocou nele, seus ouvidos começaram a zunir, e seu coração disparou.

— Cara, isso é pesado. E parece realmente antigo. É tão...

— Crianças! Está parecendo uma invasão militar aqui em cima! — O Dr. Kaplan meio que gritava, meio que sussurrava. — Te-mos-de-ir-em-bo-ra!

Wade só teve tempo de agarrar o tecido de veludo e fechar a porta do cofre, antes que Becca o puxasse pela gola na direção da escada.

Capítulo 23

Os três SUVs ultrapassaram um segundo grupo de carros vindo em alta velocidade de outra entrada. O cabelo preto de Galina voou no rosto de Ebner, quando ela abriu a janela.

— Desliguem os faróis. Parem aqui.

O motorista sem nome fez como foi mandado, e Galina deslizou do veículo tão silenciosa quanto uma cobra. Os outros carros estacionaram por perto. Uma grande *van* cinza-fosca parou por último.

Uma luz fraca piscava atrás da porta aberta de um antigo túmulo com um nome gótico escrito nele. "Eu estava certa. Mais uma vez." *Herr* Vogel era um homem irônico, afinal de contas. Mesmo em sua morte, fez uma piada. Kupfermann. *Copper man.* Copérnico.

— Galina. — Ebner inclinou seu computador. — O destinatário do e-mail de Vogel. — A tela mostrava a foto de um homem alto, com uma barba curta, em pé em uma sala de aula.

— Um professor?

— Astrônomo.

— Claro. — Enfiando a mão no casaco, Galina pegou uma pistola prateada. — Mande os Corvos entrarem.

Sete homens usando máscaras de esqui saíram do fundo da *van* cinza e se moveram na direção do túmulo como fantasmas, passando pela porta de bronze sem fazer nenhum barulho. Galina levantou o rosto e observou o céu. Tinha clareado, e havia estrelas por todos os lados, muito mais visíveis sobre um cemitério antigo do que nas ruas movimentadas.

"Estrelas e os mortos e o passado."

Com o coração acelerado, mais uma vez Galina viu a torre de Frombork coberta de neve e em chamas. E — como se as duas coisas fossem ligadas por mais do que uma lembrança — a cicatriz em seu pescoço começou a doer. Ardia como no dia que a tinha recebido, quatro anos antes, um presente de três médicos brilhantes em uma clínica russa distante.

Três médicos brilhantes que estavam, infelizmente, mortos agora. Tinha havido chamas na neve lá também. Um trágico incêndio destruiu a tal clínica. Incêndios eram uma maneira eficiente de desfazer tantas coisas.

— Senhorita Krause...

Ela retomou o foco no homem fortemente armado correndo na direção dela.

— O túmulo está vazio — disse ele, tirando a máscara. — Há uma cripta abaixo do chão e um cofre secreto.

— E? — perguntou ela.

— Também está vazio.

Galina Krause apertou o cabo fino da sua pistola. O ódio fazia seu braço, mão e dedos tremerem.

— Não — disse ela, em voz baixa.

— Senhorita...

— Não, não, não! — E ela atirou nas árvores. Uma, duas, três, quatro, cinco vezes.

Capítulo 24

Wade congelou, quando a noite quieta explodiu em uma rajada de balas. Cinco tiros. Em seguida, silêncio. Virou-se e olhou para a escuridão.

— Alguém atirou nas árvores — sussurrou Becca, aproximando-se dele, atrás de um túmulo sem nome.

— Esperem. — Roald levantou a mão e observou o mausoléu dos Kupfermann. Lily e Darrell se agacharam no canto do túmulo e tentaram ver o que estava acontecendo. — Aquele lá é o tal homem, o do ferimento no rosto? — Sem esperar por uma resposta, ele acrescentou: — Eles mataram Heinrich.

Wade se sentiu tonto por um instante e se encostou na pedra fria. Seu corpo estava gelado, vazio. O eco dos tiros ainda soava em seus ouvidos. E agora não havia mais dúvida. Até seu pai tinha aceitado o fato.

Códigos secretos. Pistas estranhas. Um punhal antigo. Assassinato.

"Proteja o Legado do Mestre."

Isso era real.

Eles ficaram de pé na orla do bosque, sem fôlego, vendo um pequeno exército de homens uniformizados com camuflagem escura e máscara de esqui tomar em silêncio o terreno ao redor do mausoléu. Entre eles, estava o homem corcunda, com o ferimento na cabeça. Também havia uma linda mulher segurando uma arma prateada. Uma jovem. Poucos anos mais velha do que eles.

— Quem *são* aquelas pessoas? — Lily sussurrou.

— Seguranças do cemitério? Para manter os ladrões de cadáveres afastados? — sussurrou Darrell. — Quem roubaria corpos, de qualquer maneira?

— Eu já vi esse SUV prateado grandão antes — disse Lily. — Acho que foi o que jogou nosso táxi para fora da rua.

— Talvez seja o FBI alemão — sugeriu Darrell.

O Dr. Kaplan balançou a cabeça, negativamente.

— Com máscaras de esqui? Acho que não.

— Se eles estão nos perseguindo, estão em um número bem maior do que a gente — acrescentou Becca.

— Estavam ou procurando por nós ou por isto — disse Wade, mostrando o punhal esquisito.

— Eu fico com isso — disse o pai, fazendo um breve exame no punhal, antes de embrulhá-lo no tecido de veludo e guardá-lo no bolso do casaco.

Um bando de lanternas invadiu o túmulo, e a jovem com a arma se uniu ao homem pálido na porta.

A cabeça de Wade rodava. Tudo estava em colisão. Ele repensou a estranha sequência de eventos que os tinha levado do observatório do Painter Hall ao abrigo daquelas árvores em um cemitério alemão. O que o Tio Henry procurava dizer a eles? O que levou à sua morte?

"Encontre as Doze Relíquias."

"Bem, o punhal é uma das relíquias?"

"Se não for, o que é o Legado de Copérnico?"

— Concordo com Wade — disse Lily. — Se pessoas estão procurando o punhal e elas... vocês sabem... mataram o Tio Henry, podemos ser os próximos. Com certeza, deveríamos ir à polícia. O que você acha, Dr. K.?

Ele ia responder quando, de repente, houve um barulho de sirenes no portão do cemitério, seguido pelo ronco de dois sedans pretos e brancos. Dois carros de polícia surgiram em alta velocidade no local.

Darrell deu um soco no ar.

— Isso! Prendam esses caras!

O primeiro sedan parou perto do SUV prateado. As quatro portas se abriram, e três policiais uniformizados saíram, juntos com um homem baixo vestindo um smoking, que parecia estar indo a uma festa. No entanto, ao invés de qualquer tipo de confronto, houve uma conversa tranquila. Em seguida, os policiais fizeram uma reverência para a mulher e apertaram a mão do homem pálido de óculos.

— O que foi *aquilo*? — perguntou Darrell. — A polícia fez uma *reverência* para ela.

O homem de smoking fez um sinal para outro policial, que pegou alguma coisa no porta-malas do carro. Wade observou dois policiais esticarem uma fita isolante amarela em frente à porta do túmulo dos Kupfermann. Mais conversa. Um riso leve rompeu o ar noturno. Era o riso *dela*? Outra rodada de reverências. Alguns minutos mais tarde, os policiais retornaram para seus carros e dirigiram de volta, passando pelo portão destruído e parando para buzinar duas vezes antes de entrar no trânsito.

— Então, talvez não devêssemos chamar a polícia — concluiu Becca. — Se eles também estiverem envolvidos nisso, a situação está muito fora do nosso alcance.

O Dr. Kaplan arrastou Wade e os outros pelas árvores, para dentro do bosque que dava na rua.

— Vamos pegar um táxi e sair daqui.

— Mas para onde? — perguntou Wade. — Pai, o que vamos fazer? Voltar para o hotel? E o que vamos fazer com o punhal?

Roald olhou para os dois lados da rua molhada de chuva.

— Não sei. Ainda estou pensando. Mas... Venham aqui, todos vocês. — E abraçou os quatro apertado. Wade sentiu o peito do pai arquejar, enquanto ele falava. — Isso é de verdade e é perigoso. E realmente precisamos fazer a coisa certa. Mas, antes mesmo de eu saber o que isso quer dizer, precisamos ficar juntos. Estão ouvindo?

— Sim — responderam todos juntos.

Ele os soltou.

— Certo. Primeiro precisamos ir para o mais longe possível deste cemitério.

Mantendo-se à sombra, eles andaram por várias ruas, até que viram um bonde elétrico roncando na direção deles.

— Podemos pensar no bonde — disse Lily. — Venham.

Eles subiram no bonde elétrico: Lily, Darrell, depois o Dr. Kaplan, e então Wade. Ele se esticou para agarrar a mão de Becca, enquanto o bonde partia novamente. Ela segurou a mão dele e subiu no trem.

— Obrigada — disse ela, em voz baixa; seus olhos fixos na rua que ficava para trás. — Wade, estou com medo.

Quando Becca puxou a mão, afastando-a da dele, Wade sentiu que era o máximo que ela poderia aguentar.

— Eu também.

Capítulo 25

Schwarzsee, Alemanha
10 de março
23h43

"Não era para ser dessa maneira." Galina irritou-se, ao subir com passos largos os degraus de mármore da sua propriedade à beira do lago, no nordeste de Berlim.

Havia sido forçado por sua recente e inesperada viagem a Katha, no centro-norte de Myanmar, a deixar Ebner no comando. Sob sua fachada esquálida, frequentemente chorosa, ele era um físico brilhante, no topo da sua profissão, um homem capaz dos atos mais desumanos e cruéis. Ele sabia muito, talvez mais do que qualquer outra pessoa viva, mas só ela entendia a amplitude e a ousadia do grande plano e a importância e a gravidade de seu *timing*.

Mesmo tendo ela construído seu caminho rapidamente, como nunca visto antes, pelos ranques da antiga Ordem, seu progresso não foi rápido o suficiente. O tempo estava acabando.

Tempo.

Acabando.

Em sua mente, havia a imagem de uma ampulheta: a areia descendo pela minúscula cintura, amontoando-se no fundo, aumentando o tempo passado, diminuindo o tempo restante. Ela não teria mais a possibilidade de virá-la. Não mais.

Era isso. Faltavam 197 dias. Pouco mais de seis meses.

Ela parou.

— Fale seus nomes de novo.

— Seus nomes — murmurou Ebner do seu lugar subserviente, a cinco degraus atrás dela — são Dr. Roald Kaplan; seu filho, Wade; seu enteado, Darrell Evans; uma sobrinha, Lily Kaplan; e a amiga dela, Rebecca Moore. Todos do Texas.

Ela empurrou a porta da frente da mansão.

— Kaplan é, claro, ex-aluno de Vogel?

— Universidade Humboldt, turma de 1994, último ano de Vogel. Talvez o menos provável membro do Asterias. Até agora. Astrofísico e matemático. Seu filho, Wade, está seguindo seu caminho, tem talento para matemática. Vogel mandava presentes de aniversário para o menino.

— Presentes? Sim, claro. Wade Kaplan. Seus celulares e computadores?

— Sendo rastreados, Senhorita Krause, há uma hora.

Galina parou, mas não se virou.

— Há uma Sra. Kaplan?

— Viajando a trabalho na América do Sul. Arquivista.

Ela balançou a cabeça devagar.

— E o cofre?

— Nossa equipe forense coletou amostras de cada centímetro do túmulo. Dentro de uma hora, saberemos exatamente o que havia na cripta. É nisso que devemos focar nossas energias, se queremos nos manter dentro do cronograma. O que você quer que eu faça agora?

— Cuide para que o jato esteja abastecido e na pista de embarque. Partiremos assim que soubermos para onde o objeto conduz. Se minhas suposições estiverem corretas, será em algum lugar da Itália. Enquanto isso, rastreie todos os movimentos deles e cancele a ordem para matar Bartolo Cassa. Ponha-o em prontidão. Agora, saia.

Ela ouviu os passos do físico pararem de repente e se afastarem pelo salão atrás dela, enquanto empurrava as portas duplas ornamentadas, que davam para um aposento interno. Ela puxou as portas de volta e ouviu o clique da tranca. Mordeu o lábio para não gritar. A dor no pescoço vinha e diminuía e voltava de novo, como se alguém estivesse enfiando uma lâmina gelada em sua garganta. Desde a Rússia, há quatro anos, não sentia uma dor igual. Seu corpo se enrijecia como pedra. Suas veias se endureciam como gelo.

Finalmente, a dor diminuiu. Seus músculos relaxaram. Acalmando-se, ela passou a língua nos lábios. Sangue. Tudo se resumia a sangue. Então, a dor estava se tornando mais frequente. Tudo bem.

Cento e noventa e sete dias.

Ela caminhou hesitante pelo chão de mármore, respirando devagar, devagar, até que seu corpo se movesse como antes. Ela adorava aqueles cômodos frios. Sua propriedade. Seu santuário. Um domínio do silêncio dentro do silêncio de pedra.

Como sentia falta dos dias longos sem barulho, sem vozes, livre do ronco de motores e falatório de pessoas insignificantes! Talvez essa fosse a razão pela qual a imagem do céu durante a noite profunda a atraísse como a lua atrai as marés. O firmamento esticado sobre a Terra como um inesgotável mar negro pontilhado de estrelas prateadas. Céu frio. Terra fria. Pedra fria. Silêncio frio.

Ela tocou a cicatriz no pescoço, como se fosse a chave para o que ela deveria fazer a seguir. Atravessou o quarto e cruzou outro par de portas para chegar a um hall mais alto e amplo.

Seguindo o corredor à esquerda, descendo um lance de degraus estreitos, havia uma passagem sob o salão de festas que dava para o fundo do prédio. Durante o caminho, ela diminuiu o passo para apreciar as imagens nas paredes feitas de painéis de carvalho. Em seguida, parou, sorrindo para os prêmios da sua coleção: sete retratos desconhecidos do artista Paul Gauguin, pintados em sete estados de espírito, em sete momentos diferentes do dia, por Van Gogh em 1888, em Arles, e um oitavo, "Gauguin como São João", realizado de memória pelo pintor em seu leito de morte, em Auvers-sur-Oise. Eles valiam o quê? Centenas de milhões de dólares? Um bilhão?

E a próxima sequência — 13 desenhos em carvão sobre velino, conhecidos entre historiadores como os cavalos alados de Michelangelo, há muito tempo perdidos — o que o mundo das artes diria, se eles soubessem que os desenhos tinham sobrevivido?

Ou o instrumento exposto no final do corredor: uma bengala cuja ponta escondia uma lâmina acionada por ação de mola. A tal rapieira-bengala, confeccionada pelo próprio Leonardo da Vinci. O valor? Alto demais para se imaginar.

E, mesmo assim, todas essas obras-primas não eram nada perto do que ela realmente queria: as doze relíquias do Legado de Copérnico.

Galina continuou, virando a esquina e descendo os degraus, passando por duas pequenas bibliotecas, uma galeria e chegando ao cômodo mais profundo da casa.

Em pé no centro exato do chão de mármore, ela olhou para o complexo mosaico debaixo dos seus pés. Um lendário animal marinho. Ao forçar o salto do sapato sob a pedra central, formava o nome do animal em seus lábios. "Kraken."

O chão baixou-se silenciosamente sob ela — um, dois, três níveis — antes de parar, sem fazer barulho, em um amplo subsolo.

O arsenal.

A temperatura na sala circular era fresca; a atmosfera era controlada eletronicamente para preservar as armas raras e frágeis, organizadas nas paredes. Galina desceu da plataforma, que voltou a subir e se encaixou no teto levemente arqueado, com a pintura de um céu noturno coberto de estrelas. O teto tinha sido projetado e pintado pelo mestre italiano Rafael, em 1512, por ordem do último e mais importante dos Grandes Mestres da Ordem Teutônica, Albrecht de Hohenzollern — Albrecht, o Grande.

Galina andou primeiro até os retratos nas paredes, seus saltos estalando devagar contra o chão de mármore.

O enorme retrato de Albrecht encarava profundamente toda a sala. Galina conhecia o rosto do homem como se ele estivesse vivo, de tanto que ela tinha absorvido da imagem, pintada em 1516. Seu nariz longo e redondo, o maxilar firme, as costeletas arrojadas, os olhos que pareciam carvões ardentes enterrados nas cavernas gêmeas sob as sobrancelhas severas. Ela podia ouvir sua voz, como se ele falasse naquele momento, lá e com ela.

"Encontre as relíquias!

É o maior dever da Ordem!

Esse é meu comando!"

Ao lado do seu retrato, ficava o de uma jovem, mais nova do que Galina, doente e morrendo, e já esposa de Albrecht. Mas jovens mulheres eram diferentes no começo do século XVI. Tinham que ser; a vida era amarga e curta.

Apesar da sua doença bem documentada, a garota era primorosa: alva como um alabastro, os cabelos castanho-dourados trançados num estilo elegante, recém-importado das cortes italianas, seu rosto era requisitado por artistas de todo o continente.

Galina observava os dois retratos, as duas almas há muito separadas pela morte. A Ordem Teutônica estava em seu sangue como estava no deles. Ela havia crescido sabendo do poder dos Cavaleiros, e do longo e tortuoso envolvimento da sua família com eles. O sacrifício do seu bisavô. A morte desumana do seu pai. Centenas de anos de história violenta que a tinham trazido a este tempo e lugar. E o Mestre também. O astrônomo e erudito. O espadachim. Nicolau Copérnico. Seu papel na história da sua família não era menos vital.

O grande esforço de Galina em concentrar o imenso poder da Ordem moderna era carregado de dificuldades, mentiras, pactos secretos, traições, assassinato. Mas as apostas eram muito altas. Tão brilhante à sua maneira quanto a esposa de Albercht era bonita, ela tinha provado seu valor aos autocratas idosos e os paus-mandados apáticos da Ordem. Por quatro anos, tinha construído a partir dos destroços uma corporação global moderna tão vasta, variada e poderosa quanto invisível ao mundo.

Agora, tendo galgado as posições da Ordem até quase o topo do poder, somente uma coisa faltava. Conseguir as doze relíquias. A primeira estava mais perto do que nunca. A primeira levaria à segunda; a segunda, à terceira. Ela sabia o verso: "A primeira circulará até a última." Logo, teria as 12. Quebrar a organização de guardiões e encontrar Heinrich Vogel tinha sido primordial. Mas tinha levado tanto tempo. Quatro anos. E agora faltavam escassos seis meses, com o trabalho de verdade só começando. E já havia novos jogadores. Esses novos guardiões. Essas crianças.

Galina sabia que nunca se deve subestimar crianças.

Ela mesma tinha sido uma há tão pouco tempo.

Na parede estava pendurada a primeira pistola inventada, 'um canhão de mão' grande, feito de madeira e ferro, ou *pistala*, da Boêmia do século XII.

— Adorável, mas não confiável. Este aqui, por sua vez...

Ainda tomada pela beleza dos retratos, uma lágrima se formou em seu único olho azul, lágrima que ela deixou escorrer pelo rosto, enquanto desparafusava da parede uma besta de titânio operada a gás e com mira a laser.

Capítulo 26

— Você está sentado no meu pé — reclamou Lily.
— Por que seu pé está no assento? — estourou Darrell.
— Porque é o jeito como me sento!
— Está errado...
— Você está errado!
— *Bitte! Ruhe, Bitte!* — disse o condutor do bonde, fechando a cara para eles, ao diminuir a velocidade até parar, como parecia fazer em cada esquina de Berlim.
— O que significa: "por favor, acalmem-se, por favor!" — sussurrou Becca.
Lily resmungou para si mesma. O bonde estava cheio de passageiros noturnos, e eles tentavam permanecer juntos. Como sempre acontecia nessas situações, por ser a mais baixa e todos a considerarem desinibida e resistente, ela acabava ficando espremida no meio de pessoas grandes com cotovelos grandes. "Eu. A técnica que precisa de mais espaço do que todos para administrar meus equipamentos."
Ela deu suas próprias cotoveladas, enquanto ligava o tablet.
Darrell suspirou e jogou seu peso para o lado de Wade, enquanto ele — Becca notou — parecia fazer o impossível para se inclinar na direção dela.

Roald estava de pé nos degraus do bonde, passando os dedos em um mapa da rota do trem.

— Ainda temos um bom caminho pela frente — disse ele. — Nove paradas, e descemos. Nosso hotel fica depois de uns poucos quarteirões pequenos.

— Espero que sejam pequenos mesmo — comentou Darrell. — Todos nós precisamos dormir.

Pela janela, Becca olhou para as ruas escorregadias.

— Dormir. Acho que já ouvi falar nisso. Só quero me embrulhar nas cobertas e nunca sair de lá.

Quando a tela piscou de volta à vida, Lily percebeu que Becca estava tão distraída, confusa e preocupada quanto os outros e precisava "por favor, acalmar-se, por favor". Está certo que Becca parecia nunca realmente se soltar e se divertir para valer. Becca era Becca. Quieta e pensativa. Lily não imaginaria estar com outra pessoa nesta seja-lá-o-que-fosse. Já Darrell...

— Por favor, me dá espaço, por favor — disse ela, cutucando-o forte com o cotovelo.

— Ai! — resmungou ele. — *Você* está com o punhal agora?

— Não. Mas é exatamente sobre isso que estou pesquisando — sussurrou ela. — A propósito, de nada.

Ela passou imagens de pequenas espadas e punhais vintage, até que chegou a uma figura de uma arma de duelo parecida com a que o Tio Roald tinha posto no bolso do casaco.

— Pode ser um punhal de duelo — disse Lily. — Vocês já viram nos filmes que nas lutas de espada os caras têm uma espada e um punhal? E eles usam o punhal para bloquear a espada do outro cara? O nosso se parece com esse tipo.

— Espero que isso não queira dizer que vamos ter que lutar com alguém. — disse Wade, em voz baixa.

— Ninguém vai usar essa coisa — afirmou o pai.

— Mas por que o Tio Henry escondeu isso em uma cripta, debaixo do seu túmulo? — sussurrou Darrell. — E o que isso tem a ver com Copérnico? Ele era um astrônomo. Um cara da matemática. Estrelas e números. Não era um lutador.

Becca se inclinou sobre Lily.

— Lily, veja se há mais informação sobre de onde esse tipo de punhal vem. Ou as iniciais que estão nele: *AM*.

Lily voltou para a tela.

— Sim, senhora.

— Pai, você acha que ele pode ter pertencido a Copérnico? — perguntou Wade. — Talvez seja valioso.

Seu pai coçou a barba.

— Não sabemos o suficiente para fazer qualquer suposição.

O que, para Lily, soou como o que um professor de ciência falaria. O bonde fez outra parada d-e-v-a-g-a-r. Três passageiros desceram. Talvez indo dormir. "Quanto tempo faltava...?"

— Estive pensando que algumas pistas podem levar a outras pistas — murmurava Becca. — E que o verdadeiro segredo, seja lá o que for, não é o punhal. Faz sentido, não? Quer dizer, o Tio Henry não facilitou em nada para chegarmos até aqui. O e-mail; a pista do aniversário na carta celeste, que ele escreveu seis anos e meio atrás!; a mensagem de *Frau* Munch na poeira; o gnômon. Tudo são códigos e meias-pistas, lugares, jogos de palavras, citações, truques de números. Se os códigos e truques são inteligentes o suficiente, não deveriam ser facilmente decifráveis, a não ser que você tenha a chave. Talvez o punhal não seja o segredo final, mas, sim, a chave para a próxima etapa. Talvez o segredo verdadeiro esteja muito mais adiante ainda, a partir do punhal.

Lily parou de mexer na tela e se virou para ela.

— Becca Moore. Essas são mais palavras do que já ouvi você falar de uma vez, em toda a minha vida.

Becca corou.

— Só tenho a sensação de que estamos no começo aqui.

O que poderia ser verdade, mas Lily não estava gostando nada daquilo. Procurar por pistas e nunca chegar ao final pareceria enfadonho bem rápido. Mas, por outro lado, ela teria a oportunidade de brilhar. Sabia, melhor do que ninguém, onde encontrar coisas on-line, e isso iria com certeza adiantar a solução das pistas.

— Você pode estar certa, Becca. — concordou Roald. — Se o segredo de Heinrich era importante, ele teria camadas de pistas para escondê-lo. Ele adorava pistas envolvendo palavras. Talvez o punhal seja uma dessas. O que chamam de *rébus*.

A essa altura, Darrell se contorcia tanto, que Lily quase podia ver as engrenagens idiotas do seu cérebro ranger, tentando inventar uma piada com a palavra rébus e ônibus, ou alguma coisa do gênero. Finalmente, ele balançou a cabeça de leve, o que significava que seu cérebro o tinha deixado na mão.

— O que é um rébus? — perguntou ele.

— Um objeto ou uma figura que não significa o que significaria normalmente — explicou Roald —, mas está se referindo a um nome, ou ao som de um nome, ou a qualquer outra coisa sobre ele.

Wade franziu a testa.

— Como uma figura de uma manga, a fruta, pode significar manga, parte de uma blusa?

— Exato — respondeu Roald. — Então, porque um punhal tem uma ponta, talvez a pista seja que ele está apontando para alguma coisa. Ou suas letras formam uma palavra. Ou talvez ele seja uma chave.

— Talvez seja todas essas coisas — disse Becca. — Em livros, quando há notas de rodapé em uma página — ela remexeu em sua mochila e pegou um livro —, às vezes eles as marcam não com números, mas com símbolos. Pequenos ornamentos. Há asteriscos, estrelas. Há pequenos símbolos de parágrafos. Estão vendo? Aqui há alguns.

Ela mostrou uma página, onde havia símbolos no texto que correspondiam aos mesmos símbolos no pé da página.

* ¶ §

— Há também pequenos punhais, como este.

†

Wade se inclinou na direção do livro de Becca.

— Então, os símbolos no texto apontam para as notas de rodapé. Portanto, talvez o punhal realmente esteja apontando para alguma coisa. Ou para algum lugar.

"E os links fazem a mesma coisa." Lily seguiu de um a outro, até descobrir uma foto de uma pequena arma que tinha o mesmo tipo de lâmina ondulada que a deles.

— Estão prontos? — sussurrou ela. — Esse exato tipo de punhal é chamado de pug... *pugnale... pugnale bolognese...*

— Punhal à bolonhesa? — Era Darrell de novo, esperando que todos fossem rir. Ninguém riu. Eles estavam mais interessados em o que Lily e seu computador tinham a dizer.

"Aí estava."

— Um punhal de luta feito em Bolonha, Itália. — adicionou ela.

— Interessante — disse Roald, olhando além deles, pelas janelas do bonde. — Por acaso, conheço alguém em Bolonha.

— O artigo diz que esse tipo de punhal está ligado a uma maneira especial de duelo que começou em Bolonha, em lugares chamados *sale d'armi*. Salões de luta. Escolas de luta. Algumas ainda existem. Um dos professores mais famosos era... arrá!... um cara chamado Achille Marozzo...

Becca bateu palmas.

— O *A* e o *M* na parte de segurar.

— É o cabo, Becca — disse Darrell. — O nome é cabo. Você nunca leu *O Hobbit*?

— Aqueles carinhas nojentos com pés peludos? — perguntou Lily.

— Espere — disse Darrell —, você leu *O Hobbit*?

— Por acaso! — respondeu Lily. "Ponto!" — Enfim, A.M. era um mestre de esgrima, que viveu de 1484 a 1553.

— Então, ele viveu mais ou menos na mesma época que Copérnico — disse Becca. — Talvez eles tenham se conhecido. Copérnico esteve na Itália.

— Todo mundo conhecia todo mundo naquela época — disse Darrell, pairando sobre o ombro de Lily. — A população total do mundo não passava de alguns milhares de pessoas.

Lily riu.

— A escola de esgrima parece ainda estar lá...

Wade se levantou.

— Por isso ele falou duas vezes!

— Quem falou o que duas vezes? — perguntou Roald. — Tio Henry?

Agora, Wade estava quase pulando.

— Sim! Eu tinha achado estranho ele dizer "sigam o gnômon, sigam a lâmina": por que ele falaria a mesma coisa duas vezes? Porque ele não falou. Estava nos mandando seguir o gnômon para dentro do túmulo e, depois, *seguir a lâmina* que encontramos no cofre. Ele quis dizer que devemos segui-la até Bolonha, de onde ela veio. Aposto que a escola de esgrima é a próxima pista!

"Essa foi muito boa", pensou Lily. "Muito boa mesmo. Inteligente, Wade."

O vagaroso aceno de cabeça de Roald mostrava que ele também tinha gostado. Mas, em seguida, sua expressão mudou.

— Mas não somos nós que vamos continuar com isso. — Ele fez uma pausa para dar uma olhada ao redor, nos outros passageiros do bonde. Quando ele falava, sua voz era baixa e firme. — Heinrich foi morto porque estava escondendo isso. Talvez ele quisesse que eu, de alguma maneira, assumisse a tarefa... não tenho certeza. Mas *tenho certeza* de que ele não queria que minha família fosse posta em perigo. Essa arma deveria mesmo ir para a polícia, mas, depois desta noite, não podemos ter certeza sobre eles. Então, de manhã vou levá-la até a Embaixada dos Estados Unidos e contar tudo a eles.

Wade franziu a testa, depois balançou a cabeça devagar, concordando.

— Acho que sim.

— Ou talvez só dizer à Embaixada que estamos com o punhal. — sugeriu Darrell. — Eles podem fazer parte da conspiração.

Roald sorriu e bateu de leve no braço de Darrell.

— Duvido, mas talvez. — Lily percebeu que não era fácil para ele decidir o que fazer. Quando alguma ruim acontece, você vai à polícia. Mas eles não podiam. Além disso, Sara não estava disponível durante os próximos dias, então ele não podia consultá-la.

— Vamos pensar no assunto durante a noite — disse ele finalmente, tocando no punhal dentro do casaco. — As coisas vão parecer mais claras pela manhã.

Ela esperava que sim. O bonde estava chegando perto do hotel, e a chuva começava a se transformar em neve molhada de novo.

Ao meio-dia, quando Lily acordou com uma dor de cabeça terrível, o tempo estava pesado e cinza. Levou um tempo para entender onde estava, antes que o cheiro misturado de escape de óleo diesel, bolor e café queimado a lembrasse do hotel brega em Berlim.

Eles tinham voltado tão tarde na noite anterior, depois de correr por toda a cidade, que tinham decidido deixar tudo para a manhã — o assassinato, o punhal, os perseguidores, tudo — e dormir.

O que ela teria feito, se não fosse pelo ronco de Becca. Sua colega de quarto parecia um fantasma, pálida e esgotada, e enrolada em um lençol encardido. Becca era tão inteligente e tudo mais, mas não era o tipo de pessoa para sair correndo de bandidos. Lily tinha certeza de que Becca era melhor em uma biblioteca. Mesmo assim, o pequeno grupo deles não tinha se saído tão mal. Atiradores do mal podem tê-los perseguido por toda a cidade grande e fria, mas eles ainda estavam todos vivos. Além disso, tinham descoberto uma coisa importante. Um antigo punhal à bolonhesa.

— Continue dormindo — sussurrou Lily.

Desconectou seu *tablet* do carregador na parede e o ligou.

"Blog de Viagem da Lily. 11 de março. Dia 3. Ou é 2? Ou 4? Seja lá o que for. Vocês não vão acreditar. Estamos sendo perseguidos por assassinos vestidos de preto..."

Toc, toc.

O coração dela quase parou.

— Sim?

— É o Wade. Vocês têm que se levantar. Papai decidiu que vamos acabar com isso agora. Vamos até a Embaixada e depois pegamos um voo para casa esta tarde.

Lily sentiu algo se quebrar dentro dela quando desligou o tablet.

— Está bem. Claro. Mas é uma pena. Wade? — Ele já tinha voltado para o quarto dele. — Becca, acorde. Vamos para casa...

Ela deu um pulo.

— Estou acordada!

Durante os dez minutos seguintes, elas correram pelo quarto, juntando coisas e enfiando roupas de volta nas mochilas.

— A propósito, você foi sensacional ontem — disse Becca, escovando os cabelos sobre a pia do minúsculo banheiro.

Lily tirou o rosto de dentro da bolsa.

— Está falando com você mesma no espelho?

Becca riu e se inclinou pela porta.

— Não! Você! Todas aquelas informações, tão rápido. É uma pena que esteja acabando. Foi até divertido, na verdade. Algumas partes. De qualquer forma, não chegaríamos a lugar nenhum sem você.

Lily não sabia se zombava dela ou se a abraçava.

— Tudo está na internet.

— Mas você sabe como tirar tudo da internet e passar para o resto de nós — disse Becca, jogando a escova dentro da mochila.

Darrell bateu na porta.

— Cinco minutos, moças.

Lily desconectou seu carregador e espremeu o resto das coisas na mochila.

— Ouça — disse ela, perguntando-se se deveria ao menos chegar perto de completar a frase que estava pensando, mas seguindo em frente. — Sei que às vezes sou espinhosa.

— O quê?

— Minha mãe fala que sou igual a ela. Diz que é difícil para ela se aproximar das pessoas. Ela fala que é uma mãe cactos. Sei que também sou um cacto.

— Não é não. — Os olhos de Becca ficaram úmidos de repente, e ela afundou o rosto na mochila, fingindo procurar alguma coisa. — Você é... — ela fez uma pausa. — Se não fosse por você, eu estaria sentada em uma carteira nojenta, em um cubículo de estudo, no terceiro andar da Biblioteca Faulk! Esta foi a melhor...

A porta se abriu com um estrondo.

— Agora! — gritou o Dr. Kaplan.

Dois minutos depois, eles estavam correndo pelo lobby, onde Wade e Darrell se amontoavam em volta do pai, ao telefone.

— Aham. Mesmo? Foi alguma coisa...? Não posso agora, estamos... não estamos em Austin. Sim. Sim... Por favor... Logo que eu puder. Obrigado. — ele desligou o celular.

— Pai, o que foi? — perguntou Wade.

— É sobre mamãe? — perguntou Darrell.

Tio Roald balançou a cabeça.

— Não, não. Ela está bem. Quer dizer, não era ela. Era a polícia de Austin. Nossa casa foi... invadida na noite passada.

— Ai, não — disse Becca.

— O que foi roubado? — perguntou Darrell — Não a minha Strat?

— A polícia não tem certeza de que algo foi roubado — respondeu Roald. — É isso que me preocupa. A porta dos fundos foi forçada, mas a casa não estava revirada. Exceto... — Ele olhou para Wade.

— Pai? Exceto o quê? — perguntou Wade.

O Dr. Kaplan olhou para ele pelo que pareceu uma eternidade, antes de dizer:

— Seu quarto foi realmente destruído. Parece que os ladrões foram direto para lá e revistaram tudo, de cima a baixo. — Ele bateu de leve no braço de Wade. — Sinto muito. Isso é horrível. A polícia está investigando...

— Eles não vão encontrar nada — disse Darrell. — Esses caras são bons demais. Sem falar que são internacionais. Têm que ser o mesmo bando.

O rosto de Wade empalideceu. Ele abriu a mochila e tirou de lá a pasta de couro.

— Isto. Eles estavam procurando a carta celeste. Pai, eles sabem quem somos. Mas como?

— Wade, não sei lhe dizer — respondeu o pai. — Isso tudo vai além do que eu...

Bip!

A mulher atrás do balcão acenou para eles.

— Táxi está aqui para Kaplans. Embaixada e aeroporto. Boa viagem!

— Vamos voltar para casa mesmo assim? — perguntou Wade. — É seguro?

Roald olhou ao redor do lobby. Além deles e do pessoal do hotel, havia três outras pessoas. Em seguida, deu uma olhada para a mala a seus pés. Lily sabia que o punhal estava lá dentro. De repente, ele pegou a mala e fez um sinal para que eles saíssem do lobby e fossem para a rua movimentada.

Ele olhou para os dois lados.

— Sabem de uma coisa? Não. Não vamos para casa. Ainda não. — Ele os conduziu, passando pelo táxi que os esperava, até a rua do hotel, onde chamou um segundo táxi.

— Não! Não! — o motorista do primeiro táxi gritou, correndo para dentro do hotel.

Um segundo táxi parou.

— Todos para dentro! — disse Roald.

Eles entraram.

— Para a Embaixada, então? — perguntou Wade. — E para onde, depois?

— Siga nesta rua — pediu Roald, enquanto o táxi se afastava do meio-fio. — Vou ligar para a Embaixada. Precisamos sair da cidade o mais rápido possível. Não acho bom ficarmos aqui.

— Para onde vamos? — perguntou Becca.

— Itália — respondeu Roald.

Darrell quase pulou.

— Pai, você está falando sério?

— Minha amiga vai nos ajudar. Não estou... não estou gostando nada daqui e não confio em ninguém. Podem falar que é irracional. *Espero* que seja irracional. Mas há dois assa... — Ele olhou para o motorista e sussurrou. — Dois incidentes até agora. Ir para casa não é exatamente seguro neste momento. Acho que devemos nos manter em movimento, até que as coisas se acalmem. Lily, trens devem ser a melhor maneira...

— Já estou checando — disse ela, lendo seu tablet. — Há um trem noturno, saindo em 45 minutos, para Verona, com conexão para... nosso destino.

— *Bahnhof, bitte?* — disse Becca.

O motorista confirmou balançando a cabeça.

— Chegarremos lá tempo de sobrrra.

Ele acelerou pelo próximo cruzamento, como se estivesse em uma missão, os sinais verdes de *strasse* a *strasse* passando como um borrão. Entre ser esmagada por Darrell de um lado e Becca do outro, Lily manteve os olhos bem abertos, para o caso de algum SUV prateado aparecer.

Por sorte, a jornada não demorou muito. Fazendo um giro quase completo na rua — o que empurrou Wade e Becca para tão próximos um do outro, que nem um gnômon passaria entre eles —, o táxi cantou os pneus até uma parada quase impossível exatamente na frente de um complexo gigante, todo em branco e vidro.

O motorista se iluminou.

— Estaçao de trrem!

Capítulo 27

Wade ainda estava tentando processar a notícia apavorante de que a casa deles tinha sido arrombada, quando eles entraram na enorme estação central de trem de Berlim. Era uma loucura, uma ampla estrutura de vidro e aço, borbulhando com vozes e movimento constante. O chão retumbava sem parar, pois trens pesados chegavam e partiam em dezenas de trilhos, que começavam no pátio principal.

Darrell o cutucou.

— Cara — sussurrou ele —, nossa casa...

— Pois é. *Quem* são eles?

O pai os conduzia até o balcão de passagens, mas parou.

— Ouçam. Para entender o que o Tio Henry queria que a gente encontrasse, temos de ficar um passo à frente desse pessoal, sejam eles quem forem. Falei com vocês que tenho uma amiga em Bolonha. Isabella Mercanti. Era casada com Silvio Mercanti, um dos alunos do Asterias. Ele morreu em um acidente de esqui no ano passado, mas Isabella e eu mantivemos algum contato.

— Um acidente, Tio Roald? — Becca perguntou.

O rosto dele ficou sombrio por um momento.

— Não acho que haja alguma dúvida sobre isso, mas talvez... Enfim, Isabella é professora de arte e literatura na Universidade de Bolonha. Vamos encontrá-la. Ela pode achar essa escola de esgrima para nós. É uma ótima pessoa. Vai nos ajudar.

Apressando-os para o balcão de passagens do outro lado do salão caótico, o pai parecia bastante elétrico e pensando rápido, o que, para Wade, era mais reconfortante do que ele imaginava. Mas depois da pergunta de Becca, de repente parecia possível que nada mais fosse um acidente. De navios afundando a acidentes de esqui.

"Que diabos era esse Legado de Copérnico, e quem eram esses assassinos que o queriam?"

Eles ficaram em pé juntos, quietos, na menor fila, com os documentos prontos. Em poucos minutos, o pai distribuiu cinco passagens para um vagão com leito para Verona e passagens de conexão para a viagem de noventa minutos para Bolonha.

— Durante vinte minutos, ficamos o mais discretos possível — disse o pai, puxando-os para debaixo de um toldo, enquanto procurava pela plataforma do trem.

Wade abriu sua mochila e deu uma olhada lá dentro. A carta celeste estava segura. Claro que estava, mas e *ele*? Estava seguro? E todos *eles*? Estavam seguros?

— Alguém viu o revólver prateado daquela mulher? — perguntou Lily.

— Claro que vimos. E ela — respondeu Darrell. — Como poderíamos não vê-la? Como poderíamos desviar o olhar?

— Não é estranho que no meio de um grupo de assassinos cruéis houvesse essa garota tão jovem? — perguntou Becca. — O que isso quer dizer?

— Não, não, não — disse o pai de repente, puxando o final da barba. — Eu não devia ter feito isso.

Wade se virou.

— Ter feito o quê?

— O cartão de crédito — disse Roald. — Comprei nossas passagens com cartão de crédito.

— O que tem de errado nisso? — perguntou Lily.

Mas Wade entendeu no mesmo instante.

— Porque eles vão saber. Eles conseguem rastrear cartões de crédito. Se têm amigos na polícia, significa que podem fazer quase qualquer coisa. Vão saber que estamos aqui, agora.

— Fiquem aqui por cinco minutos, depois vão para a plataforma — disse o pai. — Vou pegar algum dinheiro. Depois disso, podemos ficar fora do radar. Há um banco eletrônico perto da banca de livros.

"Fora do radar."

— Encontro vocês na plataforma 19, em alguns minutos. É logo ali na frente. Enquanto isso, peguem o que tenho, 100 euros. Valem mais ou menos 130 dólares.

— Não deveríamos ir nós todos com você, Roald? — Lily perguntou, apesar de Wade não ter certeza se ela estava com medo por seu pai ou por eles.

— Não — disse ele. — Não quero que a gente cruze o grande salão de novo. Podemos ser notados.

— Notados?

— Façam o que mando! — disparou Roald. — Me desculpem. Esperem cinco minutos, depois vão para a plataforma e aguardem por mim lá. Peguem estas coisas. — Ele guardou o punhal e o bloco na mochila de Wade.

Wade pôs os euros no bolso.

— Pai, você tem certeza?

O pai estudou o grande salão. Seu rosto estava esgotado e tenso.

— Só até estarmos seguros no trem. Se algo acontecer, não confiamos em ninguém até encontrarmos Isabella Mercanti. Depois disso, não nos separamos, estão me ouvindo?

— Estamos, pai — disse Darrell. — Mas vai rápido, tá bem?

Ele já tinha partido.

Capítulo 28

Seu pai era rápido demais.

Em segundos, Roald tinha desaparecido na multidão. Wade percebeu que ele tentava arduamente manter suas emoções sob controle e ser o mesmo bom pai de sempre, para os dois e para as garotas, mas nunca tinha visto o pai tão ansioso e impulsivo.

"Não confiamos em ninguém."

Havia algo na mensagem do Tio Henry que o pai não tinha contado para eles? O que Asterias realmente era? Se o Tio Henry estava morto, se também Bernard Dufort e Silvio Mercanti estavam mortos, o pai também corria perigo. Talvez todos estivessem em perigo, porque estavam juntos ali.

Ele não sabia.

O que *ele sabia*, ou estava começando a saber, era uma coisa: se o pai seguia em frente, apesar do perigo, ele próprio precisava apoiá-lo. Filhos faziam isso, e ele tinha de estar em sua melhor forma.

O relógio na parede marcava 14h24. O trem sairia daí a um pouco mais de 15 minutos. Becca, Lily e Darrell estavam reunidos, de frente um para o outro, invisíveis para a maioria das pessoas correndo pela estação. "Inteligente. Darrell tem razão ao pensar em espiões. Talvez seja o que esses caras maus realmente são."

Deu uma olhada dentro da mochila na carta e também no bloco e no punhal. Conferiu o dinheiro no bolso.

— Os cinco minutos se passaram — disse ele, com um nó na garganta. — Vamos encontrar nosso trem. E sejam discretos. Os bandidos já podem estar aqui.

Darrell fez uma careta.

— Sem falar na mulher com o revólver prateado.

— Sem falar que você *sempre* menciona a mulher com o revólver prateado — protestou Lily.

A plataforma 19 estava tão cheia quanto o resto da estação. Eles logo se posicionaram atrás de uma coluna grossa, quando a plataforma tremeu, e um trem vermelho gigante percorreu os trilhos para dentro da estação. Logo que ele parou, a plataforma se transformou em um mar de passageiros descendo dos vagões — executivos balançando pastas, famílias puxando malas, carregando pacotes e empurrando carrinhos através da multidão que esperava para entrar. O trem permanecia parado, enquanto equipes de trabalhadores de limpeza subiam a bordo e iam de vagão a vagão com sacos plásticos de lixo.

— Eu não ia querer esse emprego. — disse Darrell.

Wade olhou para o relógio. 14h28. 14h31.

"Onde você está, pai?"

— Alguém já viajou em vagão com leito? — perguntou Becca. — Eu, nunca.

— Uma vez — disse Wade. — Peguei o Texas Eagle de Austin para Los Angeles, para visitar minha mãe. Se os trens alemães forem parecidos, deve haver um corredor no vagão. As cabines são marcadas.

— Estamos na cabine 7 — disse Lily, tentando enxergar dentro do vagão, mas as janelas eram muito altas. — Como dormimos?

— Dormir é desconfortável — disse ele. — Há bancos e camas superiores que se abrem, tipo beliches.

— Eu fico em cima! — disse Darrell. — A cabine deve ser minúscula, não é?

— Mas é nossa — acrescentou Wade. — Não haverá estranhos lá.

— Ah, sim, verdade — disse Lily.

14h33.

Seu peito congelou. Mil coisas poderiam estar acontecendo, enquanto eles esperavam ali, como idiotas. "Pai, vamos!"

Ao sinal de um cobrador uniformizado, os passageiros começaram a subir os degraus dos dois lados do vagão, mostrando suas passagens ao condutor posicionado mais próximo do trem. A multidão na plataforma diminuiu.

"Pai..."

— Devemos esperar ele chegar aqui? Ou entrar agora? — perguntou Darrell, andando de lá para cá, junto ao vagão.

— Claro que vamos esperar — respondeu Lily. — Temos nossa própria cabine. Os assentos são nossos, então ninguém mais pode tomá-los. Estamos bem...

— Ai... não. — Becca fez sinal na direção de uma escada rolante, do outro lado do pátio central. Subindo para o andar superior da estação, com as cabeças girando como corujas, estavam quatro homens robustos, vestidos de preto. — Eles estavam no cemitério?

Wade não conseguia acreditar em como as coisas estavam acontecendo depressa.

— Rastrearam o cartão de crédito quando papai comprou nossas passagens. Ele tinha razão.

— Eles devem ter um sistema de vigilância de computadores — sugeriu Darrell.

— E tropas em todos os lugares — disse Lily.

— Por favor, não os chame de tropas — pediu Becca, escondendo-se atrás da coluna, depois tentando enxergar. — Não estou vendo a mulher, mas vi um desses caras no funeral.

Os homens se espalharam pelo andar acima deles e examinaram as plataformas abaixo.

— Eles sabem que estamos na estação, mas não sabem que trem vamos pegar — disse Wade, virando o rosto. — Então, não sabem para onde vamos. Pelo menos, por enquanto. O que significa que, *se* foi por causa do cartão de crédito do papai, eles sabem o valor, não o destino. Isso é bom.

— Não ver esses caras de jeito nenhum seria melhor ainda — disse Darrell. — Sabia que isso iria acontecer. Nos filmes de espiões, sempre acontece assim. Para todo lugar que você olha, lá estão eles. Sabem de coisas que não têm como saber, mas, mesmo assim, eles sabem, e é assim que sabem.

Wade queria que Darrell fechasse a matraca, mas ele tinha razão. Logo que os primeiros quatro homens tomaram suas posições acima deles, um segundo grupo de bandidos similares apareceu no final da própria plataforma dos garotos.

Becca baixou o rosto.

— Por que seu pai está demorando tanto?

O grande relógio redondo na coluna da plataforma marcava 14h35. Menos de cinco minutos para a partida. "Pai, por favor." Será que alguma coisa tinha acontecido? Ou ele estava só comprando algum lanche para a longa viagem?

O celular de Lily tocou de repente.

— Alô? — Os olhos dela se arregalaram, e ela empurrou o celular para Wade.

— Alô? — disse ele, pegando o aparelho. — Alô? Pai! O quê? Onde você está? — Wade se virou. Seu pai estava andando rápido pelo pátio, na direção da plataforma deles. — Papai mandou entrarmos no trem. Agora!

Os garotos mostraram rapidamente as passagens e saltaram para o vagão do trem. Um aviso em alemão ecoou do sistema de comunicação da estação. Wade se inclinou nos degraus e viu o pai correndo em velocidade máxima na direção da plataforma 25. "Não, pai. É esta aqui!"

Atrás dele, estavam três homens do cemitério, andando rápido, mas não correndo. Alguém na multidão gritou. Em seguida, um apito estridente soou. No mesmo instante, seu pai se inclinou para frente e torceu os pés de uma maneira estranha. "O quê? Por quê?" Roald tropeçou bem em frente dos homens. Ele caiu no chão, levando dois bandidos consigo. Alguém gritou de novo. Outro apito. O trem guinchou. O vagão deu um arranco no trilho.

— Pai! — gritou Wade pela porta aberta. — Pa...

Becca pôs a mão sobre sua boca.

— Ssshhh!

Um grupo de passageiros se amontoou diante da confusão de homens, aparentemente sem saber o que estava acontecendo. Tentaram ajudar o Dr. Kaplan a se levantar. Um policial uniformizado apareceu, com a mão no coldre em sua cintura, mas foi bloqueado pela multidão em torno do pai e dos homens caídos. Um segundo policial veio seguido de vários outros homens de terno, todos rodeando o pai. O trem guinchou novamente e começou a se mover.

Darrell bateu o punho na porta.

— Pai! Pai!

O trem começou a andar mais uma vez e se afastou da plataforma. Agora, o policial baixo do cemitério apareceu, gesticulando freneticamente para seus homens, um dos quais gritava ao celular. Outros se trombavam, tentando atravessar a multidão e chegar no final da plataforma, mas o vagão principal já tinha deixado a estação. O trem estava ganhando velocidade.

— Ai, não — disse Lily, olhando pela janela, enquanto a estação ficava para trás. — O que... o que... o que vamos fazer?

— A polícia pegou o papai! — gritou Darrell, agarrando Wade pelos ombros e o sacudindo. — Ele impediu que eles nos pegassem!

Wade não conseguia respirar.

— A última coisa que ele disse no celular foi sobre Isabella Mercanti. A senhora em Bolonha. Ele quer que a gente a encontre. Disse que temos que tentar não ser capturados. E que ela nos ajudaria.

— Não ser capturados? — Lily franziu a testa. — Nossa, cara...

— Tenho que ligar para mamãe agora — disse Darrell. — Não me importa onde ela está!

Wade entregou para ele o celular de Lily. Ele digitou o número do celular de Sara, enquanto o trem acelerava pelo pátio. Todos olhavam para ele.

— Mãe! — disse ele, mas fez uma pausa e suspirou. — Caixa postal. Claro. Ela já está na Bolívia. Mãe? Oi, sou eu. Olhe, estamos em um trem em Berlim, e papai acabou de ser...

— Espere! — Wade pôs a mão sobre o celular. — Eles já arrombaram nossa casa, não precisam saber sobre Sara. Além disso, ela está fora do radar. Que é como a gente deveria estar. Desligue.

— Mas tenho de contar para ela!

— Ela não pode vir até aqui! — insistiu Wade. — Esses caras podem saber que estamos indo para Verona, mas talvez não saibam que vamos para Bolonha. Não dê essa informação. Termine a chamada.

Darrell lançou um olhar bravo para ele, afastou-se e disse:

— Ligo para você depois. — E desligou. — Que droga — resmungou.

— Você fez a coisa certa — disse Lily.

— Ninguém liga para ninguém — falou Wade, tentando soar calmo, apesar da vontade de gritar e socar algo. Mas sentiu um toque em seu braço. Era Becca.

— Olhe, seu pai vai... ficar bem. Havia centenas de testemunhas lá. E temos passaportes e passagens — disse ela. — E um pouco de dinheiro. A melhor coisa a fazer é descer na próxima parada, seja lá onde for. Ir à Embaixada americana, ou ligar primeiro, ou sei lá, fazer o melhor possível para explicar o que vem acontecendo. Podemos tentar entrar em contato com Isabella Mercanti de lá. Se ela é amiga do seu pai, ela vai nos ajudar.

Wade olhou para a garota. De repente, ele conseguiu respirar novamente.

— É, você tem razão. É impressionante que você tenha conseguido pensar em tudo isso. Sob pressão e tudo mais.

Becca suspirou.

— Tenho alguma experiência, mas deixe para lá. Estamos todos de acordo?

Todos balançaram a cabeça, concordando. Encontraram a cabine 7, um pequeno compartimento com dois bancos de frente um para o outro, com uma cama estreita dobrada sobre cada um deles. Sentaram-se, tentando recuperar o fôlego, enquanto o trem aumentava a velocidade. Do lado de fora, o centro da cidade estava rapidamente se transformando em subúrbios e áreas arborizadas, cruzadas por autoestradas. O dia estava cinza, como o anterior. A Alemanha era um lugar cinza.

Lily pegou o tablet em sua mochila e tocou na tela.

— A próxima cidade com uma Embaixada americana é um lugar chamado Magdeburg. É uma cidade bem grande...

De repente, a porta da cabine se abriu com um empurrão e um rangido.

— Desculpe, *este* cabine *ocupado* — disse Darrell.

A porta se abriu completamente, revelando dois homens com rostos inexpressivos, bloqueando o caminho como um par de carvalhos.

— Ei, o que... — Wade se levantou.

Um terceiro homem, com o rosto redondo e vermelho e o cabelo mal pintado de preto, se enfiou entre os dois homens-árvore. Estava com um celular no ouvido.

— *Ya* — disse ele ao telefone, baixando a voz. — Você, mostrre passagem, agorra!

Sem pensar, Wade lhe mostrou a passagem.

O homem rosnou ao celular.

— Bolonha!

Ao ouvir a palavra, o estômago de Wade deu um nó. Por que ele tinha simplesmente obedecido ao homem?

O homem de cara vermelha virou o celular e tirou uma foto deles. Tic! Um instante mais tarde, ele disse:

— Ya! — E desligou o celular.

Com um sotaque mais forte do que os homens que o acompanhavam, o cara vermelha, com cabelo de capacete preto, disse:

— Ze querrem ver zeu pai, Dr. Keplan, fifo de nofo... virrao conosco. Agorra.

Capítulo 29

Darrell tinha esperado por isso desde o começo.
Homens feios, com armas feias e sotaques fortes. "Virrao conosco." Tudo se passava como o roteiro ruim de um filme brega estrangeiro de espiões. Ele sabia que ia ser desse jeito. Só estava surpreso de não ter acontecido antes. Estavam na Alemanha, afinal de contas. A capital dos espiões e assassinatos e mortes e filmes estrangeiros e espiões.

Os homens do tamanho de árvores os empurraram para um corredor. Naturalmente, ele já estava vazio: todos os outros passageiros já tinham encontrado suas cabines e estavam se acomodando e lanchando confortavelmente. Se as pessoas estivessem se movendo no corredor, os garotos poderiam fazer um escândalo e os bandidos talvez fossem presos. Ou, espere. Não seriam presos. Os bandidos estavam trabalhando com a polícia. Ou falsa polícia. Seja lá o que for. Todos eram espiões, e espiões com sotaque sempre eram perigosos.

— Porr aqui — mandou o espião de cara vermelha. Seu cabelo brilhava como uma bola de boliche muito preta. Devia estar duro e grudento.

"Esqueça o cabelo dele, planeje nossa fuga!"

Os homens forçaram os garotos pelo corredor estreito, através da porta que se conectava com a plataforma entre os vagões. O vento estava forte e quase os jogou para fora do trem.

Nenhum plano de fuga veio à sua mente ali.

A cidade já tinha ficado para trás, e eles passavam céleres por subúrbios salpicados de árvores e casas, até que não havia mais casas, só florestas.

"Um bom lugar para jogar nossos corpos."

— Parra prróximo vagao!

Darrell desejou ter o tipo de cérebro que olharia para a situação deles e pensaria em um plano instantâneo à prova de idiotice. Uma vez, um filme mostrou o interior da mente de um herói, e ela não parava, como um computador, uma cabeça eletrônica. Isso seria tão bacana agora.

— Rápido — disse o cara vermelha. — Prróximo vagao.

O trem começou a diminuir a velocidade. A próxima estação apareceu ao longe. Dois SUVs estavam paradas na rua, do lado de fora da estação. Nada bom. Enfiando suas armas nos bolsos, os dois gigantes cutucaram os garotos na direção do final do próximo vagão, onde ficavam os degraus que desciam para a plataforma, enquanto o chefe voltava ao celular.

"Checando com a mamãe?"

Então, ele teve uma ideia. Era uma ideia simples, mas tinha visto filmes suficientes para saber o que acontece quando trens chegam a uma estação. Ele cutucou as costas de Lily e de Wade e sussurrou:

— Se preparem para correr.

— Eles estão armados! — sussurrou Lily.

— Silêncio! — gritou cara vermelho. — Continue andando parra porta.

Darrell aproveitou a oportunidade e, de propósito, tropeçou e caiu.

— Levante-se...

Foi um pequeno atraso, mas aconteceu o que ele esperava. Mesmo antes de o trem parar, várias portas das cabines se abriram e passageiros invadiram o corredor.

— Corram! — disse Darrell. Ele ficou de pé num salto e empurrou os amigos para o amontoado de passageiros.

"Hey!" "Ach du lieber!", os passageiros gritaram, mas os garotos forçaram a passagem entre eles, atravessaram a porta de conexão e chegaram ao próximo vagão, onde correram pelo corredor até o final. O trem deu um arranque. Becca parou e apontou para fora da janela.

— Olhem!

Mais dois homens extragrandes subiram a bordo.

— Agora, são cinco! — disse Lily.

— Continuem andando! — mandou Wade, empurrando-os para longe dos homens.

Darrell logo percebeu que o trem iria acabar, e de fato acabou. A porta do último vagão estava trancada.

— É o vagão de bagagem — disse Becca.

Lily bateu na porta com os pulsos.

— Deixe a gente entrar!

— *Eine* minuto! — gritou uma voz, vinda de detrás da porta. Dois ferrolhos foram soltos. A porta se abriu com um estalo. — *Was ist das*?

Enquanto o trem acelerava, Darrell ouviu os bandidos entrarem no vagão atrás deles.

— Precisamos...

Becca soltou algumas sentenças que soaram como se ela estivesse tossindo. Mas, pelo jeito, soava como alemão, porque o homem de bigode, atrás da porta, deixou-os entrar no vagão de bagagem e trancou a porta novamente.

— Disse a ele que eu precisava de um remédio na minha mala...

A porta balançou.

— *Lassen Sie Uns rein*! — grunhiu uma voz — *Die Kinder sind Ausreisser*! Fugitivos!

O segurança resmungou:

— O quê, agora?

— Eles estão mentindo. — Lily tentou convencê-lo.

Os garotos saltaram sobre bolsas e malas até a porta no final do vagão. Ao abri-la, eles se viram de cara com os trilhos que iam ficando para trás. O trem estava indo rápido agora, aproximando-se da velocidade máxima.

Destrancando a outra porta, o segurança das bagagens relutantemente deixou entrar os quatro homens corpulentos e o cara vermelha. Eles o empurraram, mas ele enfrentou um dos grandalhões e começou a discutir. O cara vermelha e seus capangas simplesmente abriram caminho até o fundo e acuaram os garotos na plataforma exterior.

— Chega de correr! — disse o cara vermelha. — Entrregue o chave.

O vento batia gelado ao redor deles. Agora, o segurança lá dentro estava gritando com uma voz aguda.

O cérebro de Darrell processava as opções, quando de repente teve uma segunda ideia sensacional. Enfiou a mão na mochila, tirou de lá o diapasão e o segurou sobre os trilhos.

— Quer a chave? Aqui está ela. Pertencia a Vogel. Um centímetro a mais, e eu a jogo lá embaixo.

Os homens congelaram.

— *Nao, nao* jogue — disse um deles.

— Eles nao sabe nada! — disse o cara vermelha.

— É mesmo? — rosnou Darrell — Isto é o que estava no cofre no túmulo. O segredo pelo qual todos vocês estavam procurando. A moça bonita mandou vocês pegarem isto, certo?

Um detalhe interessante, ele pensou, e parece ter funcionado. Os homens estavam murmurando uns para os outros. Tão rápido quanto tinha acelerado, o trem diminuiu de velocidade de novo. Estavam aproximando-se de uma ponte. O vagão principal chacoalhou sobre ela, mais devagar ainda.

— Eles nao sabem nada! — repetiu o cara vermelha; seu rosto ficou mais vermelho e mais redondo. — Peguem antes prróxima estaçao!

Os capangas avançaram como uma linha de ataque de futebol americano, acuando-os na grade do fundo.

O espaço era muito apertado para segurá-los. Lily dava chutes no ar, enquanto Wade se agitava na frente de Becca. Darrell conseguiu soltar um braço e arremessou o diapasão. Um dos homens gritou, quando ele saiu voando pelo ar, e fez barulho ao cair nos trilhos. O cara vermelha respondeu empurrando aquele que gritou para fora da plataforma.

— Ache! Encontrre!

Sobraram o cara vermelha e três capangas. Com os pensamentos brotando um depois do outro, Darrell deu um empurrão, e o cara vermelha caiu de costas no vagão de bagagens, onde o segurança estava gritando ao telefone.

Wade fez um movimento para pegar o punhal em sua mochila, mas resolveu chutar um dos caras no joelho. Ele caiu de cabeça na plataforma. Becca e Lily se revezaram dando tapas nas orelhas de outro, enquanto ele as xingava.

Darrell saltou sobre o último, fazendo-o perder o equilíbrio no caminho, e os garotos voltaram para o compartimento de bagagens.

O cara vermelha apalpou o casaco, procurando alguma coisa, mas Wade e Darrell o empurraram de volta para fora, onde ele caiu sobre os outros no chão da plataforma. Juntas, Lily e Becca fecharam e bloquearam a porta.

O segurança correu até lá, seu bigode balançava de raiva.

— Chamei *a* condutorr!

Wade enfiou a mão no bolso e puxou o bolo de notas que seu pai lhe tinha dado.

— Nos ajude, por favor. Vou lhe dar euros. Basta ir embora e deixar a chave conosco.

Os homens bateram na porta.

— Abrra, ou atirramos!

Fazendo peso contra a porta, Wade pegou algumas notas, mas o segurança agarrou o bolo inteiro.

— *Obrrigado*!

Ele trancou a porta da plataforma e, jogando a chave para Wade ao passar para o próximo vagão, foi embora.

— Se escondam atrás das malas — disse Becca.

Rapidamente, Wade abriu a porta da frente pela metade, depois se juntou aos outros atrás de uma parede de malas, pouco antes dos três atiradores e o cara vermelha destruírem a porta dos fundos e entrarem no vagão. Os homens viram a outra porta aberta e correram por ela, sem olhar. Quando os homens passaram, Darrell correu até lá e prendeu os dois ferrolhos.

— Não acredito que ainda estamos vivos. — Becca respirou fundo.

Lily explodiu em algo entre um riso e um grito.

— Por enquanto!

Capítulo 30

Wade sabia que eles tinham muito pouco tempo, antes de os malucos voltarem com força total.

— Precisamos de outro plano.

— Não olhe para mim — disse Darrell. — Já esgotei todos os meus.

— Além disso, você acabou de jogar fora uma das nossas pistas — reclamou Lily. — E se precisarmos do diapasão de novo?

— Não vamos precisar — disse Darrell. — Tenho ouvido absoluto.

Ela cerrou os olhos.

— Não sei exatamente o que isso quer dizer, mas é melhor você ter mesmo!

— Pessoal, temos que sair do trem, antes de ele parar na próxima estação — alertou Wade. — Ou, ainda pior, antes de ele parar num ponto de controle de fronteira. Quanto falta para chegarmos à Áustria? Alguém sabe?

— Estou checando — respondeu Lily, tocando seu tablet.

O trem corria por florestas e vales, cercados por montanhas salpicadas com esporádicos castelos, rios largos e autoestradas tortuosas.

— Provavelmente, menos de uma hora — disse Lily.

Wade andava para lá e para cá no vagão.

— Não podemos contar com a sorte de novo. Vamos esperar o trem diminuir a velocidade. Como estamos no final dele, podemos saltar e nos esconder antes que alguém nos veja.

Darrell levantou a cabeça na direção de Wade, cético.

— Esse é seu plano? Saltar do trem?

Ele sabia que podia dizer que não estava falando sério, mas, depois de atravessar a ponte, o trem não tinha aumentado a velocidade de novo, o que provavelmente significava que a estação não estava longe. Então, confirmou:

— Sim. É isso.

Abriu a porta dos fundos e foi para a plataforma. Por mais devagar que o trem parecesse ao observar as árvores distantes, ele estava indo rápido em relação ao solo. Wade tinha certeza de que Einstein tinha um nome para esse fenômeno, mas não tinha tempo para pesquisar em sua memória.

— Quem vai primeiro?

— Você vai primeiro — disse Lily, imediatamente. — Se você não morrer, mandamos Darrell. Se *ele* não morrer, Becca e eu vamos. Certo, Bec?

— Isso aí, irmã — concordou Becca.

Wade resmungou.

— Justo.

O trem diminuiu ainda mais, enquanto ele descia para o degrau de baixo. O solo do lado esquerdo do trilho era uma cordilheira de gramas em tufos. Segurando sua mochila com uma mão, ele saltou, batendo com força no chão e rolando duas vezes. Olhou para trás. O trem diminuiu mais ainda. "Rápido!" Becca abraçou sua mochila e pulou da plataforma. Um pouco desajeitada, mas rolou de maneira inteligente. Lily e Darrell foram juntos. Darrell quase caiu em pé, enquanto ela rolou no solo e parou em um monte.

Levantando-se, Wade sentiu uma dor aguda no antebraço, mas nada tão ruim quanto a vez em que o quebrou jogando basebol. Moveu-o com cuidado e, como se sentiu melhor, ignorou o assunto.

— Todos estão bem?

Todos murmuraram alguma coisa e cambalearam na direção dele, o que já era bom o suficiente. O trem seguiu por mais ou menos um quilômetro pelo trilho, antes de desaparecer atrás das árvores em uma curva. Ouviram-se dois apitos e os freios guincharam.

— Logo que descobrirem que não estamos no trem, eles vão vasculhar a área — disse Becca. — Temos que estar longe daqui.

— Vasculhar a área — repetiu Darrell, com um sorriso. — Linguagem oficial de espião.

— Shh! — Wade ficou atento ao barulho do trem partindo. Mas o som não veio. — Normalmente, as paradas demoram menos que isso. Acho que o trem ainda está lá. A gente deveria ver o que está acontecendo.

Lily lhe lançou um olhar incomodado.

— Parece arriscado.

— E é, mas neste momento eles não sabem onde estamos. Quanto mais soubermos, melhor para nós.

— Você está dizendo que devemos espionar os espiões? — perguntou Darrell.

— Sim.

Sem esperar uma discussão, Wade partiu pela grama alta, esperando que os amigos o seguissem. Ele se sentiria bem idiota se eles não o fizessem. Felizmente, eles o seguiram.

Ficando ao abrigo das árvores, eles caminharam furtivamente pela curva na pista em direção à estação. Um SUV preto e dois carros de polícia estavam estacionados, próximos à plataforma. Três brutamontes e o cara vermelha tinham saído do trem e estavam de pé por perto. O homem que tinha saltado atrás do diapasão mancou para fora de uma das viaturas. Ele apontou para cima e para baixo nos trilhos com seu braço que estava ileso, com ele reluzia o diapasão de prata. Os outros pareciam concordar com todas as palavras do sujeito. Finalmente, um dos três homens-árvore voltou para o trem, enquanto os outros saíram de carro. O trem partiu de novo.

— Então — disse Lily —, o que descobrimos, professor Wade?

Ele voltou a respirar.

— Que, se eles mantiveram um cara no trem, é porque não sabem se ainda estamos nos escondendo a bordo. Isso é bom. Sabem que estamos indo para Bolonha, porque eu fiz a burrice de contar para eles...

— Qualquer um de nós teria feito a mesma coisa — disse Becca.

Wade abriu um leve sorriso.

— Obrigado. Mas, enquanto eles não souberem que encontramos um punhal na cripta, não saberão sobre Achille Marozzo ou a escola de esgrima. Se formos espertos, poderemos chegar lá sem que eles descubram. Além disso, temos a amiga do papai para nos ajudar.

— Está bem. Descobrimos muita coisa — aprovou Lily. — Bom trabalho.

— Mas sem chance de termos ficado livres deles. — disse Darrell.

Becca balançou a cabeça, concordando.

— Então, qual é o próximo passo? Como chegamos à Itália?

— Primeiro, temos de achar um meio de transporte que nos mantenha fora de radar — disse Lily. — Venha comigo, Darrell. Vocês dois, fiquem aqui. Dois adolescentes não parecem tão suspeitos quanto quatro.

— Bom — concordou Wade.

Ao observar os dois entrarem na cidade, ele teve quase certeza de ouvir Darrell cantarolar. Melhor ainda.

Becca ficou olhando para os trilhos até muito tempo depois de o trem ter desaparecido.

— Wade, fizemos a coisa certa? Ir embora sem o seu pai? Quer dizer, sei que não tínhamos outra opção na hora, mas temos agora. Uma parte de mim acha que deveríamos voltar e contar para todo mundo o que sabemos. Ir à nossa Embaixada ou à imprensa e pedir ajuda. Sei lá. É meio louco estar indo para mais longe. — Seus olhos estavam sombrios de preocupação, assim como Wade imaginava que os dele estivessem.

— É, também não sei. Exceto que papai falou para não confiarmos em ninguém. Ele iria querer que ficássemos livres. — Wade pegou o punhal, que brilhou na luz pálida do sol. — Isto faz parte do Legado, e a razão pela qual pelo menos duas pessoas morreram. Aqueles bandidos o queriam. Acho que manter o punhal seguro e longe deles é o único poder de barganha que temos agora.

Foi um discurso e tanto, e ele se perguntou se fazia algum sentido.

Becca examinou o rosto dele. Ficou calada por um tempo, depois disse:

— Está bem. Vamos tentar chegar a Bolonha e até Isabella Mercanti. Mas, ao primeiro sinal de um terno preto, corremos para a Embaixada.

Wade riu.

— Terno preto? Estamos indo para a Itália, não se esqueça.

— Você me entendeu — disse ela, sorrindo e mostrando as covinhas.

Wade queria continuar conversando dessa maneira com ela. Era surpreendentemente confortável e reconfortante, e mantinha sua mente afastada do que estava acontecendo com seu pai em Berlim. Ele realmente esperava que os homens no trem estivessem blefando quando disseram: "Se quiserem ver seu pai vivo de novo..."

Na verdade, ele *precisava* acreditar que não passava de uma ameaça vazia. Ou não conseguiria continuar nem mais um minuto.

Houve um estouro repentino vindo do final da rua, enquanto um caminhão seguia na direção deles, bufando e cuspindo uma nuvem de fumaça azul. Ele ganhou velocidade, mas de repente diminuiu e desviou para a calçada.

Instintivamente, Wade pegou o braço de Becca.

— Para as árvores...

— Wade! — Darrell enfiou a cabeça para fora da cabine do caminhão. — Wade! Esta é a nossa carona. Um caminhão de supermercado.

O caminhoneiro uivou de tanto rir, ao descer da cabine com Darrell e Lily.

— Ele disse que temos rostos simpáticos — disse Lily. — O que, é claro, temos.

— Vou Bolonha — disse o caminhoneiro. — Duas vezes semana. Venham.

Becca torceu o nariz para Wade.

— O que aconteceu com "não confiar em ninguém"? Você acha...

— Venham, venham! — O caminhoneiro abriu a lona atrás do caminhão para Darrell subir, balançando a aba enquanto os outros hesitavam. — Não sou mau. Tenho família. Crianças. Duas. Bom caminhão!

Quando nem ele nem Becca se moveram, Lily marchou até lá.

— Ele tem uma cara simpática, não acham?

— Eu sei, mas... — Wade começou.

— Você pode dizer muita coisa a partir do rosto da pessoa. E do seu Facebook. Ele postou as fotos mais fofas dos filhos. Olhem. — Lily lhes mostrou o *tablet*. Um menino estava carregando uma menina nos ombros. Estava usando um bigode falso. — Sei que é loucura, mas ele parecia legal. Ele tinha um caminhão, sotaque italiano, então Darrell e eu demos um voto de confiança. Além disso, ele tem *crianças*. Duas. E, agora, temos nossa carona. Vamos lá, gente. Darrell já está se sentindo em casa, lá atrás.

O caminhoneiro tinha um rosto bem simpático mesmo. Principalmente, um sorriso largo. Não muito diferente do Tio Henry.

— Está bem — disse ele. — Muito obrigado, senhor.

— Tic, toc! — incentivou o caminhoneiro, rindo e balançando a lona para que eles se apressassem. — Vocês escondem. Vocês dormem. Nós chegamos Bolonha para almoço!

Capítulo 31

O caminhão estava lotado de engradados do que Darrell explicou ser um carro-chefe de exportação da Alemanha para a Itália: refrigerantes e água mineral.

— Pessoal — disse ele —, agora somos oficialmente carga alemã!

— Escondidos em um caminhão de refrigerante — disse Lily, sorrindo, enquanto o motorista prendia a lona e ligava o caminhão. — Isso vai direto para o meu blog.

Durante as três horas seguintes, o caminhão balançou devagar pelas montanhas até o controle de fronteira da Áustria, por onde o motorista passava duas vezes por semana. Quando os guardas levantaram as abas, só viram engradados de garrafas e latas, e logo acenaram para que ele continuasse.

Depois disso, o caminhão fez paradas em mercados e lojas no caminho. A última passagem de fronteira para a Itália era rápida, e a rota era mais ou menos direta para pequenas lojas e mercados de pequenas cidades, até só restarem poucos engradados.

A julgar por um sonho sobre seu quarto revirado em Austin — do qual ele acordou suando — Wade percebeu que ele devia ter dormido pelo menos durante uma boa parte da tortuosa viagem noturna. Ao se sentar, notou que seu braço estava latejando do cotovelo para baixo, mas não o pulso, que ele conseguia mexer com certa facilidade. O que significava um dano muscular e não algum tipo de fratura de osso. Darrell estava dormindo profundamente, com a boca aberta. Becca estava acordada, com os braços enrolados nos joelhos e com Lily recostada em seu ombro. Ela não parecia querer conversar.

No final da manhã, o caminhão estava vazio e estacionado em um depósito com vários outros caminhões. Eles agradeceram ao motorista mais uma vez, ele lhes desejou boa sorte, e logo estavam nas ruas de Bolonha.

Como primeira tentativa de contatar Isabella Mercanti, Lily ligou para a Universidade de Bolonha e passou o celular para Becca, que gaguejou algumas palavras hesitantes em italiano. Ela foi posta em espera várias vezes antes de, finalmente, entrar na linha com alguém.

Becca perguntou por Dra. Mercanti e ouviu, franzindo a testa por vários minutos, dizendo "*Ciao?*" algumas vezes, antes de fechar os olhos, agradecer "*Grazie*", e desligar. Ela tirou o telefone do ouvido e olhou para ele.

— Estava com uns ruídos em alguns momentos. Lily, acho que sua bateria está acabando. Mas entendi quase tudo.

— O que disseram? Mais notícia ruim? — perguntou Darrell.

— Hoje é que dia? Quarta? — perguntou Becca. — Isabella Mercanti não foi à sua aula dois dias atrás. E a universidade não conseguiu contatá-la desde então.

— Dois dias atrás estávamos em Berlim — disse Wade.

Lily dobrou os braços em volta de si mesma.

— Isso só pode significar uma coisa, certo? Todos estamos pensando a mesma coisa. Eles a sequestraram. Ou mataram...

— Não — disse Becca. — Isso não.

— Bem, seu marido era do Asterias e não morreu em um acidente. Ele foi assassinado. E agora deram um jeito nela.

De repente, as pernas de Wade se sentiram tão fracas quanto seu antebraço. Ele desmoronou no meio-fio. Olhou para os paralelepípedos, depois para os amigos.

— Então, estamos sozinhos. Não temos nenhuma ideia do que está acontecendo com papai, estamos sozinhos, não temos dinheiro nem amigos. Temos de fazer alguma coisa.

Becca entregou o celular para Darrell.

— Comece ligando de novo para sua mãe. Deixe uma mensagem. Fale com ela que precisamos de ajuda. Mas só isso. Ela vai ligar, quando puder.

Darrell pegou o aparelho e digitou o número. Digitou uma segunda vez.

— Hã... Não está funcionando.

Lily puxou o telefone.

— Ai, não. Becca, você tinha razão. Minha bateria está acabando. Por isso estava com aqueles ruídos.

— Mande um e-mail para Sara — disse Wade. — Você pode fazer isso do *tablet*, certo?

Lily jogou o celular no fundo da mochila.

— Ela só vai recebê-lo quando sair da selva, mas tudo bem.

Darrell digitou uma mensagem breve e apertou "Enviar".

— Vamos atrás do que viemos encontrar aqui.

— A Sala d'Arme — disse Becca. — A escola de esgrima.

Lily mexeu no seu *tablet*.

— A escola de Achille Marozzo é na Via Cà Selvatica — disse ela, pronunciando o nome da rua devagar e ainda assim conseguindo aparentemente distorcê-lo o suficiente para fazer Becca rir.

— É culpa deles, por terem tantas letras em uma palavra só — reclamou Lily. — O que há de errado com rua Central? Enfim, de acordo com o Google Maps, dá para andar até lá. Sigam a guia...

O caminho não era reto, mas Wade não conseguia imaginar que pudesse ser diferente alguma rota em uma cidade italiana essencialmente medieval. Depois de andarem por algumas avenidas largas, eles entraram em uma série de ruas estreitas que serpenteavam, cruzavam-se e davam voltas e, às vezes, terminavam em becos sem saída.

Uma hora mais tarde, eles estavam mergulhados em vias margeadas por prédios baixos de pedra, todos cobertos por telhados de telhas vermelhas. E lá estava — a Via Cà Selvatica, uma rua estreita e plana, no final da qual havia uma coleção colorida de prédios que pareciam escolas, aglomerados atrás de um muro alto de pedra bruta. Eles levaram alguns minutos para encontrar uma porta no muro. Estava trancada.

— Vamos pular o muro. Venham — disse Darrell.

Ele e Wade levantaram as garotas e as seguiram por um amplo pátio pavimentado. Entre prédios mais modernos e não visíveis da rua, havia uma construção que parecia uma igreja, com um lance de degraus largos que levava às portas principais.

— A Sala d'Arme ainda é uma escola de esgrima — disse Lily, meio olhando para o prédio, meio olhando para o tablet. — Ensina a mesma técnica que Achille Marozzo criou no século XVI e que ele provavelmente ensinou a Copérnico, quando ele estudou em Bolonha no começo daquele século. Bem legal, não é?

— Bem legal — disse Becca, começando a subir os degraus com ela.

As janelas eram escuras. E eles não conseguiam ouvir nada. Nem o som metálico das espadas, nem os gritos, gemidos e provocações que seriam esperados em uma escola de esgrima.

Juntos, Wade e Darrell puxaram as maçanetas de bronze das portas. Elas não se moveram.

— Estão fechadas — disse Lily. — Já tivemos esse problema.

No muro, perto das portas, havia um elegante teclado alfanumérico, com uma abertura para cartões de segurança abaixo dele. Era óbvio que precisariam da combinação correta de dígitos, e eles não tinham um cartão.

Além do teclado, na porta à direita, havia uma pequena placa de bronze com as letras AM entrelaçadas no centro.

Entre as duas letras, havia um buraco de fechadura completamente diferente de tudo que eles já tinham visto. O buraco não era redondo, mas em formato de fenda, estreito nas duas pontas e mais largo no meio, com ondulações de cada lado.

Darrell bateu na porta. Eles ouviram e esperaram. Becca ficou de pé, longe das portas.

— Oi! Alguém! *Apra la porta!*

Nenhuma resposta.

— E agora? — perguntou Lily.

Wade não conseguia tirar os olhos do buraco de fechadura na porta. Ele se agachou para examiná-lo melhor. Não havia nenhum arranhão ao redor do buraco, o que ele achou estranho para o que parecia uma fechadura tão antiga. Ao invés disso, havia um círculo perfeito marcado na placa, com um raio de aproximadamente cinco centímetros do centro da fechadura, como se a chave tivesse algo preso a ela que arranhasse a placa quando girasse na fechadura.

Lily bateu na porta, sem sucesso.

— Abra, AM! Nós nos escondemos em um caminhão de refrigerante para chegar aqui...

— Esperem. — Wade abriu a mochila e desembrulhou o punhal da sua capa de veludo.

— Você está brincando, não está? — perguntou Darrell. — Vai esfaquear alguém para entrar?

— Na verdade, não — respondeu Wade. Ele estudou o buraco da fechadura mais uma vez para ver se era grande o suficiente. Depois, com cuidado, enfiou a lâmina do punhal lá dentro.

— Certo, cuidado... — disse Lily.

A cada ondulação da lâmina, o punhal subia e descia. Ele parou quando o cabo encostou na marca arranhada na placa. Com o punhal todo inserido na fechadura, Wade o girou devagar no sentido horário. Ele não se moveu. Quando ele o girou no outro sentido — anti-horário — o mecanismo da fechadura fez um clique e se moveu.

— Claro — sussurrou ele. — Todos os planetas do nosso sistema giram no sentido anti-horário. Copérnico de novo.

Ele girou o punhal uma volta completa. Uma segunda. Uma terceira volta provocou um leve silvo, que durou mais ou menos dez segundos, antes de ouvir-se um baque e silêncio.

— Uau! — exclamou Darrell.

— Exatamente o que eu estava pensando — acrescentou Becca.

Wade sabia que estava com um sorriso idiota no rosto, mas somente em parte era porque o punhal tinha funcionado: de repente, ele percebeu, com uma estranha e emocionante empolgação, que eles tinham resolvido vários códigos, resgatado um punhal antigo de uma cripta, enganado um exército de assassinos, atravessado metade da Europa e encontrado a velha porta de uma antiga escola, que estavam, agora, destrancando.

E isso era só o começo.

Se Becca estivesse certa, havia mais depois disso, e mais e mais...

— Esperando o que para a gente entrar, garoto sorriso? — perguntou Darrell.

— Foi mal.

Wade retirou o punhal e empurrou a porta para dentro. Apesar de a porta antiga ser pesada, ela deslizou silenciosa e facilmente, como a porta do túmulo dos Kupfermann. O ar dentro do prédio era fresco. Cheirava a pedra velha. Eles andaram nas pontas dos pés para um hall, que tinha o pé-direito alto, com arcos e colunas. Ficaram parados, em silêncio, olhando para o espaço vazio e sombrio à frente, até que uma espada de prata brilhante cruzou os ares e uma voz sussurrou nas sombras:

— Não se movam um centímetro!

Capítulo 32

— Quem invade nossos recintos sagrados? Digam agora, ou morram!

As palavras, em um tipo de inglês cadenciado — que, por alguma razão, fez Lily pensar em água azul e areia quente —, foram ditas por um rapaz vestindo uma túnica branca justa e legging. Seu rosto era anguloso, e seu cabelo castanho, ondulado como a lâmina do punhal, caía em camadas até os ombros.

— Hã... — disse Darrell. — Somos... turistas...

— Esta é uma escola extremamente, extremamente exclusiva — disse o jovem, sem baixar sua espada. — E é muito bem trancada.

Lily sentiu os olhos de Becca sobre ela. "Por quê? Por que ela está olhando para mim com esse cara bem na nossa frente?" Só então ela percebeu que estava de boca aberta. Ela a fechou em silêncio, mas não antes de soltar:

— Seu sotaque...

Pareceu que o jovem ia falar alguma coisa quando olhou para a mão de Wade. O antigo punhal ainda estava à vista. Ele imediatamente soltou a espada no chão a seu lado e fez uma reverência.

— Minhas mais profundas desculpas — disse ele. — Esse é... um punhal raro. Muito raro. — Sua testa franziu. — Você o encontrou em... Berlim?

Eles se olharam.

— Como você sabia disso? — perguntou Becca.

O jovem olhou para ela por um segundo e voltou ao punhal.

— Poucos foram feitos, e o paradeiro de quase todos é conhecido. Do começo do século XVI. Mas, sem dúvida, vocês já sabem disso. — Ele fez outra reverência. — Minhas sinceras desculpas. Estava esperando... não vocês. Posso examiná-lo?

— Pode — respondeu Lily, como se ele estivesse falando diretamente com ela.

Wade levantou o punhal, e o jovem o pegou com cuidado.

— Sim. Esta é uma das lâminas de Achille. Desculpe, Achille Marozzo, o mestre espadachim que deu início a nossa escola. Ele a fundou neste mesmo prédio e teve vários alunos ilustres. Mas, mais uma vez, vocês já devem saber disso, ou não estariam aqui. Como outros que encontraram o caminho até aqui de tempos em tempos, vocês vieram visitar nossa biblioteca, o cômodo mais antigo da nossa escola, correto?

"Livros? Mesmo? As relíquias são só livros?"

Sem esperar por uma resposta, o jovem disse:

— Sim, claro que vieram. — Sua expressão mudou, ao devolver o punhal. — Vocês não foram seguidos até aqui?

— Seguidos? — perguntou Becca, sua primeira palavra durante um bom tempo. — Como você... quer dizer, por que você pensaria isso?

O jovem apertou os olhos.

— Sua visita... mas teremos tempo mais tarde. Venham. Rápido. Como podem imaginar, estamos em confinamento.

"Por que imaginaríamos isso? Quem ele pensa que somos?"

Ele girou sobre os calcanhares — bastante elegante, Lily pensou — e apertou um botão na parede, perto da porta.

Seguiram-se barulhos de ferrolhos destravando-se e se movendo, terminando em um eco agudo.

— Trancado de novo. — Em seguida, ele olhou fixamente para os rostos dos quatro, como se estivesse fazendo anotações para um retrato, e balançou a espada em um grande arco à sua frente. — Meu nome é Carlo Nuovenuto. Vou acompanhá-los pessoalmente à biblioteca. Sigam-me. Depressa.

E eles foram depressa, enquanto Carlo os guiava pelo corredor, seus passos reverberando nas pedras.

— Por que a escola está em confinamento? — perguntou Wade.

— Explicarei mais tarde.

Sem mais uma palavra, ele virou à esquerda em um cômodo com paredes altas, cujo teto era pintado com bebês nus e nuvens. De lá, atravessaram uma passagem abobadada e entraram em um longo hall com janelas vermelhas. Cômodo depois de cômodo, passagem depois de passagem, Carlo os guiava mais para o interior do que parecia ser os fundos do antigo prédio.

— Carlo — disse Lily, sorrindo —, você deve ser italiano, certo?

— *Sì*, metade — respondeu ele. — A outra metade... muitas coisas.

Darrell fez um barulho quase inaudível com a garganta. Ela se virou e o viu olhando para Wade, que revirou os olhos.

"Aham. Vocês bem que gostariam de se parecer com esse cara", pensou ela. Ela tinha certeza de que Darrell e Wade estavam se perguntando se podiam ao menos confiar em Carlo. Estavam com o pé atrás, prontos para entrar em ação, se ele tentasse alguma coisa. "Garotos," ela queria dizer, "Carlo luta espada profissionalmente!"

— Por sinal — disse ele, ao parar em um pequeno armário cheio de itens de esgrima e pegar algo lá dentro —, aqui está um suporte para o punhal... hã... Seus nomes?

— Ah, sim — respondeu Wade. — Eu sou Wade Kaplan. Este é meu irmão postiço, Darrell, nossa amiga, Becca, e...

— Lily! — disse ela.

Carlo acenou a cabeça para cada um deles.

— É bom você proteger as beiradas do punhal, Wade. Pode precisar disso mais tarde. Esta bainha é feita de material sintético, que manterá a lâmina afiada e, não por acaso, a esconderá de scanners e outros equipamentos de detecção.

— Mesmo? — perguntou Darrell. — Você quer dizer em aeroportos e coisas assim?

— Exato. A alça da bainha se prende ao ombro e esconde a arma debaixo da camisa.

Wade pegou o invólucro leve.

— Obrigado.

— Por aqui. — Carlo os guiou para um cômodo completamente vazio. Havia uma única porta estreita em uma parede. Ele se aproximou da porta. Houve um repentino zumbido, e ele parou, tirando um celular do bolso da túnica.

— *Sì?* — atendeu ele. Uma voz tagarelou excitada do outro lado. — *Sì. Pronto.* — Ele encerrou a ligação — Vão ter que me dar licença. Estarão seguros na biblioteca.

— Seguros? — perguntou Becca. — É uma biblioteca...

Carlos voltou o olhar para Wade.

— Cuide disso com bastante cuidado — disse ele, apontando para o punhal. Com um rodopio de calcanhares e cabelos, ele partiu.

— Ele está dizendo que vamos estar seguros? — sussurrou Darrell. — Confinamento? Os bandidos nos seguiram até aqui? Como eles encontraram a escola de esgrima tão rápido? *Como eles estão fazendo isso?*

— Não sei, mas é melhor corrermos — disse Lily. — A porta se parece com a da frente do prédio. Hora de usar o punhal.

Wade inseriu a lâmina da mesma maneira como fez antes, girou-a no sentido anti-horário três vezes, e a porta se abriu. Além da porta, na semiescuridão, havia um corredor estreito, com menos de sessenta centímetros de largura de parede a parede. Parecia antigo, mas o ar era seco, e havia um leve zumbido vindo de algum lugar do alto no teto.

"Ar-condicionado?", perguntou-se Lily. Uma câmera de segurança estava posicionada no final do corredor, na outra porta. A luz vermelha piscando perto da lente mostrava que ela estava filmando.

— Alguém está nos observando — sussurrou Darrell.

— Carlo, provavelmente, mas ele parece bacana — disse Lily, apesar de bacana não ser a palavra que tinha em mente. — E parece que ele sabe o que está fazendo. De qualquer maneira, é muito tarde para voltar atrás agora.

Wade diminuiu a velocidade na passagem.

— Está bem, mas olhem, Carlo sabe que o punhal é valioso. E é como um sinal de que somos do bem. Somos confiáveis. Ele não fez muitas perguntas, só nos trouxe aqui, então deve saber o que estamos procurando. Por que a biblioteca? Talvez as relíquias sejam livros.

— Por favor, continuem andando — disse Becca. — Eu realmente não suporto ficar no escuro.

No final da passagem, a escuridão era quase completa. Lily tentava, sem sucesso, se lembrar da sequência dos cômodos e a que distância da entrada da rua eles deveriam estar, quando Wade abriu uma terceira porta com o punhal. Eles desceram um lance de degraus que dava no aposento mais luxuoso que Lily já tinha visto. Tapeçarias de fio de ouro com cenas mitológicas cobriam as paredes. No teto, havia uma pintura do sol em amarelo brilhante e carmim, com raios dourados espalhando-se do seu centro para cada canto.

Armas brancas antigas estavam organizadas detalhadamente na quarta parede. Nenhuma era idêntica ao punhal deles, mas algumas eram bem parecidas. Outras eram ainda mais fantásticas, inclusive algumas espadas que pareciam armas do deserto, com longas lâminas curvas e um vago estilo árabe. Lily ia dizer que elas pareciam armas de filmes, quando se tocou de que as armas dos filmes é que deviam ser feitas para se parecer com elas.

— Então, Achille Marozzo fez todas essas coisas? — indagou ela.

O cômodo era arejado, apesar de ser subterrâneo, e havia algo de futurista nele, como se o passado e o futuro se encontrassem lá.

— Provavelmente — disse Darrell. — Cara, já pensaram se pudéssemos pegar algumas armas emprestado? Nós todos deveríamos ter armas. Espadas seriam o máximo.

— E impossíveis de esconder — disse Becca. — Um punhal é perigoso o suficiente para ser carregado por aí.

— Só há um livro na "biblioteca"? — reparou Wade.

No centro da sala, havia uma longa e larga mesa, feita de uma única tábua de carvalho. Estava cercada por 12 cadeiras de carvalho.

Havia duas lamparinas a óleo antigas na ponta da mesa e, entre elas, um pequeno suporte, sobre o qual estava um livro grosso, com capa de couro. Era vermelho-escuro, com proteções em bronze desbotado em cada ponta e dois fechos do mesmo bronze para mantê-lo fechado.

As proteções de bronze eram gravadas com punhais como o que Wade pôs na mesa em frente a ele.

Impresso em dourado sobre uma moldura na capa, estava o título, escrito no que agora Lily sabia serem letras góticas alemãs, similares às que estavam no túmulo dos Kupfermann. Observou o rosto de Becca, enquanto ela lia. Ela parecia ter parado de respirar.

— Bec, você está bem...

— O que é? O que quer dizer? — perguntou Wade.

Becca desmoronou na cadeira mais próxima, passou os dedos de leve sobre as letras douradas, depois as traduziu em voz alta.

†††
O Livro Diário de
Nicolau Copérnico
Suas Viagens Secretas na Terra e no Céu
Registradas Fielmente
Por Seu Assistente
Hans Novak
Início D.C. 1514
†††

Capítulo 33

— O Livro Diário de Nicolau Copérnico? — disse Darrell — Seu diário? Vocês acham que é verdadeiro? Como veio parar aqui?

Enquanto Becca olhava para a capa de couro impressa em dourado, o som da voz de Darrell diminuía até a câmara ficar tão silenciosa, que ela não ouvia nada, a não ser sua própria respiração acelerada.

Finalmente, Lily tocou seu ombro.

— Becca, você consegue ler? Acho que foi por causa disso que Carlo nos trouxe aqui.

A luz vindo das lamparinas tremia sobre a inscrição dourada da capa, como se as próprias palavras estivessem em chamas.

— Sim, acho que consigo.

Acomodando-se na cadeira, Becca ajustou as lamparinas aos dois lados do livro para que não houvesse brilho sobre ele e, devagar, com cuidado, como se estivesse manuseando algo vivo, soltou os fechos e levantou a capa.

Apesar de ter sido feito séculos antes e encadernado com madeira e couro de maneira resistente, seu vinco frontal se abriu com facilidade, e a capa encostou-se na superfície do suporte elevado.

— Hã... sentem-se — disse ela. — Isso deve demorar.

Wade levantou o rosto na direção da porta e ouviu.

— Está silencioso lá em cima. Acho que estamos tranquilos.

A coisa que Becca logo notou, quando abriu na primeira página, foi a caligrafia. Era simples e legível. O assistente de Copérnico, Hans Novak, seja lá quem fosse, tinha uma boa escrita.

Darrell deu uma olhada sobre o ombro dela.

— Na maioria dos manuscritos a tinta desaparece depois de um tempo. — disse ele. — Esse está em ótima condição. Foi preservado pelos últimos quinhentos anos. O ar na sala é mantido na temperatura ideal. A luz é apropriada. Sabem o que estão fazendo. Mamãe me mostra um monte de coisas desse tipo.

Por um instante, os quatro trocaram um olhar como se estivessem pensando a mesma coisa. Sara Kaplan. Roald Kaplan. Ambos estavam longe deles. Pessoas estavam desaparecendo. Algumas estavam mortas. E lá estavam eles, prestes a descobrir por que tudo estava acontecendo.

O Legado de Copérnico. As doze relíquias.

"O segredo estaria escondido nestas páginas?"

Becca passou a primeira página, e outra, e outra.

— Parece que quase tudo está em alemão, mas vejo um pouco de italiano e latim, também. Talvez seja uma miscelânea de línguas diferentes. Não sou tão boa em umas quanto em outras.

— Melhor do que a gente — disse Darrell, e Lily balançou a cabeça, concordando.

— E há figuras — acrescentou ela, encontrando desenhos a lápis de pequenos instrumentos, motores e mecanismos. Eram seguidos por uma série de diagramas abstratos, caixas e triângulos, além de algo que só podia ser descrito como grandes massas etéreas, talvez nuvens, ou oceanos, em sua maioria feitas a lápis, algumas a tinta preta ou marrom e aquareladas em cor.

Depois, uma palavra chamou sua atenção. Uma única palavra. *Stern*. Estrela em alemão, e uma das palavras que tinham dado início a toda essa aventura. A partir daí, ela não conseguia desviar sua mente do texto. Voltando à primeira página, ela começou a traduzir, hesitante no início, mas depois com mais confiança, ao ir se acostumando à linguagem antiga.

†

Eu, Hans Novak, 13 anos, 4 meses e 8 dias de idade, registro aqui estas palavras, como o Mestre Nicolau Copérnico as contou para mim e como eu mesmo as presenciei.

As palavras tomaram conta dela, levando-a a um tempo longínquo e a um lugar longe dali.

Para começar, preciso registrar o que aconteceu antes da minha humilde aparição na história do Mestre.
    Nicolau Copérnico nasceu em 1473, na cidade de Toruń, na Polônia, sob estrelas que o proclamaram um visionário e rebelde.
    Quão certas as estrelas estavam!

†

Aos 18 anos, já no caminho que mais tarde o levaria à glória, Nicolau frequentou a importante Universidade de Cracóvia.
    Ele estudou muito. Sei disso, como todos sabem, por causa do seu brilhantismo. Ele se tornou um cânone em direito em Bolonha. Lá, conheceu o mestre espadachim Achille Marozzo. Na Via Cà Selvatica, ele aprendeu a arte das lâminas...

— Sabia! — Darrell bateu a mão na mesa. — Ele esteve aqui mesmo! Neste lugar. Cara! Continue, Becca. Desculpe.

Antes de voltar para casa na Polônia, Nicolau ganhou um presente de Achille. Ele relatou o fato para mim da seguinte maneira:
    "O que é isto?", perguntou Nicolau.
    Achille riu.
    "Uma espada de mestre para um mestre espadachim! É diferente de qualquer outra que já fiz até hoje. Primeiro, você precisa dar um nome a ela."
    Nicolau pegou a longa e magnífica espada.
    "Himmelklinge", nomeou. "Lâmina do Céu."
    Achille aprovou, entregando a ele um segundo presente.

"Para acompanhá-la, um punhal de duelo, um protótipo do meu próprio desenho."

"A lâmina ondula, como o Mar Báltico", disse Nicolau.

Achille sorriu.

"Que os dois lhe sirvam bem e o protejam."

— Ele está falando sobre este punhal — disse Wade, segurando-o sob a lamparina. — Ele realmente pertenceu a Copérnico. Continue.

— Hã... — Ela passou uma página. — Há várias páginas em, não sei, talvez polonês? Vou ter que saltar essas, por enquanto. Aqui.

Eu entro na história em Frauenberg, chamada Frombork, nas costas do Báltico. É a décima terceira noite, do segundo mês, do ano de 1514. Porque sei manusear uma pena, o bispo me envia para auxiliar o Mestre em seu trabalho.

Chego depois do crepúsculo.

A noite está fria e clara. A lua é uma esfera subindo nos ares por trás dos pinheiros. O céu é uma safira negra.

— Eu estou me sentindo lá — suspirou Lily, fechando os olhos.

"Você gosta das estrelas?", pergunta o Mestre, enquanto ficamos de pé no topo da sua torre.

"Sim", respondo para ele. "Apesar de saber tão pouco sobre elas."

Copérnico balança a cabeça. "Eu olho para o céu, Hans, calculo seus números incansavelmente, mas os ensinamentos estão... incorretos. O sol e as estrelas, os planetas não se movem da maneira que nos ensinam. Preciso saber mais!"

Becca fez uma pausa. Havia barulhos vindos da escola de esgrima? Sons fracos? Ela tentou ouvir. Não, ela pensou. Não é nada. Continue.

†

Então, chega o dia fatídico, quando se ouve uma batida à porta. Nicolau desce os degraus aos pulos. "Chegou!"

É um pergaminho antigo e em péssimo estado, supostamente escrito pelo grande astrônomo do século II, Ptolomeu, autor do famoso Almagesto.

— Eu o conheço — disse Wade. — Ptolomeu foi o primeiro a catalogar as constelações em uma ordem sensata. Ele descobriu 48 delas. Papai ensinou essas para mim. Estão em minha carta celeste.

> *"Ptolomeu", diz Nicolau, "era tão inteligente quanto você e eu juntos, Hans. Este pergaminho descreve eventos astronômicos impressionantes, visíveis somente do sul. Hans, temos de ir!"*
>
> *Então, sob a proteção da noite e da astúcia, trancamos a torre de Frombork e tomamos a estrada para o sul.*

Becca fez uma pausa para respirar devagar.

— Uma jornada para o sul, a partir da Polônia. Mas para quê?

— Continue lendo — pediu Lily. — Por favor.

> *17 de março, 1514. Seguindo o pergaminho de Ptolomeu, Nicolau e eu empreendemos uma viagem quase fatal para...*

— Fica tudo ilegível aqui, com um tipo de código que ainda não vimos — explicou Becca. — Vai dar trabalho para decifrarmos. Vou saltar essa parte, por enquanto.

> *...onde ele usa cálculos matemáticos e a posição das estrelas para localizar um dispositivo antigo, construído pelo próprio Ptolomeu.*
>
> *"É por causa disso", diz ele, "que arriscamos nossas vidas."*

— Dispositivo? Que tipo de dispositivo antigo? — perguntou Lily. — Sério que isso é tudo que diz aí? Não ajuda muito.

Becca estava tropeçando em palavras cujo significado ela não conhecia, mas elas não eram o único problema. Era claro que havia cálculos astronômicos, passagens que pareciam equações de álgebra primitiva, com mais desenhos estranhos.

— Alguém mais está ouvindo sons vindos lá de cima? — perguntou Darrell.

Eles prestaram atenção. Alguma coisa caiu, fazendo barulho no chão. Depois, silêncio.

— Continue — disse Lily.

Becca passou mais três páginas de texto codificado.

— Mais uma parte que não faz sentido.

Durante dias, Nicolau estuda o dispositivo.

"Ptolomeu tinha uma visão, mas seu dispositivo estava fadado a falhar. O nosso não vai."

Na ilha, Nicolau constrói, rouba daqui e dali. O que não consegue encontrar molda com as próprias mãos. Inventa e reinventa.
Então, uma noite, "O sonho de Ptolomeu está completo agora!"
Logo, o evento celestial há tanto tempo prometido irá acontecer...

— Algo sobre uma explosão de luz — disse Becca.

Nicolau se posiciona no centro do dispositivo e eu me coloco atrás dele... há um buraco no céu, e a viagem começa...

— Um buraco no céu? — Wade anotou isso no bloco do pai. — Sobre o que ele está falando? Não existe essa coisa de...

Becca continuou a passar as páginas.

— Trechos inteiros desse diário estão codificados. Há números, letras, e a letra V aparece um monte de vezes.

Wade se virou para ela, com a testa franzida. Ela não conseguia imaginar o que estava passando por sua cabeça, mas ele devia ter deixado de lado a preocupação com o pai, pois ele estava mordendo o lábio e batendo os dedos na mesa — o que ela já o tinha visto fazer, quando estava em pensamento profundo.

— Queria ter meus livros aqui...

Ela passou mais várias páginas, até parar em uma que estava dobrada. Com cuidado, ela a desdobrou e suspirou.

— O quê? — perguntou Lily.

E lá estava, em um esboço que fez Becca lembrar-se dos desenhos de Leonardo da Vinci. Apesar de ela não saber dizer exatamente o que era.

— *Isso* é o dispositivo? Que diabos é isso? — perguntou Darrell. — Parece um globo ou algo assim... ou... aquilo é uma cadeira?

Mas ela não conseguia parar de ler, as palavras vindo cada vez mais rápidas.

†

Tendo trazido, com muita dificuldade, o dispositivo de volta a _____ .

De repente, Nicolau teme o amplo poder dos Cavaleiros da Ordem Teutônica da Antiga Prússia, seu sanguinário Grande Mestre, Albrecht, e o mal que farão caso se apoderem do dispositivo.

"Ele não pode cair na mão daqueles homens!"

— Vocês não acham... Quer dizer... A Ordem teutônica ainda existe? — perguntou Lily. — Se Copérnico estava com medo de que eles encontrassem as relíquias naquela época, eles podem ser o mesmo grupo de pessoas que nos persegue agora? Os Cavaleiros ainda são, tipo, uma organização?

Nicolau tomou uma decisão.

Da estrutura gigantesca da máquina, da grande armadura, ele retirará as 12 partes consteladas — sem as quais, o dispositivo fica inoperante.

"Vou confiá-las a 12... protetores de relíquias..."

"Guardiões", digo.

"... que prometerão esconder o dispositivo através dos tempos!"

Darrell balançava a cabeça sem parar.

— As doze relíquias são as 12 partes do dispositivo que Copérnico descobriu. Além disso, sabem de uma coisa? Aposto que GAC significa Guardiões de Algo de Copérnico. Tudo que temos de fazer é descobrir o que é essa coisa que começa com A.

O estômago de Becca deu um nó.

— Ouçam isso.

> *As relíquias serão escondidas longe umas das outras, pelo mundo, conhecidas e desconhecidas.*
>
> *"A primeira relíquia será entregue a um homem acima de todos os homens, que a sustentará como se fosse seu próprio filho", diz Nicolau.*
>
> *"As relíquias estarão ligadas umas às outras. A primeira levará à última, para que — Deus permita que isso nunca seja necessário — a grande máquina possa um dia ser remontada.*
>
> *"Esta máquina, Hans, será meu verdadeiro legado."*

Wade se levantou e começou a andar ao redor da mesa, murmurando.

— E aí estão elas, as relíquias. A sociedade secreta dos Guardiões para protegê-las ao redor do mundo. A primeira circulará até a última. A máquina, seja lá o que for. O Legado de Copérnico...

De repente, a porta se escancarou no topo da escada, acima deles. Era Carlo, com uma garota da idade deles, vestida e armada para esgrima.

— Estamos sendo atacados — disse Carlo. — A Ordem encontrou vocês aqui. Peguem o livro. Ele deve desaparecer daqui, ser mantido em movimento. Vocês não podem escapar por estes degraus, há um outro caminho...

— A Ordem! — exclamou Becca. — Então, são eles?

— A Ordem Teutônica matou Bernard Dufort e seu amigo.

— Você sabe sobre Heinrich? — perguntou Wade.

Carlo pressionou uma pedra na parede. Uma porta secreta se abriu de uma vez.

— Foi Heinrich que me disse para esperar uma visita à escola. Sua morte levou ao confinamento e invocou o Protocolo de Frombork. Por aqui!

Eles correram por um corredor que se inclinava para baixo.

— O que é o Protocolo?... — Darrell começou.

— Mais rápido!

A passagem acabava em outra porta. Ela se abriu e revelou um lance de escada ainda mais estreito, descendo para a escuridão.

— Você sabe alguma coisa sobre meu pai, Roald Kaplan? — perguntou Wade. — Ele foi preso em Berlim, pela Ordem e pela polícia...

— *Preso* não é a palavra certa — disse Carlo. — E aqueles policiais têm outros mestres. Por enquanto, ainda sei pouco, mas vou descobrir. Devem proteger a si mesmos e ao livro, agora. Venham, rápido!

Ele os empurrou para a próxima sala e uma passagem que subia em curva.

— Você realmente quer que a gente fique com o diário de Copérnico? — perguntou Becca, segurando-o com cuidado. — É muito valioso.

— O punhal também era dele — disse Lily. — Acho que você sabe disso.

— Para a esquerda — instruiu Carlo, guiando-os rapidamente para uma passagem estreita mais à frente. — Por mais valiosos que ambos sejam, os Guardiões fizeram um juramento muito mais importante. O juramento de proteger seus filhos e os filhos dos seus filhos da ganância assassina e do mal da Ordem. E assim tem sido há séculos.

— Você é um Guardião? — perguntou Lily.

Carlo baixou a cabeça.

— Sou um de muitos que procuram honrar o Legado de Copérnico e proteger as relíquias. O caminho de um Guardião é frequentemente o de esconder-se e sacrificar-se, e não é para qualquer um. Mas, agora, porque o Protocolo exige que as relíquias sejam reunidas e destruídas, estamos todos em perigo. Inclusive, vocês. Por aqui...

Carlo chegou a uma porta de aço. Fez uma pausa.

— Desde 1543, o Protocolo de Frombork, idealizado pelo próprio Mestre em seu leito de morte, nunca foi invocado. A Ordem tinha entrado em decadência através dos séculos, depois da morte de Albrecht, e as relíquias estavam seguras. Mas, quatro anos atrás, Heinrich Vogel detectou novos padrões estranhos de atividade. Um novo mestre tinha surgido. Com a morte de Vogel, o círculo interno dos Guardiões tinha sido violado. O Protocolo de Frombork começou.

— O que podemos fazer agora? — perguntou Wade.

— Ir para Roma imediatamente — respondeu Carlo. — Vão encontrar o que precisam na *Via Rasagnole, número 5*. Lembrem-se: *Via Rasagnole, 5*. Repitam o nome.

Os garotos repetiram, um por um.

— *Via Rasagnole, número 5* — repetiu Carlo uma última vez e soletrou, usando o numeral romano *V* para descrever o número, o que Becca achou estranho, mas útil. — E lembrem-se disto também: talvez vocês nem sempre encontrem a ajuda que procuram. Alguns Guardiões protegerão suas identidades até a morte. Outros não conhecem seus papéis até que os acontecimentos os mostrem para eles. Faremos o que pudermos para atrapalhar a Ordem Teutônica e libertar seu pai, mas a única esperança de vocês é ficar um passo à frente deles durante todo o caminho.

— Durante todo o caminho até onde? — perguntou Darrell.

— O final da jornada — respondeu Carlo. — A que começou há cinco séculos. E recomeçou com vocês, em Berlim!

Mais gritos vieram lá de cima. Um alarme soou, depois sentiram cheiro de fumaça.

— Aqueles caras são mesmo os Cavaleiros da Ordem Teutônica da Antiga Prússia? — perguntou Lily.

Carlo bufou.

— Claro. Agora, venham!

Capítulo 34

Eles correram pela porta e por um arco, chegando a um labirinto de passagens complexas, com uma debandada de pés aproximando-se, atrás deles. Carlo girou.

— Vou descobrir o que puder sobre seu pai, resgatá-lo se for necessário. Pela porta vermelha!

Eles irromperam em um longo cômodo que cheirava a gasolina e cera de carro. Ele talvez tenha sido o estábulo da escola em algum momento, mas hoje em dia parecia ser onde uma coleção de carros antigos era guardada.

Em pé na frente deles, estava uma senhora grande, com o cabelo branco, fino e emaranhado. Ela mal olhou para cima, enquanto vestia um par de luvas de couro de corrida. Carlo soltou algumas palavras em italiano e entregou a ela um envelope marrom grosso. A mulher acenou a cabeça de leve. Becca traduziu.

— Ele lhe disse que precisamos de uma carona para longe daqui. Rápido.

Wade pensou, "Será que há alguma coisa que Becca não entenda?"

A mulher pegou um conjunto de chaves de uma coleção pendurada na parede e, apesar da sua corpulência, deslizou delicada para o banco do motorista de um cupê dourado elegante.

Darrell ofegou.

— Puxa! É um Maserati 1976, super bem-conservado. Adoro esses carros!

— Mantenham o diário seguro — disse Carlo, olhando diretamente para Becca. — Ele tem de ser levado daqui agora, mas vou buscá-lo mais tarde. Nada vai deter a Ordem.

— Como eles sempre sabem onde estamos? — perguntou Lily.

— Entregue-me seu computador e seu celular — Carlo pediu. — A Ordem tem tecnologia de rastreamento de categoria militar. E, para compensar, pegue isto... — Ele enfiou a mão em um bolso e pegou um *smartphone* novo em folha. — Está codificado. Então, eles não conseguirão rastrear vocês por um tempo. Só para emergências, entendido? Todas as chamadas com menos de dois minutos. E... mantenha-o carregado. Pegue. — Ele entregou um carregador para Lily.

— Obrigada! — disse Becca, ajudando a soltar os dedos de Lily do *tablet*.

Com um terrível baque, a porta vermelha se curvou. Um ferrolho se soltou.

— A Ordem está aqui! — disse a menina. — É hora de nossos amigos partirem. *Studenti, vieni!*

De uma vez, uma passagem lateral se encheu com o estrondo de pés batendo no chão, e uma leva de cinquenta ou mais alunos de esgrima entraram pela garagem.

— Prontos? — perguntou-lhes Carlo.

— Prontos! — responderam em uníssono.

— Em posição! — disse a garota. Eles se encostaram às paredes dos dois lados da porta de ferro, suas armas levantadas.

— Vá! — gritou Carlo para a motorista. — *Buona fortuna*, garotos. Nos veremos de novo!

Eles saltaram para dentro do carro logo que a porta caiu. Pelo menos uma dúzia de homens com máscaras de esqui apareceram, empunhando pistolas com silenciadores.

Como se tivessem esperado toda a vida por aquele momento, os alunos lançaram-se sobre os bandidos por trás, pegando-os desprevenidos. A sala explodiu em um confronto de espadas e tiros abafados.

— *Cinture di sicurezza!* — gritou a motorista.

Wade não precisou de tradutor para afivelar o cinto de segurança. O Maserati rugiu como um louco, abafando por um instante o caos na sala. Enquanto os alunos atacavam furiosos, impedindo os bandidos de se aproximarem do carro, uma larga porta de garagem se abriu, encostando no teto. A luz do dia entrou do alto de uma longa rampa.

Com a motorista às gargalhadas, o Maserati vintage subiu a rampa derrapando e saltou nas ruas movimentadas de Bolonha.

Tinham escapado.

Capítulo 35

Paris, França
12 de março
18h12

*T*HWACK-K-K!
Os fones para bloquear barulho bagunçavam o cabelo de Galina, então ela quase não os usava. Porém, hoje eles eram necessários.

THWACK-K-K!

A 134 metros por segundo, o som de uma flecha de titânio atingindo o alvo fazia as paredes da galeria do porão tremer. Tirando os fones, ela olhou através da mira para o pontinho de luz vermelha no centro do alvo, girou o botão na lateral do cano para "silencioso", e disparou uma terceira rodada.

Fuuu-uit! Um leve sussurro, com uma diminuição mínima de velocidade — 130 metros por segundo — e, mais uma vez, a flecha acertou o alvo bem no centro. Sim. Esse era o ajuste que ela iria usar.

Como sempre, Ebner estava espreitando ao redor. Raramente, ele estava longe, a não ser que ela o mandasse buscar alguma coisa. Galina ouviu o barulho dos seus sapatos atrás dela.

— Uma bala de revólver comum se desloca a 265 metros por segundo — disse Ebner. — Essas flechas se movem a, digamos, metade da velocidade...

— A besta tem uma longa e ilustre história como arma de caça — afirmou Galina. — Estas flechas são leves, ocas.

Ebner observou o alvo. Três flechas bem no centro, com uma precisão impressionante; uma pequena gota de líquido escorria de cada buraco. Ele tinha ouvido falar do campo de tiro abaixo do seu complexo de escritórios na França, apesar de nunca ter sido autorizado a entrar nele. Ela tinha tantos imóveis e escritórios e salas, aqui e ali e por todo lado, que era um mistério como conseguia gerenciá-los. Mas, por outro lado, Galina era extraordinária nisso, como em tantas outras coisas.

— Estamos na cidade. O que você pode caçar aqui? — perguntou ele.

Ela se virou e o fulminou com o olhar, imaginando sua cabeça com uma maçã no topo.

— Pessoas. O que mais? O repórter que está xeretando o assassinato do *Le Monde* chega em casa toda noite, depois de um passeio pelo rio. Esta noite, ele não vai chegar em casa.

Ela mirou uma quarta vez quando um telefone tocou nas proximidades do peito afundado de Ebner. Olhou furiosa para o motivo da interrupção, e ele se atrapalhou para atender o celular.

— *Ya?* — disse ele. — Não... não, não! Seus idiotas incompetentes!

Galina baixou o arco, sem remover a flecha.

— O que aconteceu agora?

— Perderam o sinal do computador. A escola estava em alerta. Houve mortes. Os garotos escaparam de Bolonha.

Galina levantou o arco até o ombro e atirou a última flecha, sem mirar. Acertou o alvo, como das outras vezes, exatamente no centro.

— Prepare o iate e meu jato. Tenho que estar pronta para me deslocar a qualquer instante.

— Claro, Senhorita Krause. Sinto muito. Da próxima vez...

— Não haverá uma próxima vez para você, Ebner von Braun. Detenha os garotos imediatamente ou vou deter você!

Com três gestos rápidos, ela dobrou a balestra em uma fração do seu tamanho e a guardou em um pequeno estojo, contendo várias flechas de titânio com estabilizadores nas pontas. Pendurou-o no ombro e entrou no elevador, falando:

— Nível da rua.

Ebner correu atrás dela, antes que as portas se fechassem.

— O Transporte Australiano é um sucesso — comentou ele. — Nosso escritório em Sidney recebeu os ratos. Um dia antes.

— Só um dia? — perguntou ela, um gosto amargo em seus lábios.

— Sim, Senhorita Krause. Passos de bebê. Devo instruir o laboratório a prosseguir com o Experimento Espanhol?

Ela ficou em silêncio enquanto o elevador subia. Cento e noventa e sete dias eram agora cento e noventa e cinco. As portas se abriram em um corredor largo, coberto de espelhos e complexas pinturas rococós de cenas de caça, emolduradas em ouro. Ebner a seguiu, como um bom cachorrinho.

— Eles prometem se saírem melhor desta vez — acrescentou ele. — Estão muito mais perto de decifrar as equações.

— Diga a eles para prosseguirem. Me mantenha informada quando tiver resultados.

"Mas até lá", pensou ela, "os pequenos idiotas estavam perdidos na Itália, e ela teria de ir lá, no final das contas." Sua mente se afligia com a perda das crianças, mas sua maior preocupação eram as forças da Ordem. Eles cometiam erros. Lá no século XVI, o Grande Mestre Albrecht von Hohenzollern teria ficado estarrecido com a incompetência deles, e lidado com eles de forma drástica.

O fracasso significava decapitação.

Era uma época diferente, claro. Ela teria de fazer acontecer. O dinheiro ajudava, e ela tinha fundos praticamente ilimitados. Precisava realmente era de tempo. Mas a areia só cai para um lado em uma ampulheta.

Ela conhecia um único gênio com talentos peculiares, capazes de complementar os seus próprios, o único capaz de ajudar seu plano a andar mais rápido, mas ele não estava disponível. Ebner era o melhor que tinha conseguido. E tinha que aguentá-lo espreitando, com seu olhar malicioso.

Galina abriu as portas de vidro e saiu para um lance de escada que levava a uma grande praça pública. "O pôr do sol é em uma hora."

Imponente na Praça de la Concorde, em Paris, ficava o Obelisco Luxor. Elevado no local onde antes a guilhotina executava suas vinganças, esse presente valioso do Egito era agora uma peça inconveniente envolta em poluição, por onde motos e carros circulavam, como tantos outros brinquedos. Era uma pena que decapitações não fossem mais populares.

— Vou perambular pelo Louvre, antes de passear na beira do rio — disse Galina. — Preciso pensar.

Ebner a seguiu por dois degraus, e um terceiro.

Ela parou e se virou.

— E, com isso, quis dizer *sozinha*.

Capítulo 36

O Maserati cortava as montanhas italianas com velocidade e potência. Sem conseguir tirar os olhos da estrada, o coração de Wade batia tão forte que empurrava seus pulmões para a garganta, onde ele tinha quase certeza de que eles tinham parado de funcionar.

— Wade, tudo bem, aí na frente? — perguntou Lily.

— Hã...

A motorista riu e acenou para trás.

— *C'è un cesto. Mangiate!*

— Uma cesta? — perguntou Becca.

Darrell puxou alguma coisa de trás do banco.

— Aqui. Uma cesta de piquenique cheia de coisas: pão, queijo, salame e até Coca-Cola!

Ele atacou a cesta, passou-a adiante, e os garotos encheram a barriga pela primeira vez depois de horas. Apesar de a motorista ter lançado o carro, cantando pneus, em uma curva de 180º, partindo numa reta a uma velocidade que deveria estar bem acima de 150 quilômetros por hora, Wade conseguiu engolir um generoso sanduíche de queijo e salame, com água flavorizada sabor morango.

— Melhor. Bem melhor — disse ele. Virou-se para Becca, que estava olhando para o diário e balançando a cabeça. — O que você encontrou?

— Uma coisa inútil — respondeu ela. — Ouça. Isto é de antes de toda a coisa da Ordem Teutônica.

> *Ao deixarmos a ilha, com nossa carga preciosa amarrada ao deck do navio, Nicolau me entrega um pequeno pedaço de papel.*
> *"Para acrescentar ao meu diário."*
> *"O que é?", pergunto.*
> *"O homem que encontramos... ele compartilhou esses números para explicar como o dispositivo faz o impossível se tornar possível. Hans, o que você acha?"*
> *Os guinchos e polias do meu cérebro retorcem e param de funcionar, enquanto o navio ruma para o oeste. Finalmente, começo a ver a importância dos números.*

Becca entregou o diário para Wade. Suas mãos estavam tremendo.

— Não sei quem é "o homem que encontramos". Mas você consegue entender isto?

O carro seguia com tranquilidade — por agora — enquanto Wade estudava a página amarelada, envelhecida e via o seguinte:

$$ds^2 = -c^2 dt^2 + dl^2 + (k^2 + l^2)(d\theta^2 + \sin^2\theta d\phi^2)$$

— Álgebra... — ele quebrava a cabeça com a sequência de letras e números, perguntando-se primeiro se símbolos algébricos já existiam na época que Copérnico viveu e desejando que soubesse mais sobre a história da matemática.

"Papai saberia."

Wade tentou, o melhor que pôde, estimular os guinchos e as polias do próprio cérebro e pensar como seu pai, mas não estava funcionando. Preocupar-se com o destino e a possibilidade da sua iminente morte no trânsito italiano não lhe permitiam se concentrar.

Ele pegou o bloco do pai.

— Esta fórmula está muito além da minha capacidade. Por sinal, acho que é chamada de métrica. Talvez papai tenha escrito alguma coisa em suas aulas com o Tio Henry...

O carro acelerava agora, em uma autoestrada com várias pistas. À direita deles, o sol tinha começado a se pôr atrás das montanhas. Para além delas, via-se o Mediterrâneo.

Ao passar as páginas rabiscadas do diário do pai, Wade não parava de imaginar o que estaria acontecendo em Berlim. Seus olhos se perderam no infinito. "Papai numa cela? Ou pior ainda."

— Wade? — chamou Becca, aproximando-se.

— Certo. Desculpe. — Ele se concentrou, pesquisou as páginas, depois parou quando leu uma anotação específica. — Física quântica? Eles não sabiam nada de física quântica no século XVI.

— O que você está dizendo? — perguntou Darrell.

Wade levantou a mão, pedindo silêncio. Passou mais uma página, checou o diário de novo e levantou os ombros. — A fórmula, ou uma igual a ela, está no bloco do meu pai. Mas não sei como é possível que ela esteja no diário.

— O que você quer dizer? Ela está bem aí — disse Lily.

— É impossível Copérnico ter bolado esses números — continuou Wade. — É uma equação da física moderna.

— Ele disse que encontrou um homem — disse Darrell. — Além disso, Copérnico tinha uma maneira moderna de pensar. Ele revolucionou a ciência, não foi?

De repente, Wade entendeu uma coisa que fez seu cérebro se torcer de forma desconfortável. Ele tentou destorcê-lo, mas não adiantou.

— É que... não sei como Copérnico pode ter escrito isto em 1514.

— O que a equação quer dizer? — perguntou Lily. — Ou significa? Ou seja lá o que vocês matemáticos dizem?

— De acordo com as anotações do papai, o Tio Henry estava ensinando sobre matéria exótica e buracos de minhoca, e estes números — explicou ele, tentando não soar como seu pai — são uma equação para a existência de um buraco de minhoca. E não um buraco de minhoca qualquer, um buraco de minhoca transponível.

— Transponível? — perguntou Darrell.

— Isso. Transponível, quer dizer, é possível viajar através dele. Um buraco de minhoca com o qual você pode viajar no tempo. Papai escreve que esses tipos de fórmulas vêm de astrofísicos como Kip Thorne. Papai *conhece* Kip

Thorne. Já o ouvi conversar com ele ao telefone. Isto — disse ele, batendo no diário antigo — não é Copérnico. Isto é Thorne.

— Posso ver o diário? — pediu Darrell. Wade entregou o livro ao irmão.

— Hans Novak diz que Copérnico descobriu isso — disse Becca, soando um pouco brava de repente. — Ele se baseou na estranha viagem que fizeram. Então, como ele achou isso? Responda, Wade!

— Vai, *Wade* — insistiu Lily.

— Não sei. Talvez o diário tenha sido, vocês sabem, adulterado de alguma forma. Ou talvez seja até... falso.

— Falso! — Lily se alterou. — Pessoas foram...

— Eu sei! — disse ele. — Pessoas foram mortas. O Tio Henry foi assassinado...

— Desculpem — interrompeu Darrell. — Minha mãe, Sara para o resto de vocês, lida com coisas velhas como esta o tempo todo. Só de olhar para a tinta e o papel e o estado, ela iria nos dizer que o diário é de verdade. Genuíno, ela iria falar.

— Então, não posso explicar. — Wade disse, entregando o diário de volta para Becca. — Mas, se papai copiou essa fórmula da aula do Tio Henry, e se Tio Henry foi assassinado por causa de um diário que contém a mesma fórmula, *ele* deve ter achado que ele era real.

— Genuíno, ele iria falar. — Lily disse, em voz baixa.

Era difícil para ele admitir, mas concordou.

— Talvez.

De repente, a motorista fez uma série de curvas estranhas, depois saiu da autoestrada e passou para estradas locais.

— Aonde estamos indo, afinal de contas? — perguntou Lily. — Carlo nos deu um endereço, mas acho que não ouvi direito quando ele estava falando. Alguém se lembra?...

— *Via Rasagnole, número 5!* — todos gritaram para ela.

— Ah. Está bem. — Lily deu de ombros. — Sempre deixo a parte da memorização para as outras pessoas. Ou deixava. Sem meu computador, acho que vou ter que começar a memorizar as coisas.

— Uma vez ou outra, sim. — disse Becca, cutucando Lily com carinho, que cutucou Darrell, só para zoar.

Tudo isso amenizou o clima, até que, de repente, o Maserati diminui a marcha com um guincho. A estrada à frente estava bloqueada. Luzes de várias vans de polícia piscavam e giravam cintilantes, fazendo o ar da noite brilhar como um carnaval.

— Bloqueio de estrada — sussurrou Darrell. — Eles são da Ordem. Só podem ser. Sabia. Estamos perdidos.

— Mesmo que eles não sejam da Ordem — disse Becca —, podemos pelo menos assumir que estão atrás dos garotos burros que atravessaram a fronteira ilegalmente e que estão escondendo uma arma, além de um diário valioso do século XVI. A gente devia dar meia-volta. E agora...

— Não, não — resmungou a motorista.

Seguindo os gestos de um policial vestido com equipamento antimotim e capacete, ela diminuiu ainda mais a marcha e parou no bloqueio de estrada.

— Talvez os policiais que prenderam papai tenham contado sobre nós — sussurrou Darrell. — Somos criminosos procurados. Ou pior.

— O que é pior do que criminosos procurados? — perguntou Lily. — Criminosos encontrados?

Três policiais se juntaram ao primeiro e cercaram o carro. Suas expressões eram sombrias. Soltaram uma corrente de palavras tão rápido, que Wade duvidou até mesmo de Becca ter conseguido entender. A motorista olhou devagar para cada garoto, depois de volta para os policiais.

— *Sì, va tutto bene* — disse ela.

Wade olhou pela janela lateral. Eles estavam a mais ou menos 3 metros da beirada da estrada. Havia uma cerca. Não muito alta. Então, poderiam correr até lá. Pular a cerca. Fugir pelo campo do outro lado. Talvez houvesse um rio. Um barco. Eles podiam descer pelo rio. A polícia não poderia seguir o cheiro deles. Seguir o cheiro deles? Agora ele estava pensando como Darrell. Além disso, eles estavam armados e tinham expressões bravas, Wade apostava que ele e os amigos seriam capturados em segundos.

A motorista fez um sinal para ele e para o porta-luvas, perto dos seus joelhos.

— *Apra, per favore.*

Ele levantou um delicado trinco prateado, e a pequena porta se abriu. Lá dentro, estava o envelope marrom que Carlo tinha dado à motorista na garagem. "Devia ter pensado nisso. Suborno! Vamos subornar a polícia. Vamos ser sentenciados a cem anos em uma prisão italiana, por subornar oficiais da lei."

— Abra, *sì*? — disse a motorista, sorrindo para ele.

Wade abriu o envelope. Não havia dinheiro algum. Nada de dinheiro. Por outro lado, havia cinco cadernetas vermelhas. Antes que ele percebesse o que eram, o policial do seu lado do carro as puxou da sua mão. Apontou uma lanterna para cada um das cadernetas e depois para os rostos no carro, fazendo as respectivas correspondências.

— Passaportes? — perguntou Lily. — Para nós? Mas como...

— Shh — sussurrou a motorista.

O policial devolveu os documentos para Wade. Em algum tipo de piloto automático, ele os pôs de volta no envelope marrom e o enfiou no porta-luvas, fechando-o com um clique. Ele mal tinha respirado nos últimos minutos. O policial se afastou do Maserati, chamando seus colegas. Uma das vans saiu do meio da estrada, abrindo caminho. Engatando a marcha devagar, a motorista riu e acelerou noite adentro.

— Como conseguimos passar por aqueles caras? — perguntou Lily.

Becca traduziu a pergunta para a motorista que, naturalmente, explodiu em gargalhadas.

— *I documenti per viaggio di scuola. Le fotografie sono state prese dalle telecamere nei passaggi. Siamo a Roma in un'ora!*

— Documentos de viagens escolares, são como passaportes — explicou Becca. — Nossas fotos são das câmeras nas passagens. Sabia que aquelas câmeras estavam tirando fotos da gente!

— E essa última parte, Becca? — perguntou Darrell.

— Estaremos em Roma em uma hora!

Capítulo 37

Somosierra, Espanha
12 de março
20h09

Diego Vargas, de 68 anos, um avô com costeletas grisalhas e um penteado tentando disfarçar a careca, que ele começava a achar impossível de esconder, pisou até o fundo no acelerador do ônibus escolar. A lata-velha pareceu nem notar.

Subir os sopés das montanhas de Somosierra dia após dia estava acabando com o veículo antigo. Quando calculou se o ônibus era mais velho do que ele, chegou à conclusão de que era.

Três anos.

As crianças que Diego estava carregando não davam a mínima. Estavam gritando e xingando, jogando bolinhas de papel por cima das cabeças das professoras exaustas. Tinha sido um longo dia, muito mais longo do que as professoras tinham esperado, mas isso não era culpa de Diego. As crianças barulhentas — *los niños ruidosos* — estavam se divertindo como nunca e, como era a última excursão do semestre, iriam aproveitar como loucos.

Mesmo assim, e ainda que estivessem atrasados, Diego era obrigado a admitir que a excursão para Madri, a menos de cem quilômetros ao sul, tinha sido boa. No intervalo entre levar os monstrinhos do museu para o parque, ele tinha conseguido visitar seu filho, a nora e o neto, Emilio. Boas pessoas, os três. O futuro da Espanha.

"Pare com isso!" "É meu!" "Vem me fazer parar!" "Vou pisar no seu pé!" "Você está mentindo!"

Era de imaginar que esse *niños* estariam cansados no final de um dia tão longo. Que nada! Agora que se aproximavam de casa, estavam ficando mais desordeiros do que nunca!

Diego — e seu ônibus — estavam ficando velhos demais para aquilo.

Ele forçou o câmbio de mudança, e o ônibus roncou para uma marcha mais alta, quando eles atingiram um trecho plano da estrada. Poucos minutos depois, ele viu a abertura do túnel na montanha.

Um carro estava parado na beira da estrada, com as luzes piscando. A porta estava aberta, e um policial uniformizado fez um sinal com seu *walkie-talkie* para ele parar. Era Alejo. Ele conhecia Alejo e o tinha visto naquela manhã.

Diego diminuiu a velocidade até parar.

— Você também teve um dia longo, hein? Algum problema?

O guarda fez uma careta.

— Não, não. É só que o túnel está sem energia. Sem luz. Deslizamento de pedras do outro lado essa tarde. As obras estão quase acabando agora, mas tome cuidado ao atravessar. Trabalhadores na pista. Certo? — Ele acenou com o *walkie-talkie*. — Vou ligar para Nacio, avisá-lo para esperar por vocês. E lembre-se: devagar-devagar-devagar!

Diego riu.

— *Sí, sí*, Alejo. Devagar é a especialidade deste ônibus! Tomarei cuidado.

Enquanto o guarda berrava ao *walkie-talkie*, Diego forçou o ônibus a engatar a marcha novamente e entrou no túnel devagar, soltando fumaça. Como sempre, as crianças explodiram em gritos de alegria ao entrarem no túnel, mais altos ainda dessa vez, já que a única luz vinha dos faróis.

— Silêncio, silêncio! — Diego gritou para trás. E, como sempre, as crianças não prestaram nenhuma atenção.

Do outro lado do túnel, a noite tinha esfriado rapidamente, como sempre acontecia no norte das Montanhas Guadarrama. Perguntando-se quando poderia ir para casa e tirar aquele uniforme, o guarda do túnel, Nacio, andava de lá para cá, observando uma meia-dúzia de trabalhadores retirarem destroços da pista. Outro grupo estava escalando ao redor das pedras sobre o túnel, prendendo uma rede de arame pesada de um lado a outro da base da montanha. Nacio deu uma olhada em seu relógio.

"Sete horas. Nem mais um minuto. Juro, é melhor meu substituto estar aqui." Ele parou, enquanto os trabalhadores guardavam as pás e as trocavam por vassouras. Um dos policiais o chamou.

— Onde está o tal ônibus, hein?

Nacio deu de ombros. Quase vinte minutos já tinham se passado desde a chamada de Alejo.

— Ele disse que ele estava vindo. Até um ônibus lento... — Ele divagou. Até mesmo um ônibus lento, até mesmo andando, não levaria mais do que dez minutos. O túnel mal passava de um quilômetro.

O oficial de polícia ligou sua lanterna de alta potência.

— Talvez ele tenha quebrado e ficado preso.

— Ou foi atacado por lobisomens!

— É, e pelo fantasma do Napoleão. — O policial riu. — Vamos.

— Depois disto, vou para casa! — resmungou Nacio. — Com ou sem substituto.

Os dois homens entraram no túnel escuro. Suas lanternas varreram as duas pistas à frente. O túnel tinha sido construído através da montanha, formando um leve arco, então era impossível ver a outra ponta, até eles chegarem à metade do caminho.

Não era um túnel longo, mas, ao se aproximarem da curva sem terem ainda nenhum sinal do ônibus, o coração de Nacio começou a bater mais rápido. O que encontrariam? Será que o ônibus tinha tido um acidente? Uma pane? Os faróis falharam, levando a uma batida no escuro? Mas, na verdade, se alguma dessas coisas tivesse acontecido, o motorista ou uma das crianças não teria gritado por socorro? De fato, ele ou o policial não teria ouvido o eco das suas vozes, no momento que entraram no túnel? E uma das professoras não teria atravessado para pedir ajuda? E se, por alguma razão, ainda estivessem do lado de Alejo, ele não teria simplesmente ligado?

O policial diminuiu a velocidade para ficar junto dele. Eles estavam lado a lado.

O silêncio no túnel só era quebrado pelos passos leves dos dois homens. Eles estavam chegando à curva, quando Nacio parou para se recompor. O policial também fez uma pausa. Eles se olharam em silêncio. Prosseguiram. Três metros até o final da curva. Um metro. Dois passos.

E lá, no centro do túnel, estava o outro guarda, Alejo. Seus olhos estavam arregalados. A boca, aberta. Suas mãos, tremendo, segurando uma lanterna.

— São vocês! — disse ele.

— Claro que somos nós. Onde está o ônibus? — perguntou Nacio.

O rosto de Alejo ficou branco.

— Por que você não me ligou quando ele chegou do outro lado? Era para você ter me ligado.

Nacio se virou para o policial e de volta para Alejo.

— Porque ele nunca chegou lá. Eles voltaram?

— Ele entrou no túnel — disse Alejo. — Eu lhe disse quando eles entraram. O velho Vargas estava dirigindo. Ele não saiu do outro lado?

— Claro que não saiu! — respondeu o policial, grosseiro. — Por que você acha que estamos de pé aqui?

Nacio os silenciou.

— Alejo, o que está dizendo?

Alejo balançou a cabeça devagar.

— Estou dizendo que vi o ônibus escolar entrar no túnel. Se ele não saiu do túnel, então...

— Então, o quê? — perguntou o policial, irritado.

— Então, ele desapareceu.

Capítulo 38

A motorista de cabelos finos pisou tão forte e tão de repente no freio, que a testa de Wade quase se cortou ao bater no painel do carro.

— *Benvenuto*! — exclamou ela, acenando para a vista além do para-brisa. — *Ci siamo a Roma!*

Estavam a menos de 45 metros do Coliseu, a enorme arena antiga de quatro andares de concreto e pedra, revelando-se à frente deles. Várias ruas largas partiam dele, em diferentes direções.

— Qual é a Via Rasagnole? — perguntou Becca do banco traseiro.

A motorista, mantendo o sorriso, pegou uma pilha de euros de um pequeno bolso e a levantou até o rosto de Wade.

— *Da* Carlo — disse ela. Em seguida, inclinou-se sobre Wade e puxou o trinco da porta, dando um empurrão nele.

— *Arrivederci!*

Ele quase caiu na rua.

— Espere, não...

Usando todo o seu vocabulário de inglês pela primeira vez na viagem de mais de trezentos quilômetros, ela conseguiu dizer:

— Todos vocês, fora!

— Você não pode simplesmente nos deixar aqui! — gritou Lily.

— Verdade, e a Via Rasagnole? — perguntou Darrell, espremendo-se para sair de trás do banco de Wade. — Temos que ir para Via Rasagnole, número 5.

— *Non ho mai sentito parlare della Via Rasagnole.*

Becca se contorceu para sair.

— Como assim você nunca ouviu falar? Via Rasagnole! Seu chefe nos mandou ir lá.

— Via Rasagnole! Via Rasagnole! — A motorista gesticulou. — *Ciao!*

Cascalho voou neles como tiros quando o Maserati saiu derrapando e desapareceu atrás do Coliseu, que, apesar de iluminado alegremente com o brilho dourado de holofotes, para Darrell ainda parecia um grande monumento à morte.

— O que foi isso que acabou de acontecer? — disse Wade.

Becca resmungou.

— Fomos abandonados.

— Pelo menos, temos o celular de Carlo — disse Lily.

Darrell se virou.

— Só para emergências. E ele tem um sobrenome.

— Nuovenuto — falou Becca. — Eu me lembro, porque acho que quer dizer algo como "novato".

— Pessoal, temos que nos concentrar — disse Wade, jogando a mochila sobre o ombro. — Não sei qual é o problema daquela senhora, mas precisamos agora é de um bom e velho mapa de ruas.

— Porque, sem um computador, estamos na Idade da Pedra — completou Lily.

Darrell folheou as notas que a motorista lhes tinha dado.

— O Coliseu é um ponto turístico. Alguém deve estar vendendo mapas lá.

— Boa ideia — disse Lily. — Vamos lá.

Enquanto eles abriam caminho pela multidão, procurando vendedores de rua, Darrell também mantinha os olhos atentos, para o caso de haver algum Cavaleiro Teutônico. Ninguém nunca parecia pertencer à Ordem, "mas isso era exatamente o que eles queriam que você pensasse!".

Lily o cutucou com o cotovelo.

— Ali.

Perto de um grupo de jovens, sentados em um longo muro, havia uma placa. "Mapas Turísticos". Logo que eles começaram a andar até lá, o grupo inteiro saltou e correu na direção deles, estavam sorrindo, animados.

— Vocês querem fazer um *tour* por Roma, sim? — disse um jovem. — Turistas americanos simpáticos. Mostramos o Coliseu para vocês. Lindo à noite. Animais selvagens. Gladiadores. Tudo aqui. Quinze dólares americanos, cada um. Sim?

— Sinto muito — respondeu Darrell. — Não temos...

— Dez dólares, cada!

— Não, na verdade...

— Sete. Oferta final. Está bem, cinco. Realmente, minha oferta final. Três? Lily suspirou.

— Não. Sério. Só precisamos de um mapa para encontrar... qual é o nome daquela rua mesmo?...

— *Via Rasagnole, número 5!* — gritaram os outros.

Os jovens se entreolharam. Um desdobrou um mapa de ruas gigante. Conversaram em uma língua que Darrell não conseguiu identificar, mas Becca sussurrou que devia ser romani, a língua dos ciganos.

"Legal", pensou ele. "Perdidos em Roma, com um bando de ciganos."

"Só que não é verdade. Sabemos onde estamos agora, e um mapa vai nos dizer para onde devemos ir, e, além disso, não tenho certeza de que dizer 'ciganos' seja politicamente correto, então, deixa para lá."

Depois de alguns minutos, um jovem balançou a cabeça. Ele lhes entregou o mapa.

— Peguem. É de graça. Mas nada de Via Rasagnole. Olhem. Índice. Olhem!

Eles agradeceram ao grupo e se afastaram, para pesquisar o mapa com privacidade.

— Eles têm razão — disse Wade, estudando as ruas e o índice. — Não há essa rua em Roma.

— O que não faz nenhum sentido — disse Darrell. — Por que o cara da escola de esgrima...

— Carlo — corrigiu Lily.

— ...iria falar pra gente ir lá, se não existe lá aqui?

Wade estalou os dedos.

— Espere aí. Sei que é tarde, e meu cérebro quer se desligar, mas talvez o endereço não seja real.

— Ele queria que a gente se perdesse? — perguntou Lily. — Por que Carlo faria uma coisa dessas?

— Não, ouçam. Ele nos fez memorizar o endereço e até o soletrou pra gente, lembram? Por que ele o soletraria, se não quisesse que soubéssemos as letras exatas? Ele até falou o 5 como V. Como se fosse uma pista em forma de palavra. Becca, como você disse. Pistas levando a outras pistas. Talvez, todas as coisas que estamos recebendo sejam pistas. Rébus, códigos e coisas assim. E temos que ser inteligentes para decifrá-los.

— Aqui vamos nós, de novo — disse Lily.

— Na verdade, faz sentido — disse Darrell. — É por isso que os Guardiões foram capazes de manter o segredo de Copérnico todos esses anos. Os níveis de pistas continuam e continuam, e você tem que estar disposto a segui-las.

— Carlo nos disse que eles têm feito isso há séculos — continuou Wade. — Foi assim que mantiveram a Ordem afastada até agora.

Becca balançou a cabeça.

— Então, *Via Rasangole, V* deve ser uma palavra com as letras misturadas?

Afastando-os das luzes brilhantes do Coliseu, Lily disse:

— Vocês sabem que existem programas de computador que deciframos códigos e palavras misturadas. Não podemos fazer isso no celular, porque demoraria demais. Mas aposto que, se encontrarmos um computador de verdade, um público, que não possa ser rastreado, podemos descobrir o que o endereço realmente significa.

— Inteligente, Lil, muito inteligente — disse Becca. — Um computador público, que não pode ser rastreado. Até lá, temos que assumir que os Cavaleiros da Ordem Teutônica ainda estão por aí. E com "por aí", quero dizer, espreitando a cada esquina.

Darrell checou o relógio. Já passavam das 9 horas. Depois do dia que tiveram, queria se deitar na superfície plana mais próxima, mas Becca tinha razão: eles não deviam ficar em um mesmo lugar por muito tempo. E deviam manter os olhos abertos e os ouvidos atentos.

Ele localizou o Coliseu no mapa.

— Estamos aqui — disse ele. — Vamos andar até encontrarmos uma biblioteca pública ou uma lan house. Daí, entramos ou esperamos até de manhã, quando eles abrirem...

— Ai! — Lily se assustou e levantou o celular. — Está vibrando. Alguém está me ligando! — Ela atendeu. — Alô? Eu disse alô!

Ela se virou para Becca.

— Eles todos são italianos ou algo assim.

Becca pegou o telefone.

— Pronto?

Todos ficaram em silêncio, enquanto Becca ouvia.

— *Sì? Sul serio?* — Ela olhou para Wade e Darrell, seus olhos cheios de lágrimas.

— Ah, não — disse Wade. — Que foi?

— *Domani? Sì! Sì! Ciao!* — Mesmo antes de terminar a ligação, ela abraçou os dois garotos. — Seu pai foi liberado pelas autoridades alemãs. Ele virá pra cá amanhã...

— Isso! — Wade praticamente caiu em cima de Darrell, que mal conseguia se manter em pé. — Papai está de volta. Não consigo acreditar.

— Sabia que ele escaparia — disse Darrell. — É o papai!

— Como ele se libertou? — perguntou Lily. — E quem era ao telefone?

Becca desligou.

— Era a assistente de Carlo. Carlo conhece um advogado, que conhece um advogado, então eles fizeram a polícia soltar o Dr. Kaplan, Roald, por causa de um detalhe jurídico. Ela disse que a Ordem logo descobrirá que estamos aqui. Precisamos ter cuidado. Mas isso é tão sensacional. Seu pai nos encontrará, ao meio-dia, em um lugar chamado Castelo Sant'Angelo, perto do rio.

Wade inspirou e expirou.

— Caraca, que incrível! Isso!

Darrell esfregou os olhos e examinou o mapa.

— Certo, só temos que nos manter longe das mãos erradas. Castelo Sant'Angelo... Não consigo ler isso. Quem quer liderar? Estou muito...

— Eu posso — disse Becca, pegando o mapa. — Todo mundo concorda?

— Concordamos — respondeu Lily. — Vamos.

— Sim, ótimo! — exclamou Wade.

Darrell flutuou atrás deles. Eles veriam o pai ao meio-dia. E Carlo o tinha liberado. Os Guardiões os estavam ajudando. Era como se um peso tivesse sido tirado não só dos seus ombros, mas das costas de todos eles. Estavam nas nuvens.

Becca passou os dedos pelo mapa. Com o Coliseu atrás dela, ela viu à sua frente outro monte de ruínas.

— É um caminho bem direto daqui, pelo Fórum Romano, até o Rio Tibre. Castelo Sant' Angelo é do outro lado de uma das pontes. *Segui la guida*!

Ela deu o braço para Lily, que iluminou o mapa com o celular, e eles partiram por um caminho de paralelepípedos. Afastaram-se da praça que cercava o Coliseu e tomaram os arredores do que ela disse "uma época ter sido o centro do Império Romano".

— As palavras-chaves aí são "uma época" — comentou Darrell.

As sombras se fecharam rapidamente ao redor deles no momento em que passaram debaixo de um arco gigante. Era como se o ar tivesse mudado de repente, ele pensou, como entrar em um passado profundo e escuro. Os caminhos entre as ruínas estavam congestionados com grupos de turistas lentos, mas no Fórum não era permitido tráfego motorizado, o que, dados os motoristas malucos que eles tinham visto até então, era uma bênção. Como Darrell tinha antecipado, Becca começou a apontar para as coisas.

— Este grande arco se chama Arco de Tito. — Ela leu no mapa. — É do século I. Foi construído pelo irmão de Tito em sua homenagem. Os imperadores faziam esse tipo de coisa naquela época.

— Eu faria isso por você, meu irmão — disse Wade, com uma cara de falsa seriedade. — Contanto que isso significasse que eu era o irmão vivo.

— Rá, rá. Deixe o arco para lá. Só me dê o dinheiro.

— Agora estamos andando na Via Sacra — acrescentou Lily, lendo o mapa sob a luz do celular.

— A rua sagrada. Entendi — disse Darrell.

— Sagrado rima com assombrado — falou Wade.

Darrell lhe lançou um olhar desconfortável.

— Eu amo história, realmente amo — disse ele. — Na verdade, eu amo tanto que *quero* fazer disso tudo história. Vamos andando.

O Fórum pode ter sido reformado para ser um lugar para turistas, ele pensou, mas ainda havia uma tonelada de destroços e montes de pedras e colunas perdidas onde costumavam ficar templos de deuses ou deusas.

Ele pensou que o lugar precisava de obras pesadas.

À direita, eles passaram pelo que Becca disse ser a Basílica de Constantino. Para ele, seus profundos arcos negros os encaravam, como buracos de olhos de uma grande caveira.

— Isso me lembra que vamos passar outra noite em outro cemitério — disse Darrell, mantendo-se no caminho. — Temos certeza que este é o trajeto mais rápido para o Castelo Sant' Angelo?

Becca balançou a cabeça:

— É sim, mas, se a gente não estivesse correndo para salvar nossas vidas, eu passaria uns dias aqui.

— A palavra-chave é "dia" — disse Darrell. — À noite, isso aqui é um verdadeiro território fantasma.

Essa parte de Roma era uma cidade velha e morta, uma coleção de pedras destruídas, colunas pela metade, estátuas destroçadas e ruas de terra indo ou vindo de prédios que não estavam lá.

O cabelo da sua nuca se arrepiou quando passaram pela imponente estrutura do Templo de Rômulo. Uma torre robusta de pedra grossa, com uma cúpula no alto, era pesada, escura e ameaçadora. Ele não quis pensar no que acontecia atrás daquelas grandes portas de bronze. Sacrifícios, provavelmente. Pegavam crianças de outros países e... Deixe para lá...

— Darrell?

Ele se virou para Wade.

— Oi?

— Olhe lá no alto.

Darrell olhou além dos templos e colunas para o firmamento preto-azulado e todas as suas estrelas prateadas.

— Está bem. Você e Copérnico e as estrelas.

— Certo — disse Wade. — Ele era um cientista, um astrônomo, como papai. E vamos assumir que ele tenha descoberto um pouco de física moderna. Tudo bem. Mas, então, a pergunta é: sobre *o que* ele está falando? E acho que tudo se resume ao dispositivo do desenho.

— É, o desenho. Adoro aquilo. Tenho pensando nele também.

Passaram por uma área coberta de grama, com uma pedra plana no centro, que — Darrell tinha certeza — era onde as civilizações antigas sacrificavam crianças. Um policial cruzou o caminho deles, e ele se lembrou de que ainda estavam se escondendo da polícia.

— Seja lá o que aquela coisa fosse, tinha 12 partes. — Darrell murmurou. — Mas e daí? Para que ela servia?

— Isso não sei dizer.

Agora, estavam subindo para o Monte Capitolino, que, de acordo com Becca e Lily, era um dos sete montes sobre os quais Roma tinha sido construída. Era menos um monte do que uma grande colina, mas tudo bem.

Estavam saindo da terra dos mortos.

Becca parou para estudar o mapa, enquanto Lily jogou sua mochila no chão e desmoronou perto dela.

— Estou tão cansada — disse ela. — Essas subidas podem parecer fáceis, mas minhas pernas estão morrendo. Preciso descansar por dois minutos. Cinco. Dez minutos, minha oferta final...

Darrell riu e se sentou ao lado dela.

— Quer dizer — disse Wade, de pé com Becca —, eu me pergunto o que pode ser tão incrivelmente perigoso nas mãos erradas. Uma arma? O que faria pessoas cometerem assassinatos durante cinco séculos?...

— Não! — gritou Becca, balançando o mapa. — Não acredito!

Um policial apareceu do nada, apontando uma lanterna para eles.

— *Va tutto bene?*

— *Sì* — disse Becca. — *Sì. Sì. Grazie!*

O policial balançou a cabeça e foi embora.

— Pessoal, adivinhem o que acabei de encontrar no mapa, da forma mais antiquada possível?

— Foi com a luz do celular do Carlo — acrescentou Lily.

— Que estamos perdidos? — perguntou Darrell.

— Não. Um museu!

Wade riu.

— Becca, estamos em Roma. A cidade inteira é um museu.

Ela sorriu de orelha a orelha.

— Mas encontrei um museu chamado... esperem... o Museo Astronômico e Copernicano.

— Sério? — perguntou Darrell, levantando-se.

— Aham! E tenho certeza de que é todo sobre vocês sabem o que e vocês sabem quem.

Capítulo 39

— Nossa sorte acabou de mudar! — gritou Lily. — Becca, nos leve até lá neste instante!

— Me sigam neste instante! — Becca riu e andou para fora do Fórum. — O museu é no meio do parque, a poucos quilômetros daqui. Podemos ir andando.

Um museu de Copérnico?

A sorte deles estava mudando mesmo. E agora, que seu pai estava chegando, Wade estava surpreso com a beleza que se acendeu em Roma. A velha cidade, as ruas sinuosas, a temperatura agradável, seus amigos sensacionais, os inúmeros carros — pequenos Fiats e Alfas buzinando por toda parte, como ratos em um labirinto — de repente, tudo ficou espantosamente e incrivelmente... *certo*.

O rabo de cavalo de Becca balançava e girava, enquanto caminhava à frente, como uma guia, passando os dedos animada sobre o mapa.

— Aqui mesmo. À esquerda. Agora, seguindo reto.

Por duas horas, eles cruzaram a cidade. Ruas davam voltas e se cruzavam, de maneira casual. Quase cada esquina a que chegavam oferecia uma vista de uma praça, ou fonte, ou igreja, ou monumento. Lily estava falante de novo. Darrell andava aos pulos, cantarolando um *riff* de Gary Clark Jr.

Tudo estava bem.

"Nem os assassinos sabiam exatamente onde estávamos."

Uma longa hora depois disso, eles se viram rondando por ruas inclinadas para chegar a um parque tranquilo e arborizado, que devia ser o que sobrou das colinas antigas de Roma, ou talvez não, não importava. O que realmente importava era o que estava instalado no alto do parque e iluminado por postes — uma grande *villa* com três observatórios em forma abobada, no teto.

— O Museo Astronômico e Copernicano — anunciou Becca, quando se aproximaram de uma cerca alta de ferro forjado, que o cercava. — Podemos saltar a cerca e olhar pelas janelas. Ou esperar até o lugar abrir de manhã. Alguma ideia?

— Sim, chega de saltar — respondeu Lily. — Minhas pernas não aguentam mais. Para mim, acabou. — Ela se sentou em um muro baixo na beira da rua, jogou os sapatos no chão e massageou os pés.

O parque atrás deles era muito arborizado, tranquilo e coberto, e o ar da noite ainda estava ameno.

— Se tivermos que passar as próximas horas do lado de fora, este não é um lugar ruim — disse Wade. — Um de nós pode ficar acordado. Podemos revezar.

— É bastante tranquilo aqui em cima, e quente — disse Darrell. — Já passa das onze. Se tivermos sorte, o museu abre às nove. Dez horas? Consigo fácil dormir esse tanto.

— Está bem — concordou Wade. — Vamos achar um lugar calmo no parque e ficar por lá até de manhã. Dormir. Ou qualquer coisa. Precisamos entrar lá, mas estou cansado de infringir as leis.

— Boa ideia — apoiou Becca. — Nossa ficha criminal deve estar com um quilômetro de comprimento.

Lily caminhou entre as árvores e demarcou uma área de grama aparada, sob uma árvore com galhos baixos. Deitou a cabeça sobre sua mochila.

— Boa noite.

Cada um deles escolheu uma área de grama — não muito longe dos outros — e se acomodou. Os ossos de Wade doíam demais, mas sua mente estava a mil. Sem chance de ele dormir.

— Eu fico com a primeira vigília.

— Eu, com a segunda! — disse Darrell.

De repente, eles ficaram quietos, o que não foi um problema para Wade.

Na primeira hora, seus pensamentos voltaram para as primeiras páginas que Becca tinha traduzido. Nicolau em sua torre, olhando para as estrelas com Hans.

Copérnico lidava com todos os elementos rotineiros com os quais as pessoas da sua época tinham de lidar — medicina antiquada, casas fedorentas, comida esquisita, viagens longas, falta de encanamento — mas, além de tudo isso, ele ainda precisava realizar descobertas.

Isso era o que realmente impressionava Wade. Que um homem tinha uma ideia, e ela mudava o mundo. Isso significava que qualquer um podia ter uma ideia que também poderia mudar o mundo. Ele se lembrou do pai mencionando uma frase de Einstein:

> *A imaginação é mais importante do que o conhecimento. O conhecimento é limitado. A imaginação envolve o mundo.*

Certo? Ninguém falou com Copérnico para estudar as estrelas. Ninguém o mandou descobrir uma nova teoria sobre o sol, mas ele o fez assim mesmo. Ele usou sua imaginação e fez novas descobertas.

"Preciso saber mais!"

E há o legado. Que dispositivo ele tinha inventado? O que o A de GAC significava? O que eram as relíquias? Partindo da convicção de todos de que o diário era genuíno, como Copérnico poderia ter conseguido chegar à equação do buraco de minhoca?

As perguntas se repetiam e se repetiam, e a falta de resposta também. Seus pensamentos eram como ondas se quebrando em pedras, que se recusavam a mudar de forma.

"Eu também preciso saber mais."

No momento em que Wade desistiu de refletir, Darrell estava roncando como um alto-falante, e ele não teve coragem de acordá-lo. Lily, por incrível que pareça, falava dormindo tanto quanto quando estava acordada. Naquele instante, ela estava murmurando uma longa história sobre um *link* na internet que se ligava a outro e a outro, e nunca acabava.

Becca não fez um barulhinho que fosse — a não ser sua lenta e comedida respiração, que era quase um ronco — até pouco depois de 2 horas da manhã, quando ela se ergueu do que deve ter sido um sono profundo como um coma, e disse: "Está na hora!", e logo se deitou novamente, voltando ao mesmo ritmo de respiração de Darrell.

Ainda não estava na hora. Não com o céu ainda pintado de estrelas. Mas Wade foi forçado a admitir que, se não conseguia dormir, pelo menos tinha seus amigos para ouvir, e terminaria sua tarefa de vigília.

— Durmo quando papai chegar — sussurrou para si mesmo.

Observou o movimento das estrelas no firmamento e imaginou Copérnico estudando as mesmas estrelas quinhentos anos antes. Pessoas, ciência e história. Wade adorava as coisas antigas agora mais do que antes de começarem essa aventura maluca. Ele se lembrou da máquina indefinida no desenho, a estrutura gigantesca, as anotações estranhas. Será que o dispositivo realmente tinha alavancas e engrenagens, correias de couro, dobradiças, rodas, polias? E assentos? E o *buraco no céu*... o que era aquilo?... *Um buraco...*

Só uma hora mais tarde, quando ele sentiu alguém cutucando seu braço, foi que percebeu que tinha caído no sono. Ele se sentou e viu Becca de pé, olhando a rua. Ouvia-se o barulho de um carro se aproximando.

— Todo mundo, acorde — disse ela. — O museu está aberto. Está na hora!

Capítulo 40

Depois de subir o longo caminho até o estacionamento, eles encontraram as portas da *villa* — ladeadas por duas palmeiras gigantes — já abertas.

Um homenzinho de cabelos brancos e terno amarrotado estava sentado a uma pequena mesa, do lado de dentro. Ele olhou para os garotos de cima a baixo, passou os dedos no bigode fino e branco, e sorriu.

O que começou, então, foi uma estranha e lenta conversa em inglês.

Um tipo de inglês.

— Você é Mary Cans? — perguntou ele, sorrindo, escrevendo o número 4 em uma folha de papel sobre a mesa.

Lily se virou para os outros.

— Não, senhor. Sou Lily, e este é...

— Sim, americanos — disse Darrell.

— Como disse. — O homem se levantou e fez uma reverência. — Vocês gostam de *estelas*?

— Estrelas — disse Wade. — Sim, adoramos estrelas.

— Mas não temos muito dinheiro — acrescentou Becca.

Ele se chacoalhou de rir.

— Não, não. O *museo* é *desgraça* para crianças com menos de *dissesete*.

Demorou um pouco. Finalmente, foi Lily que quebrou o silêncio.

— Dezessete! — disse ela. — Não, todos temos menos.

— Como disse. — Ele continuou e lhes entregou um guia impresso. — Desculpe sua tradução. Eu mesmo fiz. Parabéns por visitar nosso pequeno *museo*. Mesmo com nossa *pequinez*, somos repletos de... como vocês dizem? ...*istrumentos*...

— Instrumentos? — corrigiu Becca.

— *Sì*, eles. Então, sumam daqui. Fiquem *ao vontade*. Aproveitem.

— Muito obrigado — disse Wade.

Ao entrarem em uma sala de painéis de madeira, com pé-direito alto, Darrell sussurrou:

— Não consigo me lembrar de um instante em que aquele homem não estivesse falando.

— Na minha cabeça, ele ainda está — disse Lily. — Agora, vamos manter nossos olhos abertos e encontrar um computador público.

Organizados em vitrines, revestindo as paredes, estava uma série de globos e instrumentos antigos. Havia várias máquinas simples feitas de bronze — Wade se lembrou do seu pai falando que elas eram chamadas sextantes e eram usadas por marinheiros para navegar os navios, através das posições das estrelas.

— Cartas celestes — disse Becca, acenando para a parede. — Como a sua, Wade.

Ele observou mais de uma dúzia de cosmos ptolomaicos. Alguns eram bem primorosos, mas nenhum era tão bonito quanto o que Tio Henry tinha lhe dado. Ele aproveitou para checar a bainha e a mochila mais uma vez. O punhal e a carta estavam seguros.

No centro da sala, havia um globo celestial de madeira, no qual estavam pintadas as 48 constelações catalogadas por Ptolomeu no século II. Perto do globo havia várias pequenas esferas. Algumas tinham tiras interligadas e concêntricas, de ferro ou de bronze, cada faixa representando o caminho orbital de um dos planetas. Becca traduziu a exposição e lhes contou que as esferas eram chamadas "esferas armilares".

— Papai tem um livro sobre elas — disse Wade.

— São lindas — disse Lily.

— Mas imprecisas — acrescentou Wade. — Porque as faixas são circulares, em vez de elípticas, o que eles só descobririam mais tarde.

— Obrigada, professor — disse Lily.

Foi a série de objetos que eles viram em seguida que os paralisou de uma vez.

Em uma plataforma elevada na parede estava uma variedade do que chamavam de astrolábios — dispositivos antigos para medir a distância e os movimentos das estrelas. Todos tinham arcos móveis de bronze ou ferro e alavancas marcadas com medidas, e alguns eram simples, com duas peças de bronze ajustadas uma na outra e planas como um prato.

Os maiores, no entanto, eram máquinas complexas — *machinas* — que combinavam tanto as faixas concêntricas das esferas armilares, quanto um arranjo complicado de alavancas corrediças e rodas em movimento, ligadas a relógios automáticos ou de corda. Elas quase pareciam motorizadas. Esses eram os primeiros itens vistos por eles que, com um pouco de imaginação, poderiam ser considerados como possíveis dispositivos avançados, lembrando Wade do telescópio do Painter Hall, em Austin.

— Isso é *steampunk* antes de eles terem vapor — disse Darrell.

— O desenho... — sussurrou Becca. Ela abriu a mochila e passou as páginas do diário, até a figura que tinha achado antes. — E se Copérnico retrabalhou o dispositivo de Ptolomeu e inventou uma dessas máquinas? Mas uma grande. Uma no interior da qual você pudesse se sentar? Algumas destas aqui têm 12 partes, mais de 12 partes. Engrenagens e rodas e coisas.

Ela passou várias páginas.

— Ouçam isto de novo.

Nicolau tomou uma decisão.
Da estrutura gigantesca da máquina, da grande armadura, ele retirará as 12 partes consteladas — sem as quais, o dispositivo fica inoperante.

Wade fechou os olhos.

— Partes consteladas...

— Só que o diário também fala sobre viajar e sobre uma jornada — disse Darrell. — Astrolábios não são veículos. Não *vão* a nenhum lugar. Eles só ficam lá, e você os usa para fazer cálculos.

— Acho que precisamos pensar fora da caixa — disse Lily.

— Concordo — acrescentou Becca. — Vamos continuar a procurar por informação.

Entraram em uma quarta sala, onde inúmeros livros e pergaminhos estavam expostos em vitrines.

— Computadores — disse Lily, dirigindo-se para uma fileira de monitores em uma mesa longa. — Vou ver o que consigo encontrar sobre Via Rasagnole. — Ela se sentou em frente a um computador e começou a digitar como louca.

Becca se inclinou sobre uma vitrine e bateu de leve no vidro.

— Dizem que um destes é a primeira biografia de Copérnico, escrita só vinte anos depois de ele morrer. Gostaria de dar uma olhada no livro todo. Talvez ele conte alguma coisa sobre a viagem de 1514...

— Temos uma edizione. — disse o senhor de cabelos brancos, que estava rodando pelas salas. — Por favor, espeta vocês aqui. — Ele se virou e sumiu.

Wade riu.

— Ele quer que a gente espere, mas ele tem uma "edizione"? Ele tem uma cópia?

— Se eu estiver certa — sussurrou Becca —, a biografia deve me ajudar a traduzir mais partes do diário.

O homem baixo voltou com um volume grande e o ofereceu para Becca, com uma reverência. Como o museu estava se enchendo de visitantes, ela se acomodou na mesa de computadores, em frente à Lily, e começou a ler o livro e o diário, lado a lado.

Wade se sentou junto dela.

— Estou realmente feliz... — começou ele. Ela olhou para cima. Os olhos verdes, ainda meio sonolentos.

— Sim? — disse ela.

— ...que você consiga ler estas coisas. Estaríamos completamente perdidos, sem você e sua mente.

Os olhos dela brilharam por um instante, depois seu rosto se franziu e voltou para o texto.

— Mas é muito difícil, e algumas coisas que acho que estou traduzindo direito não fazem nenhum sentido. Gostaria que seu cérebro e o meu pudessem ler juntos.

"Sério?"

— Eu também — concordou ele, como um idiota, sabendo que Lily tinha acabado de dar uma espiada nele, antes de voltar para a tela.

Becca passava páginas para frente e para trás, nos dois livros, com seus dedos servindo de marcadores de livros em vários lugares ao mesmo tempo.

— Achou alguma coisa? — perguntou Darrell, voltando dos astrolábios na outra sala.

— Não sei — disse Becca. — Estou tentando combinar as datas e as coisas, e, em uma parte, ambos o diário e a biografia parecem falar sobre a mesma coisa estranha que aconteceu quando Copérnico e Hans voltaram da viagem.

Darrell franziu a testa.

— Estranha como?

Becca moveu o livro à sua frente.

— A biografia se refere a "*l'incidente dei due dottori identic*", o incidente dos dois doutores idênticos. O que não faz muito sentido. No diário, Hans passa para italiano e escreve, "*il momento favoloso dei due Nicolaus*", o que é algo como "o momento mágico dos dois Nicolaus". Finalmente, Hans escreve isto:

> *Em cinco dias, o segundo Nicolau tinha desaparecido, e só havia um deles novamente.*

— O que *isso* significa? — perguntou Lily.

As têmporas de Wade latejavam, e ele segurou sua cabeça como se ela fosse explodir. Então, era isso. O problema real. O que ele tinha temido desde a primeira vez que viu a fórmula moderna no velho diário.

— Dois ao mesmo tempo... buraco de minhoca transponível... Acho que sei o que eles estão tentando dizer, e não é realmente possível — disse ele.

Darrell esticou a cabeça para o lado.

— O que não é possível? Pessoas tentando nos matar?

— Não, mas olhem — continuou Wade — O que estamos supondo é que Copérnico descobriu um tipo de grande e impressionante astrolábio que podia viajar. Olhem, talvez eu tenha entendido errado toda a questão do buraco de minhoca, mas acho que não. — Seu cérebro estava explodindo. — Quer dizer, tudo faz sentido, só que não faz, e eu sou um cientista, então...

O que soou mais idiota do que nunca.

Becca balançou a cabeça.

— Copérnico também era cientista. Assim como o Tio Henry. E seu pai. E Kip Thorne, o cara do buraco de minhoca.

Wade murmurou:

— Eu sei, mas...

— Olhem isto — disse Lily, do computador. — Demorei séculos e tentei um monte de mapas da cidade, até antigos, mas nunca houve uma Via Rasagnole em Roma. Então, como eu disse, existe esse site de anagramas. Digitei todas as letras do endereço, usando o numeral romano V.

Darrell sorriu.

— E Roma é o lugar onde os numerais romanos foram *inventados*.

— Digito todas as letras — prosseguiu ela —, e bum! Conseguimos um monte de palavras diferentes, a maioria das quais nem são palavras de verdade. Mas estava em inglês. Então, mudo para italiano. Não consegui entender nada lá também. Em seguida, tenho essa ideia brilhante, estilo Becca, de que talvez eu devesse mudar para latim, e agora a lista está *bem* menor...

Todos se inclinaram sobre os ombros dela.

— Espere! — disse Wade; seu cérebro estava formigando. — Suba a lista.

Lily subiu algumas linhas.

— Pare! — pediu ele, seu cérebro formigando. — ARGO... Argo...

— O navio na Mitologia Grega — disse Becca, em voz baixa. — Jasão era o piloto. Lily, lembra que estudamos essa história na aula da Sra. Peterson?

Ela olhou para cima.

— Claro.

— Há o filme também: Jasão e os Argonautas — disse Darrell. — Jasão luta contra esqueletos guerreiros. É um clássico. Só um comentário.

— Lily, retire essas letras e veja o que sobrou — disse Becca.

Ela retirou.

— Sobram: V VI ASANLE. Vou desembrulhar essas, e temos...

Uma lista menor apareceu.

Becca resmungou.

— Talvez não seja latim, afinal.

Wade quase explodiu quando viu uma segunda palavra familiar aparecer na tela.

— NAVIS! É isso! Partes consteladas! Puxa vida...

Ele mexeu em sua mochila, procurando a carta celeste.

— O que é *navis*, é o plural de navio em latim? — perguntou Darrell.

— Não, não, está aqui, a constelação. — Wade passou os dedos pelo mapa do Tio Henry. — *Argo Navis* é o nome de uma das constelações originais de Ptolomeu! Ela representa o navio *Argo*. Aqui!

Ele lhes mostrou um conjunto de estrelas perto da base do mapa. Elas formavam vagamente um veleiro.

Darrell se inclinou sobre o ombro de Lily.

— Que letras sobraram?

Só V, A, L e E sobraram.

Ao mesmo tempo que Lily as digitava no site, Wade movia as quatro letras em sua cabeça e as sentia chegar à posição correta, como tinha acontecido com as letras de *blau stern* dias antes.

Movendo, movendo, clique!

— Vela! — disse ele, levantando-se. — Argo Navis Vela.

Capítulo 41

Wade ficou de pé, observando sua carta celeste.

— Vela — disse ele devagar — é este grupo menor de estrelas na Argo Navis. É meio que um triângulo, meio que um retângulo. Lembro que papai me ensinou as partes das constelações. Vela é a vela do navio Argo Navis. O endereço Via Rasagnole, V é um código para essa constelação.

— Então — disse Becca —, do buraco no céu, acabamos com uma constelação.

Darrell inspirou profundamente.

— Wade, você disse que algumas constelações só podem ser vistas de certos lugares. Essa é uma delas?

Wade balançou a cabeça.

— Não dá para vê-la tão bem do Texas. Nem de Roma. É mais visível ao sul do Equador. O Cruzeiro do Sul é outra que só é visível do hemisfério sul. Há um tanto delas.

Enquanto todos examinavam a carta, a luz do sol espalhou-se preguiçosa pelo chão, movendo-se devagar, imperceptível, pelos ladrilhos.

Becca se levantou e observou os astrolábios, atrás dos amigos.

— Pessoal, tive uma ideia aqui. Se cada relíquia recebeu o nome de uma constelação, talvez cada uma esteja escondida onde a constelação é mais visível.

Darrell balançou a cabeça de um lado para o outro.

— Certo, mas o mundo é enorme. Quer dizer, olhem esses globos. Mesmo se dissermos que a relíquia está em algum lugar de onde a constelação é visível, ainda estamos falando de milhões de quilômetros quadrados, e muitos deles são água.

— É por isso que temos de limitar a busca — propôs Lily. — Se descobrirmos quem é o Guardião, talvez isso se torne óbvio. Precisamos saber sobre a vida dele, ou dela, para saber onde ele ou ela pode ter escondido a relíquia.

— Boa ideia — disse Wade. — Então... de volta ao diário?

Becca fechou os olhos por um instante, depois abriu o diário na metade e mais adiante.

— Tem que estar depois do que eu já li.

Minutos se foram enquanto ela passava por mais páginas, para frente e para trás. Pela expressão em seu rosto, Wade percebeu que as palavras estavam lhe dando trabalho.

— Certo — disse ela. — O diário diz "*la relíquia prima*", a primeira relíquia, "*è stata presentata ad um legal man*". Diz essa parte em inglês: "legal man", homem da lei.

Wade mordeu o lábio.

— *Legal man*. Sério? Em inglês?

— É — disse Becca, ainda lendo.

— Vou anotar isso também.

Wade copiou essas novas palavras no bloco do pai. Olhou para a lista de pistas.

> *A primeira circulará até a última*
>> *O mundo conhecido e desconhecido*
>> *Um buraco no céu*
>> — *A primeira relíquia será entregue a um homem acima de todos os homens, que a sustentará como se fosse seu próprio filho.*

Darrell pôs o dedo na lista.

— Wade, uma coisa, se não for muito estranha. Você mencionou vela, certo? Bem, barcos não sustentam velas quando navegam? O diário fala de uma viagem. Talvez Copérnico esteja fazendo um trocadilho.

Becca tirou os olhos do livro e virou o rosto para cima.

— Gostei disso, Darrell. Combina, certo? Trocadilhos, quero dizer. Além disso, o início do século XVI foi a era do descobrimento, então havia muitos navegadores. O Guardião da Vela deve ser um navegador ou um capitão de um navio a velas.

Wade fechou os olhos e os esfregou.

— Fora do buraco no céu, uma constelação. Fora de uma constelação, uma parte. Se a primeira relíquia é a Vela — disse ele — e está escondida no hemisfério sul, que é em sua maior parte composto de água, então, Darrell, acho que você está no caminho certo. "Um homem acima de todos os homens, que a sustentará como se fosse seu próprio filho." Realmente aponta para um navegador.

— E o que vocês me dizem do *legal man*? — perguntou Lily — Por que dizer isso em inglês, se não significasse alguma coisa? Afinal de contas, o que um advogado tem a ver com velas em navios e oceanos e água?

— Copérnico estudou direito — disse Darrell. — Papai nos contou isso. Talvez ele tenha andado com advogados que gostavam de navegar, e ele deu a relíquia para um deles.

Wade perambulou para longe dos outros. Era uma questão para muitas cabeças de novo. Mas outra coisa também. A cada palavra que lia, ou pensava, ou ouvia, ele não conseguia deixar de se perguntar que outras palavras poderiam ser escritas com aquelas letras, e até falar começou a parecer um código.

Ele parou em frente a uma vitrine grande e plana. Debaixo do vidro, havia um mapa do mundo da época de Copérnico.

O mundo conhecido e desconhecido, o diário disse.

Naturalmente, muito do mapa estava errado. Os formatos dos continentes não eram os que conhecemos hoje em dia.

Era o que Wade adorava. Observando cartas, mapas e cadernos, você quase podia ver como as pessoas compreendiam as coisas. O que eram mapas, além de figuras desenhadas por pessoas tentando entender o mundo ao seu redor? Nesses dias, todo esse entendimento está escondido em HDs de computadores ou em ondas de rádio sem fio. Se os botões certos forem apertados e o teclado pressionado, tudo aparecerá para você, tudo pronto. Você não tem muito a fazer.

Mas estas coisas... Eram humanas e eram científicas. Uma descoberta. Eram história que você podia tocar. Claro, eram brilhantismo e genialidade e imaginação, mas eram pessoas também.

Nicolau Copérnico. Hans Novak.

No mapa à sua frente, uma fina linha dourada estava desenhada ao longo dos mares, circulava desde o que ele sabia que era a Espanha, passando pelo Oceano Atlântico, até um Novo Mundo borrado, descendo para a costa da América do Sul, ao redor da sua ponta, e subindo ao longo da costa do Oceano Pacífico.

Próximo à linha que cruzava o azul-escuro dos Mares do Sul, havia minúsculas letras escritas à mão em tinta dourada.

Magellan.

Seu cérebro se acendeu. Constelações, navios, viagens. Letras começaram a se mover, trocando de lugar, fazendo diferentes combinações, separando-se, recombinando-se... *clique.*

Ele se virou para os outros e falou o nome em voz alta.

— *Magellan*, Magalhães.

Darrell apertou os olhos.

— Magalhães? O explorador?

Wade seguiu a linha da Europa até o Novo Mundo, até as Ilhas do Pacífico e de volta para a Europa.

— Magalhães foi o primeiro a navegar ao redor do mundo. Lily, digite *Magellan*, por favor!

Ela digitou no teclado. Os resultados apareceram rapidamente.

— Primeira circum-navegação do globo, partiu da Espanha em 1519, sobreviveu até a metade da viagem, morreu nas Filipinas em 1521.

— Então, ele viveu mais ou menos na mesma época que Copérnico — comentou Darrell. — Mas o que faz você pensar...

— Lily, quis dizer para você digitar *Magellan* no site de anagramas — disse Wade. — Procure por resultados em inglês.

Ela franziu a testa para ele, mas digitou o nome assim mesmo. Foi descendo a lista de palavras que não faziam nenhum sentido, até que quase perdeu a respiração.

— Wade, você é um verdadeiro gênio!

Becca se inclinou em direção à tela.

— Cara, você realmente é!

— Por que ele é tão fantástico? — perguntou Darrell, tentando se espremer entre os três.

Becca riu baixinho.

— *Magellan, Legal Man.* As mesmas letras.

Houve um momento de silêncio. Mais do que um momento. O sol banhou as amplas tábuas do chão da galeria do museu.

A certa altura, Darrell disse:

— Se ninguém vai falar, eu vou. Pessoal, me deixem ser o primeiro a anunciar que Magalhães foi o primeiro membro do GAC, os 12 Guardiões do Astrolábio de Copérnico!

Lily se recostou na cadeira, afastando-se da tela do computador.

— É isso — concordou ela. — Nós solucionamos a questão.

O sol estava mais alto no céu. Logo seria hora de encontrar o Dr. Kaplan no Castelo Sant'Angelo.

Wade queria contar para seu pai tudo que eles tinham descoberto, mas também percebeu que não queria deixar o museu. Ainda não.

Os outros também pareciam não querer. Tinham descoberto tanta coisa lá, só os quatro. Tinham tido sorte, mas a maior parte das deduções foram feitas usando sua própria inteligência e imaginação.

Incapaz de se conter, Lily continuou se aprofundando no site de enciclopédia.

— Magalhães morreu nas Filipinas, atacado por nativos, então não terminou sua viagem. É bem documentado. Fato curioso: depois do ataque, seu corpo nunca foi encontrado.

— Wade, preciso do bloco do seu pai — disse Becca. — Por causa do código.

Entregando-o para ela, Wade se afastou do computador: sua mente ainda estava pipocando e rodando com perguntas sobre os Guardiões do Astrolábio de Copérnico.

— O corpo de Magalhães nunca foi encontrado? Então a relíquia foi perdida?

Lily desceu até o próximo texto da página.

— Rá! Não! Há uma lenda que diz que o servo de Magalhães, um nativo chamado Henrique, escondeu o corpo.

— Henrique. — Darrell franziu a testa. — Para onde ele o levou?

Lily começou a pular na cadeira.

— Ah, puxa vida! Ouçam isto! A parada anterior do navio? A ilha que visitaram logo antes de Magalhães ser morto nas Filipinas?

— Sim? Onde foi? — perguntou Becca.

— Guam — respondeu Lily.

Wade não tinha certeza do que aquilo significava.

— E...?

Lily ainda estava pulando.

— Adivinhem do que Magalhães chamava Guam e suas pequenas ilhas? Deixa para lá, vou contar para vocês: *Islas de las Velas Latinas*. Ilhas das Velas Latinas!

Mais uma vez, eles ficaram em silêncio. O cérebro de Wade também ficou em silêncio, depois ele teve de dizer:

— Pessoal, Vela é a relíquia e está em Guam.

— Então, temos que ir para lá — disse Darrell. — Certo?

— Hum... — Becca franziu a testa, olhando o diário. — Wade, tenho uma das suas coisas impossíveis aqui. Esta passagem parece dar uma dica sobre o que o dispositivo realmente é, mas está codificada, como o e-mail. Diz: "Hytcdsy lahjiua". Eu a decodifiquei usando a chave da carta celeste, mas desta vez as palavras estão em latim.

Ela levantou o rosto para eles. "*Machina tempore.*"

Lily torceu o nariz.

— *Máquina tempura?*

— Não — disse Wade, seus joelhos começaram a tremer de repente. — *Máquina do tempo.*

Capítulo 42

O barulho de passos em degraus de ferro sempre incomodou Ebner von Braun. Eram altos, irritantes e tristes. Ou eram os dele próprio, o que no caso todos saberiam que ele estava se aproximando, ou eram de outra pessoa e — já que ele não confiava em ninguém — poderiam significar que estava prestes a morrer.

Por que deveria ter tanto medo de passos em degraus? Era simples. Nos últimos quatro anos, ele — um físico de grande respeito, mesmo na mais alta cúpula dos astrofísicos mundiais — tinha trabalhado exclusivamente para Galina Krause.

Galina Krause, uma jovem misteriosa que tinha aparecido na escada de um castelo no norte da Polônia, um bichinho na tempestade, uma órfã da vida, um trapo que já tinha sido descartado várias vezes, mas um trapo com olhos hipnóticos.

E por que Ebner estava naquele castelo quatro anos atrás? Pela mesma razão pela qual seu pai, o pai do seu pai e o bisavô do bisavô tinham estado lá. Uma reunião secreta dos Cavaleiros da Ordem Teutônica da Prússia antiga, a ampla sociedade global construída com poder real e grande riqueza.

Mal sabia Ebner naquela época — mal sabia qualquer um deles naquela sala — quão brilhante aquela jovem maltrapilha era. Como era misteriosamente inteligente e bem informada sobre os mais profundos segredos da Ordem. Como entendia profundamente as mais complexas questões de matemática, física temporal e astronomia teórica. Sem falar em onde os lendários tesouros da Ordem estavam enterrados, como se ela tivesse uma ligação direta com suas criptas, havia muito tempo perdidas.

E tudo isso em uma idade tão tenra! Quantos anos tinha ela naquela noite de tempestade, quatro anos antes? Quinze? Mesmo assim, como tinha hipnotizado a todos com seu brilhantismo! Mais tarde, veio o voto secreto, e o próprio Ebner foi escolhido para acompanhá-la aos desertos escuros da Rússia, para seu tratamento. Nos anos sigilosos que se seguiram desde aquela noite, ele só tinha reverenciado seu crescente conhecimento, o alcance e velocidade da sua mente, a sabedoria que parecia totalmente impossível para alguém tão jovem.

"Impossível?"

A Ordem tinha perdido a pista de muitos dos Guardiões até o século XVIII. Mesmo assim, depois de só quatro anos, Galina Krause tinha trazido os Cavaleiros de volta da beira da extinção, na tentativa de alcançar a primeira relíquia. Dia a dia, Galina estava provando que a palavra *impossível* tinha perdido seu significado.

Ebner chegou ao alto da escada e parou, respirando profundamente para acalmar os nervos. Deu uma olhada para a pequena arca de bronze que carregava. O que ela diria quando a abrisse?

— Você vai mencionar que eu a trouxe pessoalmente? — disse uma voz ao pé da escada.

Ebner deu uma meia-volta.

— Se o momento se apresentar. Fique do lado de fora da porta. Chamarei por você. Talvez. — Ele ajeitou a gravata borboleta no reflexo na porta de alumínio e digitou o código de sete dígitos.

Com um sopro de ar, a porta se abriu, e ele estava de pé na soleira de uma cobertura com vista para Milão, na Itália, que tinha a atmosfera de um covil na montanha, decorado por Versace. Galina estava vestida de preto, uma silhueta fina e elegante, como uma gata, em contraste com a janela cintilante.

— Bem — disse ela, sem se dar o trabalho de se virar.

Os joelhos de Ebner tremeram. Outra respiração profunda. Outro ajuste na gravata. Ele deu alguns passos para frente.

— A história do *Le Monde* morreu. Parece que o jornalista que estava insistindo na teoria de assassinato desapareceu. — Ele fez uma pausa. Nenhuma reação. Deu uma olhada ao redor da sala. Nenhuma besta também. — Sobre outros assuntos: estamos monitorando todos os aeroportos e estações de trem do continente. As crianças devem ter conseguido outro celular, ou alguém lhes deu um. Parece estar codificado. Apesar de não por muito tempo.

— Agora, eles têm a ajuda dos Guardiões em Bolonha. — Ela suspirou. — Eu me pergunto se as crianças sabem o que isso significa para eles.

Ebner fez uma pequena reverência, aparentemente para si mesmo.

— Não foi possível tomar a escola de esgrima no primeiro ataque. Quando nossos reforços chegaram, ela já tinha sido abandonada. O arsenal e a biblioteca estavam vazios.

— Os Guardiões vão se reorganizar em outro lugar. O Protocolo demanda isso.

— Os garotos não vão escapar de nós...

— Como fizeram duas vezes em Berlim? — Galina explodiu. — Na fronteira da Áustria? E de novo em Roma? — suas palavras eram afiadas como estalactites.

— Eu lhe dou minha palavra. Os Corvos foram mobilizados mais uma vez. — disse Ebner, reunindo o máximo de calma que sua voz trêmula era capaz.

— E o Experimento Espanhol? — perguntou Galina, finalmente virando a cabeça, mas não o suficiente para ver o que ele estava segurando.

O traço delicado da cicatriz em seu pescoço estava mais visível do que o normal, ele pensou. Será que a raiva fazia com que ela inchasse? Ele limpou a garganta.

— Alguns elementos da equação se mostraram... instáveis — disse ele. — Foi nosso experimento mais bem-sucedido até agora. Só... não bem-sucedido o suficiente. Na verdade, ainda está se desdobrando.

— Não é possível rastreá-lo até nosso laboratório?

— De jeito nenhum. As autoridades espanholas estão perplexas — disse Ebner, acrescentando. — Mas, eles estão sempre perplexos. — Ele achou que isso era engraçado. A expressão de Galina não se alterou. — O que devemos fazer com a professora italiana? Mercanti?

— Ela será útil para nós, para uma relíquia futura — disse Galina, andando devagar na direção da janela e olhando para o sul.

"Na direção de Roma", pensou Ebner. "Iremos para lá em breve, talvez."

Ela se virou de repente.

— Mais alguma coisa?

Ebner engoliu em seco.

— Guardei o melhor para o final, senhorita Krause. — Segurando a arca de bronze encostada ao estômago, ele a destravou e abriu sua tampa devagar.

Com os passos calculados de uma gata selvagem, Galina andou devagar até ele; sua expressão era algo entre êxtase e fúria. Ela parou a poucos centímetros, com os olhos fixos no interior da caixa. Ela era revestida por um luxuoso veludo preto. Sobre o tecido brilhante, enrolada em si mesmo três vezes, estava a correia de couro. Na correia, havia um único rubi no formato de um monstro marinho. Um kraken.

Galina tirou com cuidado a correia da caixa e deu um passo para trás. Ebner sorriu.

— Foi recuperado nas planícies da Prússia do Norte, exatamente onde você disse que estaria. Professor Wolff o trouxe pessoalmente para mim. Professor?

A porta deslizou mais uma vez, e um homem de cabelos brancos, vestindo um sobretudo de couro, ficou de pé esperando. Ele fez um leve aceno com a cabeça para Galina.

Ebner, perguntando-se se ela havia ao menos visto Markus Wolff, adiantou-se:

— Senhorita Krause, se não se importa...

— Deixem-me. Vocês dois. — Galina encostou a correia na bochecha e beijou o kraken de rubi várias vezes.

Por uma fração de segundo, Ebner desejou ser uma joia vermelha antiga. Mesmo assim, a intensidade dela era estranha. Ele sentiu medo. Como de degraus de ferro.

Andando de costas até a porta, ele conseguiu ver uma lágrima descendo pelo rosto elegante de Galina até sua cicatriz. A lágrima tinha se originado, ele notou, dos cílios úmidos do olho cinza-prateado.

Capítulo 43

— Uma máquina do tempo — A voz de Darrell soava algo entre uma completa descrença e uma profunda expectativa. — Copérnico descobriu um astrolábio que conseguia viajar no tempo? — perguntou ele. — Aquela coisa no desenho? Acho que não. Quer dizer, claro que seria legal voar através dos anos: o naufrágio do *Titanic*, o assassinato de Lincoln, bater papo com Martin Luther King e Jeff Beck — bem, Beck ainda está vivo — ou sentar no banco do terceiro jogo do *World Series* de 2005, entre os Astros e os White Sox, durantes as cinco horas e quarenta e um minutos de duração...

— Exceto que é incrivelmente impossível — disse Wade.

— Você está brincando, não está? — perguntou Lily. — Uma máquina do tempo é *tão* possível. Eu quero uma. Só fico impressionada que tenha demorado tanto para ser inventada.

— Não, ouçam — disse Wade. — Se não acreditam em mim, há uma coisa chamada o paradoxo do avô. Vamos supor que você volte no tempo e mate seu avô. Não haveria você no futuro para voltar no tempo, para início de conversa. É pura lógica.

— Talvez — falou Becca. — Mas e se a gente só conhecer o tipo de lógica que funciona em uma direção, passado, depois presente, depois futuro?

"Aonde ela estava indo com isso?"

— Hã... Certo... E?

— As pessoas só vão para frente no tempo, como barcos indo na mesma direção em um rio — disse ela. — Aprendemos a pensar neste único caminho. Mas, Wade, e se houver outro tipo de lógica? Uma que controla o movimento em duas direções: para trás e para frente no tempo? Talvez, somente quando você realmente viajar de volta no tempo, vai descobrir o quanto *isso* é lógico.

Ela olhou para ele, como se ele tivesse a resposta.

— Isso é... é... — Ele não terminou.

Quando ele era criança, Wade adoraria ter tido uma máquina do tempo. Para voltar na época antes dos seus pais se separarem e, de alguma maneira, consertar as coisas entre eles. Mas viajar no tempo era uma fantasia, algo irreal, um sonho.

— Isso é *o quê?* — perguntou Becca. — Você é um cientista.

O museu estava cheio de turistas, e ele não estava gostando do jeito de alguns deles. Ele baixou a voz.

— Está tarde. Se papai foi solto, não vai demorar para a Ordem saber que estamos em Roma. Acho que deveríamos ir rápido para o Castelo Sant'Angelo, encontrar um lugar para nos escondermos e esperar por ele. E, sobre a máquina do tempo, precisamos reler o diário.

— Na verdade, boas ideias. Ambas — disse Lily, apagando seu histórico de pesquisa. — Vamos andando.

Eles pegaram suas coisas e andaram pelas salas, na direção da saída.

— Oi! — disse o senhor de cabelos brancos, de pé perto da sua mesa, perto da porta. — *Aspeto che nos visitem de nuovo empresto!*

— *Lo stesso con noi* — disse Becca, com um sorriso. — Nós também.

Eles andaram rapidamente colina abaixo, do museu para fora do parque, saindo na Via Trionfale, que seguia reta por um tempo, depois fazia uma curva forte para a Via Leone IV, na direção do rio Tibre e o castelo.

No cruzamento das duas ruas, eles pararam em um café. Mais cedo, tinham passado por um McDonald's e por vários trailers de vendedores de sanduíches, mas Becca os tinha convencido a comer um verdadeiro café da manhã italiano com frutas, café, suco e pães doces recheados. Seria a primeira refeição deles desde a cesta de piquenique no carro, no dia anterior.

— Estou bem contente que nossa sorte esteja mudando — disse Lily, mastigando os restos de uma pera, quando começaram a descer a Via Leone. — Descobrimos tantas coisas aqui. Não me peça para explicar isso tudo ou como é possível.

— Só Wade poderia fazer isso — disse Darrell, rindo. — Certo, irmão?

Becca olhou para ele.

— Vou deixar essa parte pro papai — disse ele.

Além disso, Lily tinha razão. Algo estava mudando para eles, e era muito mais do que a sorte. Eles tinham descoberto coisas. E se, por um lado, ele era lógico demais para aceitar que um astrolábio capaz de viajar no tempo era estritamente possível — ele era racional demais para isso, não era? —, por outro, ele *adorava* a ideia de uma busca por relíquias, e eles estavam chegando mais perto.

As pistas, códigos, o punhal, o diário, tudo era emocionante, inteligente, e até — tirando a parte em que havia assassinos os perseguindo — divertido, e o que fazia a busca ser assim era simples: estar com aquelas três pessoas.

Ao meio-dia, as calçadas lotadas na Via Stefano estavam quentes, o tráfego, barulhento, rápido e movimentado. Quando uma moto azul zuniu entre os carros engarrafados, subiu na calçada perto deles e acelerou de volta para a rua, Lily gritou:

— Eles vão nos matar sem querer!

— A próxima rua também serve — disse Becca.

Ela os guiou pela Via Plauto e por uma série de ruas menores e becos mais perto do rio.

Poucos minutos depois, Wade viu a mesma moto azul, parada dois quarteirões atrás deles. O motorista de capacete estava ao celular.

— Pessoal, aquela Vespa... — Sua mão foi instintivamente para o lado onde estava o punhal, debaixo da blusa.

— A Ordem? — Lily perguntou.

— Pode ser — disse Darrell. — Acho que não podemos nos arriscar. Vamos correr.

Eles partiram para a próxima esquina e ziguezaguearam pelas duas ruas seguintes, como tinham feito em Berlim. De repente, Lily se lançou por uma porta à sua esquerda, uma loja de roupas, onde eles trombaram com clientes até encontrarem uma saída na outra rua. Atravessaram um cruzamento movimentado, com o sinal fechado para eles, e depois desceram correndo uma travessa estreita que dava em uma praça pequena e deserta.

A moto surgiu roncando, segundos depois.

Com uma velocidade que surpreendeu até ele mesmo, Wade pegou o punhal, agachou-se e rosnou:

— Nos deixe em paz!

— Guarde isso! — Becca gritou.

Ela o empurrou na direção de uma porta aberta. Era um mercado. Eles cambalearam pelo estabelecimento até a rua do outro lado, quando o celular de Lily começou a tocar.

— O quê? Becca, é a motorista. O que é Tevere?

— Tibre. É o rio. Por aqui.

Eles entraram no parque que cercava o castelo. As margens do rio estavam visíveis, à frente. A moto subiu na calçada na direção deles. Wade se virou com o punhal ainda na mão. Era um reflexo, agora: agachar-se e mostrar o punhal. Mesmo sem saber o que faria com ele. A moto roncou para eles, o motorista enfiou a mão dentro da jaqueta...

De repente, eles ouviram pneus cantando, e a moto voou pelos ares e bateu em um muro baixo. O motoqueiro foi lançado contra o muro e caiu no asfalto, fazendo um barulho horrível.

O Maserati vintage fez um giro completo ao redor dos garotos. Uma voz gritou:

— Garotos, entrem!

Capítulo 44

Espremendo-se para dentro do Maserati, os jovens gritaram "Pai!" e "Roald!" e caíram sobre ele.

— Estou bem, estou bem — disse ele, abraçando-os o máximo que pôde, enquanto a motorista fez um giro rápido ao longo do rio antigo. — Todos estão bem?

— Sim! — disse Lily, sem fôlego. — Conte pra gente como você fugiu!

— Não fugi — respondeu ele. — A polícia me prendeu na estação de trem. Fiquei em uma cela por um dia, acusado de uma coisa ridícula: invadir um cemitério. Por sorte, o amigo de vocês, Carlo, entrou em contato com um advogado, e de repente a fiança foi paga e eu fui solto. Dirigimos até aqui durante a noite.

Darrell tentou retomar o fôlego.

— Temos que te contar uma aventura, pai. Espere até você ouvir.

— Vocês podem me contar no avião. Vamos para casa, antes que mais alguma coisa aconteça.

Wade trocou um olhar com os outros.

— Pai, não podemos ir pra casa. Quer dizer, não agora. Descobrimos... *achamos* que descobrimos umas coisas fantásticas. Incríveis. Inacreditáveis...

— Tio Roald, Copérnico tinha uma *machina tempore*! — soltou Lily. — Que é a maneira em latim de dizer máquina do tempo. Temos até uma figura dela. No diário antigo dele. Que também temos!

O queixo do Dr. Kaplan caiu.

— Copérnico escreveu um diário? Não há registro disso.

— Ele estava na escola de esgrima de Carlo, em Bolonha — explicou Darrell. — Copérnico descobriu uma máquina do tempo antiga, um astrolábio tão grande que você pode se sentar dentro dele. Os detalhes são bem bagunçados, mas Becca pode mostrar para você.

Wade acenou com a cabeça, concordando.

— É, além disso, os Cavaleiros da Ordem Teutônica, a organização antiga de vilões do mal...

— Ainda existe. — Darrell se intrometeu, prosseguindo. — E está trabalhando junto com a polícia de Berlim. Eles sempre quiseram a máquina do tempo.

— E ainda querem — completou Becca. — Mas Copérnico...

— ...separou o astrolábio em partes — interrompeu Darrell —, isso é, a máquina do tempo. E deu 12 partes dela para pessoas chamadas Guardiões, para escondê-las onde quisessem. Isso foi um pouco depois de 1514. Um exército inteiro de Guardiões tem cuidado das partes desde então. É o que o Tio Henry era. Mas, mesmo depois de quinhentos anos, a Ordem ainda quer as partes. Eles são os bandidos atrás da gente.

— O cara da moto era um deles — disse Lily.

— E a mulher do cabelo — disse Darrell, com um suspiro.

Ele sabia que os outros também queriam contar, mas não conseguia parar de falar até colocar tudo para fora. Finalmente, não conseguiu pensar em mais nada para dizer. Então, olhou para os outros:

— Vocês continuam a partir daqui.

— Muito obrigado — resmungou Wade. — É que as doze relíquias da mensagem do Tio Henry são as partes que supostamente faziam o astrolábio de Copérnico funcionar.

— E nós achamos que descobrimos o que a primeira é e onde está escondida — acrescentou Lily. — Na ilha de Guam. Foi levada pra lá por Magalhães, em sua viagem ao redor do mundo!

O carro ficou em silêncio quando Roald pegou o diário, que Becca tinha aberto na página do desenho da *machina tempore*.

— Então... o Tio Henry morreu tentando manter as relíquias a salvo desses homens.

Roald estudava a figura — sua testa se franzia, ele balançava a cabeça, o tempo todo murmurando "Heinrich..." —, e Wade percebeu que, se ele tinha dúvidas sobre o diário, elas estavam desaparecendo.

Se seu pai acreditava no livro, ele também acreditava.

— De alguma maneira, Copérnico descobriu a teoria do buraco de minhoca — disse Wade, depois de alguns minutos. — Há alguma coisa parecida com as equações de Kip Thorne no diário também.

O pai balançou a cabeça devagar.

— Estou vendo.

— Wade achou que era impossível — disse Lily. — Mas aí está, em preto e branco. Bem, mais para sépia.

Becca e Lily se alternaram, colocando-o a par do ataque em Bolonha e da descoberta do museu de Copérnico.

— Carlo da escola de esgrima me ligou quando estávamos viajando para cá — disse Roald. — Ele me contou que não foi à toa que o Tio Henry me contatou pedindo ajuda. A Ordem nunca esteve tão perto. As relíquias nunca estiveram em tanto risco como agora. Ele disse que os Guardiões começaram...

— O Protocolo de Frombork — completou Becca. — Carlo nos contou.

— E vocês estão dizendo que sabem o que é a primeira relíquia?

— Vela — respondeu Lily. — Não temos certeza do *que* seja, exceto que Copérnico a entregou a Magalhães. Juntamos mil pistas para restringir a busca e temos quase certeza de que ela está escondida em Guam.

— Pai — disse Wade —, você disse que a gente vai pra casa, e eu entendo, mas...

— Não vamos para casa — disse Roald. — Não agora. Me contem tudo que sabem, passo a passo. Tenho que entender essa coisa toda.

Darrell bateu de leve no ombro da motorista.

— *Sì?*

— Museo Astronômico e Copernicano, *per favore*.

Ela riu.

— *Sì!*

Capítulo 45

Durante as duas horas seguintes, os garotos detalharam o que tinham descoberto naquela manhã: que informação levava a qual fato, que então levava a tal suposição. Roald constantemente consultava seu bloco de anotações, primeiro questionando a ideia de uma máquina do tempo, mas não tão ferrenho quanto Wade tinha imaginado. Ele não conseguia explicar a existência de uma fórmula moderna em um diário do século XVI, mas deixou a questão de lado, para ser resolvida mais tarde. Disse, com razão, que isso não interferia no fato de que a Ordem estava procurando as relíquias.

Além das próprias anotações, Roald estudou os acréscimos feitos por Wade, enquanto o guia do museu, com dificuldade linguística, abriu as vitrines para "Dottore Kaplani" (mas, na verdade, para Becca) consultar os documentos que estavam lá dentro.

A evidência invariavelmente produzia o mesmo resultado.

Quando Lily relatou que Magalhães tinha dado às ilhas de Guam o nome de *las Velas Latinas*, Roald ficou com o olhar perdido por uns minutos, pedindo a eles que ficassem calados sempre que tentavam lhe contar mais alguma coisa. Finalmente, ele se afastou dos jovens e digitou um número em seu celular.

Wade e Darrell ficaram entre ouvir e não ouvir, mas escutaram.

— Sara, sei que você só vai ouvir esta mensagem no final de semana, mas vamos viajar por mais uns dias...

Era tudo que eles precisavam ouvir.

Cinquenta e sete minutos mais tarde, a motorista de cabelos finos anunciou rindo, "*Siamo qui!*," e diminuiu a velocidade em frente a um movimentado terminal de aeroporto. Ela pisou no acelerador do Maserati fazendo cada vez mais barulho, até as crianças e o Dr. Kaplan saírem. Depois, saiu derrapando, exatamente como tinha feito tantas vezes antes.

— Ela é um pouco estranha — disse Lily.

— É, sim — concordou Roald, com um sorriso. — Mas Carlo me disse que ela é uma das razões por que a Ordem não está nos nossos calcanhares neste exato momento.

No interior do terminal, o caos era cem vezes pior do que na estação de trem de Berlim — um mar de passageiros, famílias, seguranças, funcionários das companhias aéreas andando em todas as direções, enquanto anúncios estridentes em italiano, francês e inglês se sobrepunham, em uma tempestade de barulhos.

— Tomem cuidado com tudo que vocês fazem — disse Roald, juntando os quatro. — Vamos ser discretos, não vamos nos separar. Dois de nós ficam do lado de fora do banheiro, enquanto os outros entram. A Ordem vai estar na nossa sombra, antes que a gente saiba. O balcão da Guam Air é logo ali. Vamos.

No final das contas, só havia um voo de Roma para Guam. O Dr. Kaplan negociou com o representante da companhia, usando um cartão de crédito expedido em um banco de Bolonha, que Wade supôs ser um presente de Carlo.

— É um voo de 25 horas — disse Roald, dando um cartão de embarque para cada um. — Duas escalas. Chegaremos em Guam depois de amanhã.

— Talvez a Ordem nem vá lá — disse Darrell.

— Não podemos contar com isso — disse Wade. — Devemos agir como se eles estivessem colados na gente.

— Aposto que a Ordem vai a qualquer lugar — Lily disse, enquanto passavam pela segurança. — Sua casa em Austin, lembra?

Wade se lembrava. Não conseguia esquecer.

Depois de encontrarem o portão, Roald parou.

— Tenho que pra vocês contar uma coisa que aconteceu enquanto vocês estavam fugindo. Um ônibus escolar desapareceu nas montanhas da Espanha.

— Sério? — perguntou Darrell. — Sabe quantas vezes já quis que meu ônibus escolar desaparecesse?

— Estava cheio de crianças. — continuou o Dr. Kaplan.

Darrell corou.

— Sinto muito.

— Se o Tio Henry previu esse evento, significa que a Ordem Teutônica está por trás dele — disse Wade.

— Claro que eles estão — acrescentou Becca. — Eles sabem que estamos chegando perto.

"Atenção passageiros do voo 37, para Dubai, com conexão para Narita e Guam. Embarque imediato."

— Hora de voar — disse Lily, passando seu braço pelo de Becca e indo para a ponte de embarque.

Roald empurrou os garotos atrás delas, e Darrell se virou.

— Como sabemos que a Ordem não fará nosso avião desaparecer?

De repente, Wade se sentiu enjoado.

— Acho que não sabemos.

Capítulo 46

O tempo é uma coisa maluca, Becca pensou.
Quando você não consegue dormir — e era óbvio que ela não conseguia, mesmo estando exausta —, um voo de 25 horas, dando uma volta ao mundo, demora três meses. Cada segundo se arrasta por trinta, cada minuto vira uma hora, cada hora, uma semana. Um jato não é mais do que uma grande caixa de barulho de metal. As luzes estão sempre ligadas. Você fica sentado, esmagado, em um assento minúsculo, com o estômago comprimido e embrulhado, as têmporas pulsando, os olhos ardendo — e, depois, eles lhe servem comida feita de plástico!

Lembrava as noites no hospital, depois da cirurgia da sua irmã. Sempre havia alguma coisa acontecendo: luzes, sons, máquinas batendo e ganindo, cheiros estranhos, vozes conversando e sussurrando.

Também lá, ela não tinha pregado os olhos.

E perder um dia da sua vida nesse processo! Ela detestava perder qualquer coisa, mas perder tempo — tempo — era uma das piores coisas que podiam acontecer. Tempo era tudo que uma pessoa tinha, não era?

Por outro lado, Copérnico tinha descoberto uma máquina do tempo. E um tipo de "buraco de minhoca transponível".

O que ela faria, se tivesse uma máquina como essa? Aonde — para que época — ela iria? O que ela mudaria?

Você *poderia* mudar alguma coisa? E *deveria*? Não existia uma coisa chamada efeito borboleta? Alterar uma coisa mínima, como onde ou quando ou se uma borboleta bate suas asas, pode mudar o futuro de formas extraordinárias. Por exemplo, pode produzir um terremoto.

Ao abrir Moby Dick em uma página ao acaso, ela se pegou lendo — por coincidência — sobre o momento que a tripulação do Pequod vê uma lula gigante no oceano. Ela é descrita como um monstro com...

> *...inúmeros braços longos irradiando de seu centro e encaracolando-se e enrolando-se, como um ninho de anacondas...*

Ela fechou o livro. O kraken era um monstro como aquele, e aquelas palavras a levaram de volta ao diário de Copérnico.

Por mais difícil que fosse decodificar algumas páginas, era estranhamente reconfortante, e Hans Novak, o jovem assistente do Mestre, parecia um dos amigos deles, um membro do time, participando da jornada.

Ela pôs o diário na mesinha do assento e estudou a capa com cuidado, pela primeira vez desde Bolonha. Era tão bonita quanto simples: couro vermelho-escuro, trabalhado sutilmente ao redor das bordas, com um desenho de formas geométricas que se cruzavam — diamantes, triângulos, círculos ligados a círculos — que se encontravam nas proteções de bronze, nos quatro cantos.

Os punhais nas proteções nos cantos, ela notava agora, convergiam para um único ponto no centro da capa. Seu coração acelerou.

Elas se encontravam no centro de uma linha onde se lia, em alemão, *Seine geheimen Reisen auf Erde und im Himmel* — Suas Viagens Secretas na Terra e no Céu.

Foi então que ela notou que, enquanto todo o título estava escrito com tinta dourada, o dourado da palavra "*im*" estava quase descascado.

Como se ela tivesse sido tocada com frequência.

Ela passou o dedo sobre o "im". Para sua surpresa, a folha de madeira debaixo do couro baixou com a pressão, como se a própria madeira tivesse um pequeno círculo cortado nela, abaixo daquela palavra.

Ela levantou a capa do diário e olhou dentro do verso, enquanto pressionava mais uma vez a palavra na capa. O verso afundou um pouco, e sua ponta esquerda se levantou de leve da capa.

— Uou!

Ninguém acordou. Eles estavam mortos de cansaço.

Abrindo a capa até encostá-la na mesinha, Becca virou o livro, para que o canto de cima ficasse de frente para ela. Pressionando a capa pela terceira vez, levantou o verso o suficiente para ver que uma folha de pergaminho estava escondida debaixo dela. Ela remexeu em sua mochila e pegou uma lixa de unha. Enfiou-a debaixo da borda e puxou o pergaminho até ele cair do livro.

— Wade — sussurrou ela, cutucando seu braço devagar. — Wade?

Em uma caligrafia escura, irregular e desconhecida, havia várias linhas em alemão, com o título em inglês:

Legal Man

Becca pulou em seu assento.

— Wade! Olhe o que encontrei!

Ele murmurou, levantando a cabeça na direção dela.

— Já chegamos?

— Isso não foi escrito por Hans Novak. Olhe. Um pedaço de pergaminho. E a caligrafia é diferente. É sobre Magalhães. Ouça.

As turbinas roncavam ao redor deles, enquanto ela traduzia.

> *Faço uma reverência, enquanto o grande explorador caminha pela doca. "Mestre Nicolau!", diz ele. "O senhor viajou sozinho de tão longe." "Meu assistente está ausente." Chego mais perto e explico-lhe meu intuito. O capitão responde, "Mesmo que tenha de pagar com minha vida, farei isso!"*

— É o momento em que Copérnico e Magalhães se encontraram — disse Wade, piscando e arregalando os olhos.

> *Mostro o conteúdo da palma da minha mão e abro o pedaço de veludo. A pedra em formato de vela repousa, brilhando à luz do luar. "Água-marinha", diz o capitão. "Que apropriado para um marinheiro."*

— Puxa, Wade. Vela é uma pedra! Uma pedra azul, pequena o suficiente para caber na mão!

De uma algibeira de couro, tirei um dos punhais de Achille e entreguei para o Capitão.

"A primeira circulará até a última", digo para ele.
   Com gratidão, ele parte com a maré da manhã.
   Mesmo que tenha de pagar com minha vida, farei isso. Nunca esquecerei as palavras do primeiro Guardião.

Becca olhou para Wade. Os olhos dele estavam brilhando, estudando a caligrafia.

— Becca, você tem razão. Essa é a melhor pista que achamos! Temos de contar para eles...

— Espere. — Ela fez uma pausa. As turbinas roncavam, mas ela estava sussurrando. — Só queria... quer dizer, no começo você não tinha certeza. Sobre a máquina do tempo. Você... quer dizer... E agora?...

Ele a olhou nos olhos, e a cabine escureceu a medida que mais luzes se apagaram, quase os envolvendo em sombras.

— Acho que sim. Talvez eu nunca consiga aceitar a viagem no tempo. Papai sabe muito mais. Todas as contradições, entende? Mas penso no Tio Henry e em como ele morreu. E a Ordem. E Papai. Os Guardiões. A coisa toda. Então, acho que sim.

Eles não acordaram os outros. Não haveria nenhum descanso quando chegassem em Guam, então era melhor dormirem, ela pensou. Ela e Wade conversaram por um tempo, até que ela se sentiu sonolenta, fechou os olhos e caiu no sono.

Horas devem ter passado antes de Lily se mexer fazendo barulho ao seu lado.

— O avião está descendo na primeira escala.

Darrell esticou as pernas.

— O piloto está controlando a descida?

— Assim espero!

— Pessoal, Tio Roald — chamou Becca, despertando. — Adivinhem.

— Leia para eles — pediu Wade.

Eles ouviram fascinados, enquanto ela lia o que tinha descoberto.

— Vela é uma pequena pedra azul no formato de uma vela — disse Roald, com um suspiro. — Becca, isso é impressionante.

— É mais uma pista — disse ela.

— Uma pista gigante.

Darrell deu um tapa no ombro de Wade.

— Estamos chegando muito perto. Do mundo enorme para uma pequena ilha. A primeira relíquia está a meio dia e dois pulos daqui. Inacreditável!

Depois de uma breve parada em Dubai, o voo para o Japão pareceu criar um novo significado para "interminável". O voo do Japão para as ilhas foi a mesma coisa. Becca leu e releu o encontro de Magalhães até memorizá-lo, intrigada pela caligrafia diferente e as letras vacilantes, desejou ter uma amostra da caligrafia de Copérnico para comparar.

Finalmente, Lily se inclinou sobre ela para abrir a persiana da janela. A fileira de assentos ficou dourada sob as luzes. Faltava uma hora para amanhecer, mas o céu já estava brilhando sobre o azul imenso do Pacífico. Era como voar para os primeiros dias do planeta. De volta à criação. O começo de tudo.

E lá estava ele de novo.

O tempo.

— Menos de uma hora, e nós pousamos. — Wade piscou na direção da luz laranja do sol.

Ela inspirou. Tudo bem, então. Um novo dia.

Capítulo 47

Porque era um dos primeiros voos da manhã, o avião conseguiu taxiar até o portão sem demora. Vinte minutos depois do pouso, eles estavam no terminal, enquanto o Dr. Kaplan fazia uma ligação rápida.

— Um dos meus contatos da Universidade de Guam vai nos buscar — disse-lhes ele. — Eles têm excelentes pesquisadores para nos ajudar a descobrir onde a Vela pode estar escondida...

— Eles estão aqui!

Uma van preta estava parada na plataforma de estacionamento do aeroporto, perto de um jato particular. Vários homens esperavam em frente a ela. Eles se enrijeceram, como se alguém lhes tivesse chamado a atenção. A jovem de Berlim saiu do jato e passou uma mochila pequena pelos braços torneados e nus, jogando-a sobre os ombros. Ela desceu os degraus em um instante, e os homens se juntaram ao redor dela, como jogadores em volta de um *quarterback*. Ela falou, e todos balançaram a cabeça. Um deles enfiou a mão direita no casaco aberto e bateu na região abaixo da sua axila esquerda.

— Estão armados — disse Darrell. — Pai...

— Eu cuido disso — disse o Dr. Kaplan, com o celular na mão. Depois de poucos minutos de conversa em voz baixa, ele os puxou para perto. — Nossa carona vai nos pegar na área de carga, do lado de fora. Ali vem nossa escolta para a alfândega. Vamos.

Becca se virou para ir com os outros, quando tocou o braço de Wade.

O homem pálido com o ferimento na cabeça saiu do jato com um pequeno computador nas mãos. Ele conversou com a mulher, e ela girou a cabeça na direção do terminal.

— Vá! — gritou ela, e a van saiu, enquanto ela própria entrou correndo no terminal.

— É assim que eles sabem — disse Becca. — Já decodificaram o celular de Carlo.

— Venha! — Wade a puxou da janela, e eles correram para a alfândega.

Eles foram empurrados e puxados para dentro de um Honda velho, dirigido pelo contato do seu pai. Os garotos se agacharam no banco de trás, e o Dr. Kaplan fez o mesmo no da frente. Eles conseguiram fugir do estacionamento do aeroporto sem parar. Quando o carro passou pela van, Wade e Becca deram uma olhada para fora e viram a jovem olhando, sem reação, pela porta do terminal. De perto, ela era extremamente bonita, mas a expressão em seus olhos não era realmente humana. Como se ela fosse de uma espécie rara de animal. Uma espécie perigosa.

O motorista, um homem baixo de meia-idade, com cabelo castanho fino e óculos, engatou a marcha máxima, antes de se virar totalmente para o Dr. Kaplan.

— A razão de virem aqui, para saber sobre o tempo que Magalhães passou na ilha... preciso dizer, é bem clichê. Podem explicar um pouco mais sobre sua pesquisa?

O Dr. Kaplan limpou a garganta.

— Na verdade, eu... é complicado.

— Misterioso! Bem, estão com sorte. Arranjamos um hotel para vocês, mas, primeiro, vamos indo para o bangalô de Janet Thompson. A avó dela era, claro, Laura Thompson.

Os garotos se entreolharam. Lily mexeu os lábios. "Claro?"

— Eu vi isso! — disse o motorista, virando-se.

— Um caminhão! — gritou Darrell.

O motorista girou completamente o volante, enquanto galhos na calçada batiam no carro.

— Que tal dirigir agora e conversar depois? — perguntou o Dr. Kaplan.

O homenzinho riu ao desviar de volta para a rua.

— Dirijo na ilha há 30 anos, sem um acidente de verdade.

Darrell cutucou Wade.

— Defina *de verdade*...

— Ouvi isso! — O motorista riu. — Quis dizer sem nenhuma morte.

O carro entrou fazendo barulho em uma rua larga que beirava a orla sudeste da ilha. De um lado, estava a vista do Oceano Pacífico de manhã, milhares de quilômetros de água azul brilhante. Olhando direto para o leste, na direção de casa, Becca quase conseguia ver o arco delicado do horizonte. Ao sul da ilha, havia uma meia dúzia de montanhas baixas.

— Estamos chegando perto — disse Becca. — Posso sentir.

— Eu também. — Darrell cutucou Wade. — Não vai demorar agora, irmão.

— Vocês acham que era só aquela van? — perguntou Wade. — Ou vai haver mais?

— Se estivermos tão perto quanto achamos — disse seu pai —, temos de acreditar que vai haver mais. Se precisarmos entrar na selva, vamos ter ajuda, certo? — perguntou ao motorista.

— Um SEAL aposentado da marinha americana é o guia mais competente da ilha. Se precisarem ir fundo, ele é o cara.

Becca olhou para dentro da ilha, para o vasto mar de verde emaranhado, que parecia tão imenso quanto o próprio oceano. A costa era salpicada de *villas* e hotéis, mas o interior da ilha era coberto por um denso mundo de vegetação espessa, que parecia tão ameaçadora quanto devia ser na época de Magalhães. Como se a selva fosse engolir qualquer um que entrasse nela. O sol estava forte, e uma névoa pesada subia do interior como fumaça.

A ilha toda deve ter sido uma selva no passado.

Ela se inclinou na direção de Wade.

— Se a Vela está escondida na selva, nossa única esperança de encontrá-la é traçar toda a história de Magalhães até o presente.

— Antes que a Ordem faça isso — sussurrou ele.

O motorista virou a cabeça quase que totalmente para trás.

— Isso está parecendo caça ao tesouro! Mas vocês precisam saber que o que estão vendo aqui não é a floresta mais densa da ilha. A coisa se complica ao norte, depois da base aérea. É chamada de Ritidian...

— Outro caminhão! — gritou Darrell.

Rindo, o motorista baixou o ombro, enquanto o caminhão passava acelerado.

— Dez minutos e estaremos lá!

— Se chegarmos — sussurrou Lily.

*　*　*

Finalmente, eles chegaram, parando com um solavanco em frente a um caminho sinuoso. No alto, havia um bangalô rosa, modesto, com uma varanda ampla que ocupava toda a frente do imóvel.

— Liguem para mim quando precisarem de uma carona — disse o motorista.

— Ou talvez a gente ligue para um táxi — sussurrou Darrell.

O homem riu.

— Ainda sem mortes.

Enquanto ele partia, uma mulher de meia-idade, esbelta e ruiva, desceu o caminho da casa, acenando.

— A universidade me ligou e disse para esperar por vocês. Meu nome é Janet Thompson.

O Dr. Kaplan a cumprimentou, depois apresentou os garotos.

— Estamos interessados em qualquer coisa que você, ou sua avó, saiba sobre o tempo que Magalhães passou na ilha em 1521.

— Estou organizando os papéis da minha avó agora — disse ela. — Entrem.

Eles se reuniram em sua sala de estar, uma coleção acolhedora de móveis de vime e arte da ilha, onde ela os ouviu explicar sua busca. Deram-lhe o máximo possível de detalhes, mas evitaram mencionar "relíquias", "máquina do tempo" ou "cair em mãos erradas".

— Alguma coisa que Magalhães possa ter deixado aqui. — Janet franziu a testa, em seguida se virou e seguiu direto para o quarto dos fundos da casa. Voltou em poucos minutos com uma pilha de livros e panfletos.

— Antonio Pigafetta foi um escritor italiano, amigo e membro da tripulação de Magalhães. Escreveu um testemunho da viagem de Magalhães, desde o momento em que partiram da Espanha. No Capítulo 15 ele descreve o desembarque em Guam. Menciona a tripulação em várias passagens, inclusive Henrique, o servo do capitão.

— Lemos que Henrique pode ter trazido o corpo de Magalhães das Filipinas até aqui — contou Roald.

Ela desenrolou um mapa igual ao do Museo Copernicano, marcando as paradas durante a viagem.

— Essa é a lenda. Nenhum túmulo foi encontrado.

— Se Henrique era amigo de Magalhães — disse Darrell —, e Magalhães foi morto em um ataque, ele não tiraria o corpo de Magalhães de lá? Acho que ele faria de tudo para tirá-lo de lá. Wade, você tiraria meu corpo de lá se fosse eu, não é, mano?

Wade fingiu pensar no assunto.

— Eu tiraria, mano. Mas, por favor, não me peça para fazer isso.

Darrell abriu um sorriso irônico.

— Provavelmente, não vou pedir. Mas é bom saber que posso contar com você.

— A narrativa de Pigafetta é um pouco imprecisa — disse Janet —, mas minha vó sempre acreditou que Magalhães tivesse visitado as cavernas na Ritidian no norte. Me deixem pegar meu melhor mapa da ilha para vocês.

Ela sorriu e deixou a sala, batendo de leve na cabeça de uma pequena escultura nativa de madeira de um guerreiro.

Enquanto todos se debruçaram sobre os livros na mesa de vime, Wade se ajoelhou sobre o mapa da viagem de Magalhães.

— Graças à descoberta de Becca, sabemos com certeza que Magalhães foi o primeiro Guardião. Acho que é assim: Magalhães traz a Vela desde a Espanha, procurando por lugares durante toda a viagem. Quer dizer, ele não faz ideia de onde vai desembarcar.

— Além disso, lembrem-se — acrescentou Becca —, Hans disse que tinha que haver pistas sobre a localização da relíquia, para o caso de precisarem remontar o astrolábio.

— Certo — concordou Wade. — É aí que Pigafetta entra na história. Magalhães lhe pede para escrever sobre todos esses esconderijos, porque todas essas descrições podem ser as únicas pistas do Guardião de onde a relíquia esteja eventualmente escondida. Eles continuam a navegar, Magalhães encontra lugares aqui e ali, e eles chegam a Guam. Pode ser um bom esconderijo, mas talvez haja um melhor mais à frente. Então, tudo bem, ele embarca para as próximas ilhas, as Filipinas. E aí uma tragédia. O primeiro guardião é morto.

— E Henrique leva seu corpo e a Vela para o último lugar seguro onde encontraram um esconderijo. Aqui em Guam — concluiu Darrell. — Faz sentido.

Lily levantou os olhos do texto.

— Henrique desaparece da história alguns dias após Magalhães ser morto. O que é perfeito, certo? Pigafetta deve ter pressuposto que sua história seria lida pela Ordem Teutônica. Então, o que ele faz para evitar que os Cavaleiros descubram? Tira Henrique da história. De uma só cartada, ambos, Magalhães e Henrique, somem da história. A Vela está escondida e segura em Guam!

Roald estava andando e lendo agora.

— Aham, aham, bom. A pista para a localização exata deve estar neste capítulo.

— Só que metade do capítulo é Pigafetta falando sobre as *velas Latinas* que o povo da ilha tinha em seus barcos — disse Darrell. — Ele tem até um desenho muito ruim delas...

Roald estudou o desenho. Levantou-se.

— E é isso.

— Pai? — perguntou Wade.

O pai começou a sorrir.

— Ele não conta a localização. Ele mostra. Olhem para este desenho, página 62 do livro. Está legendado: "*Isles des Larrons*", que é "Ilha dos Ladrões", em francês. Isso é o que Pigafetta chamava de *velas Latinas,* porque os nativos da ilha roubavam deles.

— A ilha é cheia de protuberâncias e não tem o formato de Guam — continuou Roald. — Mas essa não é a questão. O ponto é que ele desenhou quatro formações rochosas: três no sul e no centro da ilha e uma no norte. Elas não estão nem de perto corretas geograficamente, mas nem eram para estar. Ele está dando aos Guardiões uma pista da localização da relíquia. Suas montanhas formam um triângulo bem distinto, apontando diretamente para o norte. Tem a mesma forma da vela latina, e, se isso não fosse suficiente, a armação do navio desenhado abaixo da ilha *também* é um triângulo, apontando para a mesma localização...

Um suspiro alto soou atrás deles.

— Você...?

Capítulo 48

Lily quase gritou quando viu Janet Thompson de pé na porta da sala de estar, tremendo e pálida como se tivesse visto um fantasma.

Roald andou na direção dela.

— Está tudo bem?

Janet olhou fixamente para ele. Ela estava chorando.

— Foi isso que ela quis dizer!

Lily não se conteve. Foi até ela.

— O que houve? Conte pra gente...

— Minha avó me disse que havia algo na ilha. Uma coisa secreta na qual eu não devia tocar, que eu não devia perder, a não ser... a não ser... que alguém dissesse uma palavra... que ouvi você dizer.

Roald tentou fazê-la sentar-se. Ela não queria.

— Há a famosa história de Shoichi Yokoi, um soldado que se escondeu nas cavernas de Ritidian, do final da Segunda Guerra até 1972. Vinte e oito anos sozinho, nas cavernas. Vovó o encontrou uma vez. Ela usou a mesma palavra que você. Disse que Shoichi Yokoi era um... um guardião. — Ninguém se moveu. — Vovó me disse que eu só deveria abrir essa coisa se um 'guardião' se aproximasse de mim com uma chave. Você disse essa palavra. *Vocês* são guardiões? Têm a chave?

Wade estava tremendo.

— Pai?

Os olhos de Roald se moviam de Janet para Wade, e então ele acenou com a cabeça. Wade pegou o punhal debaixo da blusa. Quando o viu, Janet levou as mãos ao rosto, e seus olhos se encheram de lágrimas de novo.

— Posso?

Wade o entregou a ela. Enquanto ela o examinava, eles lhe contaram tudo o mais rápido possível, sem deixar de fora nenhum detalhe da jornada, desde o e-mail em Austin, até Berlim, e Bolonha, e todo o resto.

Janet ouviu com atenção, depois enxugou os olhos com as costas das mãos e se virou para a estátua de madeira de guerreiro, sobre a mesa perto da porta. Inseriu o punhal com cuidado no topo da cabeça da estátua e o girou. Ela não se moveu.

— No sentido anti-horário — disse Wade. — Três voltas.

O coração de Lily estava batendo tão forte que parecia que ia explodir, enquanto observava Janet girar o punhal três vezes. Um compartimento pequeno, na parte de trás da estátua, se abriu, e uma fotografia caiu de lá.

— Ah, vovó. — disse Janet.

Ao ouvir a palavra "vovó", Lily estremeceu. Ela entendeu que o mistério do Legado de Copérnico era sobre pessoas, boas e más, ao longo de séculos. O próprio Copérnico. Hans Novak. Magalhães. Tio Henry. Vovó Thompson. Os Cavaleiros Teutônicos. Aquela jovem sombria também.

E agora, finalmente, o legado tinha trazido seu pequeno grupo até ali, à aconchegante casa rosa de Janet Thompson.

Ela lhes entregou a foto.

Era um instantâneo de Polaroid de uma pedra bruta, aflorando perto da escuridão da entrada de uma caverna. Na parede perto da abertura, a mais ou menos 1,5 metro do solo, havia o contorno de uma pequena mão de cabeça para baixo. Ela era azul.

— Vovó descobriu muitas cavernas, várias delas com pinturas nativas — disse Janet. — As pinturas sempre eram em preto e vermelho; a tinta vinha de plantas. Nunca em azul.

Wade suspirou.

— Então, é isso. A caverna com a mão azul é a que queremos.

A sala estava ficando cada vez mais quieta, cada vez mais silenciosa; Lily virou a foto. E lá estavam eles.

"Números."

La 13.649323
Lo 144.866956

Roald inspirou profundamente.

— Coordenadas.

Sem demora, Janet as digitou em seu computador, depois se virou para eles, com as bochechas ainda molhadas.

— Nas selvas ao leste de Ritidian Point...

A sala ficou em silêncio, enquanto o sol esquentava o bangalô, e a luz entre as persianas se tornava prateada. Insetos de final de tarde zumbiam pelo gramado e nas margens da floresta.

— Após seu encontro com Shoichi — falou Janet finalmente —, me lembro de histórias sobre como vovó foi até a selva sozinha um dia. Depois disso, ela nunca mais voltou de lá. Sua última expedição, ela dizia. Vovó partiu há quase 15 anos.

* * *

Os olhos de Becca se fecharam por um longo tempo e se abriram de novo.

— Sua avó entendeu que Shoichi devia ter visto a relíquia quando ele viveu nas cavernas. Ela voltou a Guam para confirmar. E, quando teve certeza, e a relíquia estava segura, ela se libertou.

— Ela nunca me contou — disse Janet.

Roald apertou sua mão de leve.

— Eu me pergunto se, de alguma maneira, ela te contou *sim*. Você tem todas as peças da história. Você não precisaria juntá-las, a não ser que... bem, a não ser que alguém estivesse procurando a relíquia.

— Verdade — acrescentou Lily. — Carlo nos contou que alguns Guardiões não sabem que são Guardiões até que precisem saber.

Janet limpou uma lágrima do rosto.

— Então, vocês estão dizendo que a Vela, essa relíquia, seja lá o que ela faça, está protegida pelo Patrimônio Natural de Guam. E o Patrimônio é guardado por...

O Dr. Kaplan completou:

— ...você. Você é uma Guardiã das relíquias. A atual Guardiã da Vela.

Como se o silêncio não fosse suficiente, o ar pareceu se esvaziar da sala, e Janet desmoronou em uma cadeira e cobriu o rosto com as mãos.

— Ah, vovó! Ela sempre me falava para proteger as cavernas. Pensei que fosse por causa da beleza delas, mas era tão mais que isso...

Becca percebeu ali a verdadeira força dos Guardiões das relíquias. Era fundamentada em um tipo de amor. Não importava quão poderosa a Ordem Teutônica fosse ou quanto dinheiro, jatos, armas eles tivessem, isto — o que ela estava vendo naquele instante — era outra coisa, completamente diferente.

Uma ligação que não podia ser quebrada pelo mal. Ela pensou na irmã, Maggie, e quis abraçá-la tão forte quanto no dia em que ela deixou o hospital.

— Obrigado, Janet — disse Roald, levantando-se. — Isso é... bem, maravilhoso. Nunca teríamos conseguido entender tudo isso sem você.

— Nem eu, sem todos vocês — disse ela. — Boa sorte. Levem a foto. Acho que isso quer dizer que... agora, vocês são os Guardiões.

Wade guardou com cuidado a foto dentro do bloco.

Becca mal conseguiu conter as lágrimas.

— Obrigada — disse ela, e eles partiram.

Capítulo 49

Agora, Becca queria gritar.

Logo que se registraram no hotel, o telefone do quarto tocou. Lily correu para atender.

— Alô? — Ela passou o aparelho para Roald.

Durante os vários minutos seguintes, eles tentaram ler as expressões faciais dele. Roald apertou os olhos, levantou e finalmente suspirou.

— Mas ela está bem? Está segura? Sim, obrigado. — Checou seu relógio. — E nosso guia para as cavernas? Obrigado. — Desligou.

— É a mamãe? — perguntou Darrell. — O que aconteceu?

— Não, não. Era a universidade — respondeu ele. — Arrombaram a casa de Janet Thompson. Ela escapou, está bem, mas o que eles não roubaram, queimaram.

— A Ordem sabe — disse Wade. — Eles nos seguiram. Vão encontrar a relíquia.

— Não, sem as coordenadas, não vão. — disse Becca.

Já era à tardinha quando um Jeep Cherokee verde-oliva chegou roncando ao hotel; um homem mais velho, com o cabelo grisalho e corte militar, estava ao volante.

— Sargento Connor — disse ele —, mas me chamem de Connor.

E continuou contando que tinha sido um SEAL da marinha americana e conhecia as selvas de trás para frente.

Becca já tinha ouvido o termo. SEALs da marinha eram membros de um grupo de combate de elite que só lidava com as missões mais perigosas.

— Pelo que entendi, vocês têm coordenadas decimais — disse Connor.

Roald lhe entregou os números, e ele os digitou em seu GPS.

— Cavernas de Ritidian. Levaremos quase uma hora para chegar à área. Mais uma hora, a pé, até as cavernas. Todos a bordo!

— Vamos embora! — exclamou Roald.

Quarenta e cinco minutos mais tarde, eles estavam fora da autoestrada, saltando por estradas de terra e caminhos esburacados, adentrando a região mais ao norte da ilha.

Wade estava pensativo, com o rosto sombrio de preocupação.

A selva ao redor deles era enorme, um mar de verde emaranhado, úmida, barulhenta e quente. Becca tentou manter a claustrofobia distante.

"Mantenha o foco na Vela", ela falou consigo mesma.

— Estamos entrando em uma reserva de milhares de acres de tamanho — contou-lhes Connor. — A selva do norte abriga cobras-arbóreas, porcos gigantes e javalis. Além de vespas. Uma vez, uma família como a de vocês entrou na floresta... bem... deixe pra lá. A questão é: tomem cuidado com as vespas. Elas são grandes e numerosas. Colônias de morcegos também vivem nas cavernas. — Parecia que ele tinha boas histórias que provavelmente não cairiam bem naquele momento, então ele não as contou. — Mais uns cinco ou seis quilômetros, e teremos de parar e continuar a pé. Mais três quilômetros de lá até os penhascos. Três longos quilômetros. Podem começar a se preparar.

Wade ficava olhando para a estrada atrás deles.

— Agora é à moda antiga — murmurou Darrell. — Uma corrida às cavernas.

Lily se mexeu no banco, ao lado de Becca.

— Contanto que a gente ganhe...

— Posso perguntar o que esperam encontrar nas cavernas? — perguntou Connor.

Roald respondeu:

— Bem... é...

— Secreto — disse Wade.

Connor balançou a cabeça.

— Confidencial, hum? Entendido.

A jornada, turbulenta e desconfortável como foi, durou muito pouco. A brisa parou assim que o Jeep estacionou, e um calor molhado e sufocante tomou o seu lugar. Connor transferiu as coordenadas para um mapa topográfico e desligou o GPS. Quando começaram a trilha a pé, a conversa parou. Mesmo batendo obliquamente, o sol estava um forno que desanimava qualquer palavra entre eles. O ar estava prateado e sufocava a respiração. Os braços, as pernas, o rosto, os olhos de Becca — tudo estava suando. Um breve vento bateu na água e também estava úmido e quente. Em seguida, um conjunto azul-escuro de nuvens se moveu no céu do oeste.

— Vai chover? — perguntou Lily.

Connor virou um pouco a cabeça.

— A palavra chuva não explica o que você vai ver aqui, senhorita — respondeu ele, revelando um leve sotaque do Sul. — Essas nuvens lá significam que um tufão está se aproximando. O termo em chamorro para tempestade é *chata'an*. Mas nem isso cobre a inundação que vamos pegar. Na melhor das hipóteses, temos uma hora antes que isso aqui se transforme em um mundo de lama e cobras. Nossa esperança é levá-los até as cavernas, antes que comece. Depois disso, as chances são zero.

"Continue a andar."

Um pouco mais adiante, Connor indicou o caminho que subia à frente deles.

— Fica rochoso a partir daqui. O solo é de coral exposto em alguns lugares, então cuidado para não cair. Me lembro de uma vez que um menino...

Ele divagou.

Usando só o mapa agora, eles se depararam com um caminho estreito de terra descoberta contornando as falésias.

— É seguindo reto, mais ou menos — disse ele. Mas o trajeto logo desapareceu dentro de uma relva alta, espinheiros, parreiras e árvores densas, através das quais Connor teve de abrir caminho com um facão.

Lily diminuiu o passo, agarrando o braço de Becca.

— Shh... pessoal...

No silêncio repentino, eles perceberam o barulho de folhas se mexendo não muito longe, atrás deles.

— Eles estão aí — disse Wade, avançando.

"O tempo está se esgotando.

"A Ordem vai encontrar a caverna.

"A mão azul. A pedra azul. A Vela."

— Vamos nessa! — Connor disse.

O calor sufocava, o céu escurecia mais a cada minuto, e, depois de três curvas abruptas por algumas plantações, Becca percebeu que não tinha mais nenhum senso de direção. Sua pele ardia, e seus ouvidos zumbiam com o incessante barulho dos insetos. A umidade do ar, que já estava muito densa e pesada, de alguma maneira estava ficando ainda maior. Assim, caminhar era como nadar, e respirar era quase impossível.

— Não gosto de selvas — suspirou ela.

— Você acabou de perceber isso? — perguntou Lily. — Sinto como se estivesse debaixo d'água. Sério, Bec. Quando voltarmos para casa, vamos à Nordstrom. Não para fazer compras. Só para nos refrescarmos.

Becca queria rir, mas não conseguia abrir a boca, pois sentia que iria vomitar. Todo seu corpo doía, seus músculos estavam distendidos, e seu sangue parecia espesso e quente, como óleo de motor. E a visão de besouros do tamanho de um punho, subindo e descendo os galhos, correndo no chão, voando de árvore a árvore, fazia com que se sentisse mais enjoada.

"Continue andando e não pare até encontrar a mão azul."

As primeiras gotas de chuva bateram nos galhos mais altos.

O vento uivou, e segundos depois a chuva caiu como balas de revólver. Eles correram para uma área à frente, de vegetação baixa e coral rugoso. Lá, escondidas no verde espesso, havia manchas pretas, as entradas para as cavernas vulcânicas que os nativos tinham descoberto e ocupado séculos antes.

Folhas se rasgavam atrás deles.

Connor girou e se agachou.

— Abaixem-se — pronunciou ele sem fazer som, abanando os braços para baixo. Entregou o mapa para Roald. — Vou distraí-los. Continuem em frente por esta subida e desçam pelas falésias. Deve haver algumas cavernas com essas mesmas coordenadas aéreas. Espero que saibam pelo que estão procurando... — Ele saiu às pressas, em silêncio no começo, depois, fazendo o máximo de barulho que podia.

Nesse ponto, o tiroteio começou — uma rápida série de barulhos abafados, mordazes que chicoteavam nas folhas, batendo nos troncos das árvores, na direção de Connor. Os garotos se olharam, apavorados. O rosto de Lily parecia o de um fantasma.

"A Ordem está nos caçando como animais! Eles nos querem mortos!"
O trecho de Moby Dick voltou flutuando para Becca.

...o monstro assassino contra quem eu e todos os outros tínhamos feito nossos juramentos...

— Por aqui! — sussurrou o Dr. Kaplan.
Os quatro se apressaram atrás dele, descendo um caminho rochoso até a face do penhasco, enquanto Connor continuava a atrair os tiros.

Um golpe repentino rasgou as folhas, e Becca jurou que uma flecha tinha voado bem perto de ao seu rosto. Ela caiu deitada no chão. Os outros se abrigaram em uma mata de arbustos espessos. Ela se ajoelhou e deu uma olhada por cima da vegetação. Estava sozinha. Seu coração estava acelerado. Na direção dela, soava um barulho de passos apressados.

"Tenho que correr..."
— Fique abaixada.
Wade estava agachado a 3 metros dela. Ele tinha vindo buscá-la? Ele tinha ficado separado do grupo também? "Que perguntas idiotas! Ele está aqui."

— Seu pai está mais para frente — disse ela. — Não vi para onde Lily foi.
— Ela está com ele. Darrell saltou para algum lugar. — Ele olhou sobre a grama alta. — Podemos nos arrastar até o penhasco. A caverna deve ser perto daqui. Temos que achar um jeito de descer a encosta.

Ela balançou a cabeça, concordando.
— Você vai primeiro.
Ele abriu um sorriso inesperado.
"Que sorriso! Provavelmente, o último que vou... nem pense nisso!"
Enquanto eles mergulhavam na vegetação, Becca tentava substituir tudo que normalmente enchia sua cabeça com só um pensamento: a Vela.

A vela na constelação Argo Navis lembrava vagamente um retângulo, mas a *vela latina* fazia com que um triângulo também fosse uma possibilidade. Um triângulo, com uma curva em um dos lados. Isso a mantinha avançando na lama.

"Uma mão azul. Vela."

Dois tiros de rifle abafados irromperam pelas folhas à sua esquerda. Ela gelou. Outro tiro. Wade ficou estirado no chão; seus olhos estavam arregalados de medo. Um quarto tiro ecoou, e uma voz conhecida soltou um grito.

— Darrell? — Wade suspirou. — Becca, eles acertaram Darrell!

Capítulo 50

Enquanto ficava deitado com o rosto na lama, esperando que ninguém tivesse ouvido seu grito, Darrell se perguntava se poderia voltar sete dias e começar tudo de novo. Retornar à manhã de domingo, quando ele e Wade estavam brincando no observatório do Painter Hall e pensando no que comer. Bem, *ele* estava pensando no que comer, mas, afinal, era no que ele quase sempre pensava. Aquela era uma situação que ele conseguia dominar.

Mas ninguém consegue realmente voltar no tempo, consegue?

Hum, espere. Essa é exatamente a questão de tudo isso.

Voar por aí no tempo. *Machina tempore*.

Por um breve instante, um grande astrolábio cruzou sua mente, suas rodas girando devagar em várias direções, como engrenagens. O velho desenho era a aparência que uma máquina do tempo antiga devia ter? Ele imaginou uma série de grandes círculos de bronze ao redor de um confortável assento almofadado — dele — e três assentos menores — dos amigos. Posicionados no círculo mais interno, equidistantes umas das outras, estavam as famosas doze relíquias. Vela e... as outras 11.

O Legado de Copérnico.

Um astrolábio que viaja no tempo.

Ele ajustaria seus óculos de proteção, enfiaria suas luvas de couro de viagem, empurraria uma pesada alavanca de bronze e...

Bang, bang, bang! O ataque abafado recomeçou, e o astrolábio de Darrell desapareceu.

Desejando que tivesse os óculos de proteção naquele instante, para evitar que a chuva atingisse seus olhos, ele espiou através da vegetação espessa. Silhuetas escuras se moviam como fantasmas pelas árvores molhadas, à sua esquerda. A floresta farfalhava e se dobrava à sua direita, onde mais silhuetas escuras se moviam. Darrell não conseguia dizer quantos eram, mas com certeza ele estava cercado. Era uma questão de segundos, antes de ser descoberto. Deitou a cabeça no solo lamacento. O frescor da terra lhe fez bem. "Banho de lama é assim? Deixe isso para lá agora! Ah, será que consigo distrair a Ordem, como fazem nos filmes? Wade fala que distraio as pessoas o tempo todo."

Dois, talvez três Cavaleiros se espalharam, indo cada um na direção de uma caverna. A Ordem não sabia em qual delas a relíquia estava. Não sabiam sobre a mão azul.

"Posso usar essa informação? Posso enganá-los?"

Ao procurar no chão ao seu lado, ele encontrou três pedras do tamanho da metade do seu punho. Ele podia lançá-las em várias direções, onde, com certeza, fariam barulho ao se chocarem com as folhas. Isso os desviaria do rastro. "Isso pode realmente funcionar!" Ele girou sobre as costas e jogou uma das pedras com o máximo de força possível. Ela bateu nas árvores e caiu longe, à sua esquerda.

— *Là-bas, vite!* — gritou uma voz. — Vá, vá! — Dois brutamontes, à esquerda, correram pela selva.

"Isso!"

Ele fez a mesma coisa, à direita, uma pedra seguida por outra, e mais bandidos seguiram atrás delas. Ele se levantou sobre as mãos e os joelhos. Ninguém estava se mexendo. Ele tinha conseguido. Tinha aberto caminho até seus amigos. Poderia correr até eles agora...

Snep... cransh...

Alguém estava se arrastando discretamente pela selva, atrás dele. Ele olhou para o oceano verde. Movimento. *Cransh.*

Ele encostou o rosto na lama de novo. Não havia mais pedras por perto. Mão a mão? *Crec... cransh...*

"Agora me deito para dormir..."

Capítulo 51

"E se eu morrer..."

Wade pôs a mão sobre a boca de Darrell.

— Silêncio!

— E venha com a gente — sussurrou Becca, examinando o campo ao redor deles. — Por algum motivo, a Ordem perdeu nosso rastro.

Darrell se soltou de Wade.

— Por algum motivo? Pelo meu motivo! Eu e meu braço de lançador! Vou assinar um contrato com os Astros, se um dia sairmos daqui.

Wade sabia que eles só tinham segundos antes de a Ordem vê-los. Pegou Darrell por seu braço de lançador e o puxou.

— Agora! — Eles correram pelas árvores o mais rápido que conseguiram.

— Se encontrarmos a caverna certa antes de a Ordem nos notar, podemos escapar deles — disse Becca. — Vamos olhar todas elas.

Eles se arrastaram debaixo de galhos caídos e pularam sobre troncos tombados. A terrível tempestade alagava o solo, criando pequenos rios a cada metro. Videiras chicoteavam ferozes ao vento. Então, atrás do verde: um espaço negro. A abertura de uma caverna. Eles se apressaram até lá. Na parede ao lado da entrada: uma mão vermelha.

— Continuem andando — sussurrou Becca, avançando.

Outra caverna. Nenhuma marca de mão. Uma terceira. Uma mão vermelha manchada. Uma quarta, ninhos de vespas, finos como papel, ao longo da entrada da caverna, agarrados à parede. Eles prosseguiram. A Ordem estava por lá, mas ainda não estavam atrás deles.

Escalaram uma enseada de coral irregular, e Becca fez um barulho repentino. Dentro da estreita entrada da pedra, havia uma marca de mão desbotada. Estava de cabeça para baixo e bastante descorada, exceto por um dedo.

O dedo era azul.

— Wade...

Prendendo a respiração, ele puxou a foto do bolso. Era a mesma mão.

— Achamos.

Ele protegeu os olhos da chuva e estudou o pictograma. Com o que ele sabia que tinha sido um *insight* perfeito, percebeu a similaridade entre o formato da mão aberta e a de uma estrela-do-mar. Asterias. Os dedos formavam sua própria estrela brilhante.

— A Ordem deu meia-volta, e eles estão vindo nesta direção — disse uma vozinha atrás deles. Era Lily. Ela e o Dr. Kaplan cambalearam pela entrada da caverna.

— É esta, pai — disse Darrell. — Encontramos a caverna de Magalhães...

Alguma coisa, voando a uma velocidade próxima à metade da que tinha uma bala de revólver, atingiu a parede da caverna, com um silvo alto.

Era uma flecha.

Momentos antes — quando Ebner von Braun ia dizer que físicos especializados em partículas não lidam com selvas —, Galina ordenou, sem olhar para trás:

— Mais flechas!

Envolta em um traje de caça personalizado e colado ao corpo, que escondia uma roupa de mergulho, a criatura elegante abria caminho pela vegetação espessa, sem se importar com ninguém que vinha atrás dela.

Ebner seguia cada movimento dela, com os galhos encharcados batendo em seu rosto a cada passo. Se a queimadura em seus dedos tinha melhorado nos últimos dias, o ferimento que o velho tinha causado à sua testa, com o peso de papel, ardia e doía mais do que nunca. Estava soltando um tipo de pus amarelo, que nem a chuva — que mais parecia ser formada por balas de revólver — não conseguia limpar. Seu fone tocou.

— Galina, nossos mergulhadores encontraram a entrada subaquática para as cavernas — disse ele, entregando-lhe outra aljava. — Eles estão escalando desde lá. Nos juntaremos a eles, e a relíquia será sua dentro de uma hora!

— Se não for... — Ela parou e recarregou sua besta.

Ebner não tinha certeza se era um bom sinal Galina não terminar suas sentenças. Por um lado, podia significar que ela achava que ele era inteligente o suficiente para entendê-la. Mas, por outro, podia significar que ela não tinha tempo a perder com ele.

"Farei alguma coisa sobre isso", ele pensou. "Galina verá meu valor para a Ordem — e para ela, pessoalmente. Se eu sobreviver." Ele tocou o rosto com a mão queimada. "Não há limite para o que um Cavaleiro Teutônico pode fazer."

Enquanto visões de astrolábios antigos rodavam em sua mente, Ebner olhou para aquele par de olhos de cores diferentes e se perguntou se Galina, mesmo ali no meio daquela selva fedorenta, estava também pensando no astrolábio.

* * *

Galina Krause *estava* pensando no astrolábio. Na verdade, sua mente formigava com pensamentos sobre ele. E *quase* só sobre ele. Seus pensamentos vagavam entre o astrolábio, a selva e aqueles dias estranhos, quando ela, ainda jovem, estava perdida nos cômodos de um castelo antigo longínquo, nas florestas frias do norte da Europa.

O eco de risos. Os gritos.

Em sua mente, tudo a cercava.

Estranhas armas antigas alinhadas ao longo de uma parede de árvores agitadas. O vento frio soprando de repente — claro, escuro, claro, escuro, depois, tudo escuro. Retratos pendurados em exuberantes molduras douradas. A mulher lá. O homem aqui. Ele em arminho, seda e ouro; o punho da sua espada, o kraken em rubi do seu brasão. Ela, com seu rosto pálido e moribundo. A tempestade forte inundando o chão de mármore. O ar sufocante.

O frio. A pedra. O silêncio. O barulho.

A cicatriz de Galina ardeu, e a selva ficou obscura. Alguma coisa tinha se movido na vegetação? Ou era só o calor e a chuva? Ou os séculos passados? O mistério do tempo? Seria a proximidade da primeira relíquia?

— Flechas — disse ela, suave, esticando a mão.

— Me desculpe — disse Ebner, fazendo uma pausa em meio à vegetação verde pisoteada. — Mas você já carregou o arco.

Ela olhou para a haste brilhante com sua ponta triangular. "Sim. Sim. Já carreguei." Soltando o silenciador — velocidade era mais importante do que silêncio, agora —, ela levou o arco ao ombro.

Quanto tempo levaria até que as árvores balançassem por causa de algum movimento, ela não sabia dizer. A fronte escura do Grande Mestre, sua barba e bigode, seus olhos impetuosos olhando lá de cima, do ar frio e sufocante. A selva se moveu de novo. O que era essa estranha tontura? O astrolábio rodava no espaço. Ela apertou o gatilho.

Sssss...

Capítulo 52

"Ueec!"

Por uma fração de segundo, Lily achou que a flecha tinha passado direto através da argola de prata pendurada em sua orelha esquerda.

Ela se curvou, com um grito.

— Lily! — Becca a puxou e mergulhou na entrada da caverna.

— Pai? Entre aqui! — gritou Wade.

Balas ricochetearam na parede da caverna. Lily olhou para fora; Roald estava imóvel, a três metros da entrada da caverna.

— Já estou indo — sussurrou ele. — Vou atraí-los para outra caverna. Entrem. Vão!

Roald se movimentou por ali e voltou às pressas para dentro da densa floresta, na direção da caverna anterior. Lily observava com horror a Ordem mudar de direção e o seguir. Seu coração subiu para a garganta.

"Não era para acontecer isso. Você não deve se usar como isca!"

Ela sentiu um puxão em seu ombro.

— Venha, Lil — disse Becca. — Não temos tempo. Venha.

Pedras pontudas pendiam em ângulos estranhos do teto baixo — o que não era um problema para ela, mas os outros tinham de se curvar enquanto avançavam com cuidado, para o interior da caverna. Era curioso como de repente a luz do dia, mesmo a luz da chuva, desaparecera atrás deles. Cinco, seis passos para dentro, e a escuridão era total.

— Esperem. — Lily tirou do bolso o celular de Carlo. — Não há sinal, mas ele tem bateria. "Carlo. Bolonha. Parecia uma vida passada."

E só havia um pouco de bateria. O chão da caverna ficou de um tênue branco-azulado, sob o aplicativo. Era claro que eles estavam descendo. A água da chuva transbordava da entrada e do teto e corria pelos pés deles em canais — mais do que corria. Seus pés estavam ensopados de qualquer forma, mas a inclinação para baixo fazia o avanço perigoso e lento. Darrell escorregou e caiu de joelhos.

— Opa! Cuidado.

Depois de alguns minutos, a passagem sinuosa ficou mais larga, mas eles ainda tinham de seguir em fila indiana. Lá fora, ouviam-se gritos e ocasionais tiros abafados. Connor voltaria para o Jeep? Chamaria seus amigos militares? *Tinque, tinque.* As flechas daquela terrível mulher.

— Ops...

Wade ficou de pé na beirada, a três ou quatro metros de altura de... nada. Não, não nada. A luz do celular refletiu a superfície preta da água lá embaixo.

— Vocês acham que é água da chuva? — perguntou Becca. — Ou uma lagoa subterrânea?

— Nós andamos desde a entrada da caverna — disse Darrell, mal-humorado. — A água deve acumular durante tempestades como essa. Talvez as lagoas nunca sequem. Espero que a relíquia não esteja debaixo d'água.

Enquanto observavam a escuridão tenebrosa, o resto de luz do telefone se apagou.

— A bateria acabou — disse Lily. — E agora, o que fazemos?

— Isso não pode ser o final da linha — disse Becca.

Uma rajada de tiros ecoou da entrada. Wade e Darrell se olharam, preocupados. Em seguida, ouviu-se um grito. Não um gemido. Um grito.

Roald tinha que estar bem. Ele tinha que estar...

* * *

O estômago de Wade quase saiu pela boca, quando ele ouviu tiros perto deles.

— Darrell...

Depois mais gritos. Um tiro ao longe.

— Temos que acreditar que ele está bem — sussurrou Darrell, balançando a cabeça de um lado para outro, como se não quisesse ouvir nenhum argumento. — Mantendo os bandidos longe desta caverna.

Wade mordeu o lábio.

— Isso. Certo. Estamos perto demais para desistir.

Becca tinha dito "o final da linha". Ele sabia como era isso. Ele tinha sentido isso no cemitério em Berlim e na estação de trem, quando seu pai foi preso. Em situações em que se sentiu desesperado, rodando por Bolonha e também por Roma.

Ainda assim, em cada um desses momentos, alguma coisa aconteceu para tirá-los do aperto. E, agora, uma caverna inundada? Uma lagoa subterrânea? Nem pensar. Eles tinham ido longe demais para serem detidos por um pouco de água.

— Ei! — Lily estava olhando para a água preta que, de repente, não estava mais tão preta. Ondulando na água, vinha do fundo um brilho sutil. — De onde aquela luz está vindo?

— De algum lugar debaixo da superfície — respondeu Darrell.

— Isso é bom — disse Wade, com o coração acelerado. — A lagoa deve se conectar com outra caverna que tem uma abertura para o exterior. É a única maneira de haver luz. Podemos segui-la.

Sem pensar, ele se sentou e tirou os tênis.

— Quem vem comigo?

— Wade, você não vai descer lá — disse Becca, nervosa.

— Vou, sim. Esta é a caverna. Você sabe que é. Shoichi sabia. Laura Thompson sabia. Todos sabiam. A Vela está lá embaixo. Vou descer...

Becca agarrou seu pulso. — Não vai.

— Olhe, a Ordem vai encontrar a Vela, se a gente não a encontrar primeiro. Ou matar todos nós. Ou as duas coisas. De qualquer jeito, não temos com o que barganhar se eles a encontrarem primeiro. Vou descer lá!

Becca arrancou seus tênis e os jogou perto dos dele.

— Sozinho você não vai.

Lily olhou para Darrell.

— Ih, estou com um pressentimento ruim sobre isso. E se não houver uma saída? Vocês podem se afogar tentando achar o caminho de volta. É muita loucura.

— Se não houver uma saída, a gente volta. Simples — disse Becca.

"Ela também está pensando", pensou Wade. "Pelo menos um de nós está!"

— Fiquem de guarda — pediu ele. E percebeu que era um pedido idiota, mas não conseguia pensar em mais nada para dizer.

Desceu pelas pedras da ribanceira o máximo que pôde; depois, pulou direto na lagoa. A água estava mais fria do que ele esperava. Sentiu Becca cair na lagoa, perto dele. Ele subiu até a superfície. Ela também.

— Água fresca — disse ele. — Água da chuva. Você tem razão, Darrell.

— Pelo amor... se vocês não voltarem, mato vocês! — ameaçou Lily.

Wade inspirou um tanto de ar, mergulhou com a cabeça para baixo, rolou na água, bateu as pernas e nadou na direção da fonte de luz. Como tinha imaginado, a passagem se abria para um espaço mais iluminado. Virando a cabeça para a água escura atrás dele, não conseguia ver nada, só sentiu o frio. Esperava que Becca estivesse lá, mas não sabia quanto tempo seus pulmões aguentariam. Tinha de continuar a nadar em frente. A passagem era mais longa do que ele imaginava. Mais funda. A luz diminuiu de repente. Ele teria tomado um caminho errado? Não havia saída. Continuou a nadar. Seus pulmões começaram a se comprimir e a queimar. Eles gritavam, pedindo ar.

Ele continuou em frente, chutando a água atrás dele, não tinha mais fôlego. Mas, agora, já não tinha mais certeza se estava indo em frente. Era como estar em um caixão. Seus braços pareciam canos de chumbo. Sentia como se seus pulmões estivessem se transformando em água. "Para onde foi a luz?" Em sua cabeça, ele gritava, "Becca, volte! Não tem saída. Vou continuar, mas você volta! Se salve! Salve..."

A passagem se inclinou para cima. Ele viu a luz de novo.

Com um esforço final dos seus braços pesados como chumbo, ele irrompeu em uma caverna que parecia tão brilhante quanto o sol. Becca surgiu na superfície, ao seu lado, louca para respirar. Eles ficaram lá na água, seus dedos agarrados às pedras, arfando e tossindo por alguns minutos. Finalmente, arrastaram-se para fora e se deitaram no chão de pedra, olhando para cima.

Quando avistou uma pequena abertura no topo longínquo, Wade se surpreendeu ao começar a rir. Apesar de a luz da caverna ser fraca, ela parecia brilhante. Eles podiam sentir pingos de chuva caindo pela abertura, na abóboda, e indo até eles, molhando seus rostos. Lá dentro era tão tranquilo, como se tivessem saído em outro planeta, e ele ria e não conseguia parar de rir.

— Wade...

Becca apontou para as paredes. Elas eram esculpidas e pintadas com centenas de símbolos. Estrelas. Constelações. Havia uma mão azul gravada na parede, entre as estrelas. Os dedos apontavam para baixo.

Becca bateu de leve no braço dele.

— Encontramos.

Capítulo 53

Wade se levantou, ainda respirando com dificuldade, suas pernas pareciam de borracha, sem ossos.

As paredes da caverna formavam um cone irregular de pedra que tinha a atmosfera de uma catedral ou um templo antigo, um lugar de pedra sagrado.

O local perfeito para esconder um artefato valioso.

— Se Shoichi conhecia esta caverna, ele deve ter observado as estrelas pelo buraco no teto — ele disse. — Talvez ele próprio tenha feito alguns desses desenhos.

— Só que... — Becca tinha se levantado e estudava as paredes, o chão, a abóboda alta, todo lugar, procurando por um sinal — não estou vendo uma pedra azul. — Ela olhou de volta para a lagoa. — Será que ela está... escondida debaixo d'água? Talvez, ao longo dos anos desde Magalhães, as passagens tenham se enchido de água. Ou talvez a caverna tenha desabado, mudado de formato.

Wade andou até a mão azul.

— Mas Laura Thompson deve ter visto a relíquia, certo? Janet nos contou sobre sua última viagem até aqui. Isso não foi há tanto tempo assim.

— Tinha me esquecido disso. — Ela examinou as paredes de cima a baixo. — Então, não tenho nenhuma pista.

Nenhuma pista.

Só que talvez houvesse uma.

Estudando a marca de mão invertida, Wade percebeu que ela não só lembrava uma estrela-do-mar, mas a palma e os dedos representavam uma distinta forma geométrica.

— Bec, o que isso lembra?

Ela deu um passo para trás.

— A mão de alguém de cabeça para baixo.

Wade riu de novo.

— E...? — Ele traçou com o dedo linhas retas sobre os ângulos que a mão formava. — É um tipo de triângulo, não é? Com o pulso como a ponta no topo. O mesmo triângulo do desenho de Pigafetta. O mesmo formato da vela latina. Todos apontando para

uma localização. Para cima da parede da caverna.

Eles seguiram a ponta do triângulo imaginário na parede. A mais ou menos três metros do chão, havia um leito estreito de pedra, uma protuberância de calcário vulcânico.

Becca olhou para Wade.

— Você não acha...

— Vou lhe dar um impulso.

— Você vai...

— Vamos. — Wade juntou as mãos e os dedos, onde ela pisou com o pé esquerdo, segurando nas costas dele. Wade a levantou, e ela pôs o pé direito no ombro dele, depois o esquerdo, escorando as mãos contra a parede da caverna. Ela se equilibrou, levantou o braço e tateou a saliência.

— Alguma coisa? — perguntou ele. Becca paralisou. — O que é? O que você está vendo?

Ela puxou devagar o braço da parede, segurando algo na mão. Ela soltou um barulho abafado.

— Nossa, Wade.

Quando ele viu a lâmina ondulada do punhal, seus joelhos quase dobraram.

— O punhal de Magalhães! O que Copérnico deu para ele, junto com a Vela! Mais alguma coisa?

Depois de enfiar rapidamente o punhal em seu cinto, ela tateou de novo.

— O punhal estava parcialmente preso na parede. Quando o tirei, ficou uma abertura, um tipo de compartimento.

Wade segurava suas panturrilhas, enquanto ela se levantava nas pontas dos pés. Um pé escapou do ombro dele. Em seguida, seu braço girou para trás, e ela cambaleou para longe da parede. Ele deu uma volta, agarrando-a sem jeito, e os dois caíram no chão.

— Wade... — Becca abriu a mão.

Nela, havia uma deslumbrante pedra azul, em forma de um triângulo quase perfeito.

Com aproximadamente dez centímetros de cada lado e cinco na base, ela era um exemplar de lápis-lazúli, com uma leve curva de um lado. Era um formato muito próximo da vela latina.

— Argo Navis Vela — sussurrou Wade.

De repente, era como se todo o ar na caverna e toda a luz no ar fosse atraído pela pedra.

A Vela pulsava com um tipo de vida, ele pensou, apesar de saber que não era possível. Parecia que o tempo e o espaço juntos e — ele nem sabia o que mais — pessoas, talvez, ou família ou sangue ou amor, ou alguma coisa, estavam todos reunidos nos contornos da pedra azul.

E ela respirava.

Respirava e sussurrava segredo seguido de segredo, mas só para os dois que estavam lá.

Isso foi antes mesmo de ele segurar a pedra! A Vela estava cintilante, linda e viva, e quando Becca a pôs em sua mão trêmula, ele sentiu o que pensou ser o peso da história em sua palma, como se a pedra pesasse mil quilos ou fosse tão leve quanto a luz.

— Becca... — murmurou ele, movendo seus olhos da pedra para olhar para ela durante segundos, antes que a pedra o atraísse de novo.

Ele se deixou cair no chão da caverna; seu cérebro estava fazendo conexões com uma clareza que ele tinha certeza nunca ter sentido antes.

— Becca... — disse ele de novo, descobrindo algo maravilhoso, mas penoso, sobre as sílabas do nome dela. — Mais do que toda a loucura, a correria, os lugares e as flechas e os esconderijos e tudo mais, por tudo que lemos e os desenhos e equações e tudo que descobrimos, esta pedra azul prova que existe uma máquina do tempo. Não é uma prova matemática, mas eu... — Ele fez uma pausa, Becca limpou uma lágrima do rosto, balançando a cabeça. — Acho que o que estou dizendo é que tê-la em minha mão torna o astrolábio de Copérnico tão real como se ele estivesse aqui, e nós estivéssemos viajando no tempo neste instante, entende?

— Entendo.

— E não importa se é impossível fazer isso, *isto* é uma parte de uma máquina do tempo, uma relíquia do astrolábio de Copérnico, o astrolábio que viajava no tempo, a coisa que era uma máquina do tempo, que realmente existia, e isto é uma relíquia dela, e nós a estamos segurando, e ela é real...

Becca sorriu.

— Você percebe que essa é uma sentença meio buraco de minhoca, não é?

— É, acho que sim.

Wade começou a rir de novo, e o eco do riso serpenteou pelos lados da área de pedra até em cima, voltou e subiu de novo.

Ele não sabia quantos minutos tinham se passado, enquanto eles simplesmente olhavam para a pedra, como se esperassem que algo fosse acontecer. Era como se o tempo tivesse parado, o que é uma coisa que só máquinas do tempo conseguem fazer

Becca pegou com cuidado a pedra da palma dele e a virou.

Na parte de trás, havia uma espiral desbotada, mas perfeitamente gravada, e duas pequenas ranhuras na base que tinham vestígios mínimos de algo empoeirado e vermelho.

— Ferrugem — disse Becca. — Onde a pedra esteve em contato com metal.

Wade sentiu vontade de rir de novo. Ele logo soube de onde as marcas de ferrugem vinham e começou a sentir o desenho do dispositivo ganhar vida ali mesmo.

— Era aí que a Vela estava presa à — qual era o nome que ele dava? — "grande armadura" do astrolábio. Becca...

De repente, a água borbulhou, o silêncio foi quebrado, e Darrell e Lily surgiram na caverna.

— Eles estão aqui! Estão logo atrás de nós...

A lagoa explodiu. Quatro mergulhadores saíram de lá e ficaram de pé em terra firme. Dois homens estavam armados com pistolas subaquáticas. O outro, um homem pálido, levantou sua máscara de mergulho e secou seus óculos.

E havia a linda jovem com a perversa besta.

Os Cavaleiros da Ordem Teutônica.

Capítulo 54

A jovem era impossivelmente bonita. De outro mundo, Wade pensou. Um cruzamento entre uma supermodelo e um robô futurista. E seu cabelo... até ensopado, ele era o máximo.

Ele deu uma olhada para Lily, Darrell e Becca. Eles também tinham sentido a mesma coisa. A mulher não era muito mais velha do que eles, mas tinha um tipo de energia cinética maluca correndo por ela.

E aquele arco que segurava. O que era aquela coisa? Um artefato de um futuro antigo? Uma estranha extensão robótica dos seus braços?

— Vocês testemunharam o alcance da Ordem Teutônica — disse ela, com um leve sotaque que ele não conseguiu identificar. Era quase hipnótico como sua voz ecoava nas paredes da caverna. — Vocês conhecem nosso poder. Não deixem que seja a última coisa que vocês venham a conhecer. Entreguem a relíquia.

Ela deu um passo na direção dele, como também fizeram os três homens, mas Wade levantou a mão.

— Vou quebrá-la! — gritou ele. — Vou quebrá-la!

Ela parou. Todos pararam.

Balançando ao redor do seu pescoço, visível na abertura do seu traje colado ao corpo, estavam duas pedras de rubi, um par idêntico de serpentes marinhas com vários braços. Krakens.

O corcunda ao seu lado ajustou os óculos de lentes grossas. Seu macacão estava largo no peito, apertado em outras partes. Ele também parecia inumano, mas de uma forma oposta à da jovem. Um pequeno gnomo deformado.

— Desde Berlim, vocês nos levaram em uma jornada e tanto — disse o homem, com uma voz fraca. — Isso acaba aqui. Nessa maldita caverna. — Sua voz estava ficando mais alta, suas palavras, articuladas demais.

— Vocês mataram Heinrich Vogel — disse Becca, movendo-se para perto de Wade. — E Bernard Dufort, em Paris.

— Entre outros — respondeu Galina, com olhos fixos não nela, mas na mão de Wade, como se quisesse queimá-la e libertar a relíquia.

— Inúmeros outros — acrescentou o gnomo, orgulhoso.

— Vocês são todos uns monstros — disse Lily, em voz baixa. Seus olhos estavam enfurecidos. — Cada um de vocês.

— Que tal me entregar a relíquia — disse Galina Krause. Não foi uma pergunta. Tirando a mão esquerda do eixo da besta, ela a levantou. O cano mal se mexeu. A arma deve ser muito leve, pensou Wade, ou ela é muito forte. Ela ainda apontava diretamente para seu coração. — O velho é seu pai? Graças aos Guardiões ele escapou das nossas garras em Berlim. Ele não virá salvar vocês desta vez. Vocês estão sozinhos.

Wade não conseguia respirar. Eles tinham atirado nele?

— Vocês... — foi tudo que ele conseguiu falar.

— É melhor ele não estar machucado — ameaçou Darrell, jogando o peso de um pé para o outro, pronto para entrar em ação.

Wade afastou seu pensamento do pai ferido. Com o pé, bateu no pé de Darrell, e ele parou de se mover.

"Espere, Darrell, espere a hora certa..."

— Poupem a si mesmos de uma morte solitária — disse o gnomo, avançando de novo. — Entreguem a...

Wade recuou.

— Nem mais um centímetro!

Os mil pensamentos correndo por sua mente juntaram-se em um só. Ao passarem por aquele túnel submarino, ele e seus amigos tinham se tornado pessoas diferentes.

De que outra maneira poderia explicar seu próprio comportamento frente a esses assassinos, levantando a relíquia, pronto para espedaçá-la no chão da caverna?

A água os tinha transformado. A relíquia — a pedra azul em sua palma naquele instante — tinha-os transformado, estava transformando-os naquele momento.

"Nós nos tornamos Guardiões", pensou ele. "É isso. Somos membros da sociedade secreta de Copérnico a Magalhães, a Henrique e Pigafetta e Shiochi e Laura Thompson e sua neta e inúmeros outros, assim por diante, ao longo dos séculos, com um objetivo: proteger o Legado de Copérnico."

O som distorcido de gritos ecoou, vindo do exterior, e Galina Krause focou seus estranhos olhos nos quatro.

— Ninguém pode parar o tempo. A relíquia será nossa. Vocês vão fazer isso da maneira fácil?

— Não — respondeu Wade, e Becca recuou com ele.

Galina soltou um suspiro de desgosto.

— Resposta errada.

Com apenas um leve movimento do pulso dela, os dois mergulhadores armados guardaram suas pistolas e avançaram. Wade tocou o pé do irmão, e Darrell, gritando, saltou para cima dos joelhos de um dos homens. O segundo mergulhador se lançou sobre Wade, que conseguiu atirar a relíquia para Becca antes de cair. Ela a apanhou no ar, se agachando e rolando até a beira da lagoa.

— Na água não! — berrou o homem pálido enquanto Becca respirava fundo e deslizava para dentro da lagoa. Largando a pistola, o gnomo fechou suas duas mãos finas no pulso livre de Becca e puxou.

— Não toque nela... — Lily se pendurou nas costas do homem como um gato, arranhando sua face e berrando. — Monstro, monstro, monstro!

O gnomo devia ser feito só de ossos e arame, pois se livrou de Lily com uma sacudida e ainda conseguiu impedir Becca de mergulhar. Erguendo-a, ele forçou os dedos da garota a abrirem.

— Estou conseguindo, estou conseguindo!

— Encostem na parede! — Galina apontou a besta para Wade e Lily enquanto um homem segurava Darrell no chão, apesar de o rapaz se contorcer como uma enguia.

O outro capanga ajudou o pequeno alemão a arrastar brutalmente Becca para longe da lagoa. Alguma coisa desceu pelo teto e caiu no chão perto dos pés de Lilly. Uma corda pendia da abertura no topo.

Um grito veio da superfície acima:

— Crianças, venham!

Connor estava na corda, indo para baixo. Galina disparou uma flecha nele — *thwack!* Ele interrompeu a descida.

Enquanto o primeiro brutamontes segurava Darrell no chão, Wade golpeou os joelhos dele, e o homem caiu como uma tonelada de tijolos. Houve um estalo e um gemido.

— Corre! — arfou Wade.

Darrell e Lily dispararam na direção da corda. Connor começou a descer de novo.

— Se segurem, e abram espaço para eu atirar! — Ele mirou sua pistola em Galina.

Enquanto o segundo brutamontes ainda estava com Becca, o gnomo saltou sobre Wade, empurrando-o para a parede, mas ele se esquivou de lado. O gnomo bateu a cabeça na pedra, com um grito.

Wade girou.

— Becca...

Galina estava de pé sobre Becca, a besta apontada para sua garganta. O capanga tinha torcido os braços de Becca nas costas. Um berro explodiu no peito de Wade. Ele atacou a mulher. Os músculos dela eram duros como pedra. Ela quase não se moveu, mas o arco caiu no chão.

Quando o capanga arrastou Becca pela garganta, Wade pegou o punhal e o enfiou na coxa do homem. Ele gritou e a soltou. Respirando com dificuldade, ela escapou para o chão.

Bang! Um tiro veio de cima. Galina recuou. Wade levantou Becca. Eles agarraram a corda atrás de Lily e Darrell.

— Não... vocês... não! — O rosto do homem pálido estava manchado de sangue. Ele pegou o arco carregado e puxou o gatilho. Galina bateu em seu braço, e a flecha voou para o teto e caiu, fazendo barulho no chão.

— Idiota! Eles vão deixar a relíquia cair. Ela vai se despedaçar!

Becca começou a escorregar.

— Não... consigo... me segurar...

Um fio de sangue escorria por seu braço.

— Você foi atingida! Aquele monstro atirou em você! — Wade enrolou o braço ao redor da cintura dela e a carregou como pôde, enquanto a corda era erguida.

— Vamos ganhar isto! — O alemão pálido gritou lá de baixo, balançando os punhos. — Vamos forçá-los a nos entregar a relíquia... — Galina lhe deu um tapa no rosto. — A primeira lhes dirá onde...

— Silêncio! — gritou ela. — Traga-a para mim. Só *ela* pode nos ajudar agora!

Perto do topo da caverna, os garotos sentiram os braços fortes do Sargento Connor puxá-los pela abertura e viram que a tempestade tinha passado. Quando o buraco estava desimpedido, ele desceu pela corda até o chão. Tiros foram disparados seguidos do som de mergulhos. Olhando para baixo, eles só viram Connor na caverna vazia.

Galina Krause e seus capangas tinham ido embora.

Ouviu-se um motor no mar. Segundos mais tarde, uma lancha acelerou da base dos penhascos. No deck, a jovem olhava fixamente para eles.

— Eles escaparam pelas passagens subaquáticas — disse Lily.

— Algo me diz que vamos ver essa mulher de novo — disse Wade. — Logo, logo.

— Garotos! Garotos! Vocês estão bem?

Eles se viraram. Roald Kaplan correu cambaleante na direção deles; seu rosto estava sujo de lama, mas ele não estava machucado.

Wade o abraçou apertado.

— Becca está machucada.

— Connor usou o rádio para ligar para a base — disse o pai, ajoelhando-se perto dela. — Um helicóptero está vindo.

Minutos depois, o barulho estrondoso de lâminas de rotor encheu o ar. Connor surgiu da caverna, e o grupo todo foi levado de helicóptero até a base naval. No caminho, um relatório chegou pelo rádio do helicóptero. A lancha foi perseguida até o mar aberto, mas foi encontrada boiando vazia na água. Nenhum sinal de Galina Krause. A Ordem tinha desaparecido.

Capítulo 55

— Mostre pro seu pai — disse Becca, apertando o braço, mas acenando com cabeça para seu bolso.

Wade estendeu a mão instintivamente, mas decidiu deixar Lily enfiar a mão no bolso dela e pegar a Vela.

Roald a segurou em silêncio, passou os dedos nela.

— O Tio Henry não morreu à toa, pai — disse Darrell. — Nós a encontramos. A primeira relíquia. Não deixamos que a Ordem a pegasse.

Roald só mexeu a cabeça, concordando, seu olhar estava distante. Depois, abraçou todos mais uma vez. No hospital da base, um enfermeiro naval fez um curativo em Becca e lhe deu uma vacina antitetânica, para prevenir uma infecção da lâmina afiada da flecha.

Lily não podia estar mais pálida, mas ainda assim ficou em pé, o mais perto possível de Becca.

— Não acredito que você foi atingida de verdade — disse ela, chegando mais perto. — Sua mãe vai me matar!

— Ei, é o que os Guardiões fazem — disse Becca, tentando sorrir.

Quando o enfermeiro se ausentou por um segundo, Wade disse:

— Isso é muito incrível, não é? A gente encontrou a Vela, uma parte do astrolábio viajante no tempo de Copérnico. Nós. Nós a mantivemos longe das mãos dos inimigos.

— Por enquanto, está longe das mãos deles — disse seu pai. — Temos que decidir o que fazer com ela e onde ela estará a salvo da Ordem.

— Carlo vai saber — disse Lily, sem se afastar um centímetro de Becca. — O Protocolo de Frombork e tudo mais. Talvez em um daqueles abrigos antibombas subterrâneos, no deserto de Nevada.

— Ou talvez no lugar mais seguro do país — disse Darrell. — O bunker fortificado debaixo da Casa Branca!

Wade estava contente de ele e Becca terem tido aqueles momentos de silêncio na caverna. O mundo tinha voltado ao normal, rápido e barulhento, e ele sabia que nunca seria capaz de explicar direito a mágica que tinha acontecido dentro daquele lugar rochoso.

Mas tudo bem. Se ele quisesse ser meloso, poderia dizer como ele e Becca tinham se conectado de algum modo por causa da relíquia. Tinham compartilhado algo. Algo *interessante*. Ela fez uma careta, quando o enfermeiro voltou e cortou os curativos, e tudo aquilo desapareceu.

— Está bem?

— Estou — respondeu ela, forçando um sorriso. Ela saltou da cama do hospital, perto de Lily, como se elas estivessem ligadas.

A porta do pronto-socorro se abriu, e todos saíram. A chuva tinha parado, e o sol estava queimando e secando o ar. O resto do dia seria tórrido, e, para Wade, estava tudo bem. Eles poderiam, enfim, descansar. Chega de selva. Chega de Ordem Teutônica. Chega de perigo. Pelo menos, por enquanto.

Roald abriu seu celular e passou o dedo na tela.

— Prometi para Sara que ligaria para ela quando tudo isso acabasse. "Tudo acabasse."

Será? Mesmo? Eles podiam simplesmente voltar para casa? Darrell para sua banda e seu tênis, ele para suas cartas estelares e livros de astronomia? Wade sentiu seu coração apertar, com a ideia de tudo estar acabado, apesar de provavelmente ser melhor assim. Pelo menos, tinham de voltar para a escola. O fato de a casa deles ser conhecida pela Ordem, bem, talvez a polícia ajudasse com isso. Talvez fosse mais normal do que ele queria que fosse. Com certeza, mais normal do que a semana anterior. Ele olhou para Becca.

— Não vou contar toda a história para Sara, claro — estava dizendo seu pai. — Só o necessário para que ela saiba que todos estamos a salvo.

— Pai, ponha no viva-voz — pediu Darrell. — Todos nós queremos falar com ela. Ela vai ficar maluca quando a gente contar o que andou fazendo.

Ouviu-se um clique alto quando a ligação foi conectada.

— Alô, Sara! — disse o Dr. Kaplan, com um riso. — Conseguimos. Estamos todos bem...

— Alô? Quem está falando? — Era uma voz de homem.

Roald olhou para a tela.

— Desculpe. Eu estava ligando para minha esposa. Sara Kaplan. Devo ter discado errado...

— Este é o celular de Sara Kaplan — disse a voz.

— Não estou entendendo. Quem está falando? Onde está minha esposa?

— Pai — disse Wade. — Pai...

— Não sei — falou o homem. — Espere... Sinto muito. Meu nome é Terence Ackroyd. Falo de Nova York. Talvez ela te tenha dito. Nós, Sara e eu, deveríamos nos encontrar esta noite para conversar sobre os manuscritos que ela estava trazendo da minha casa na Bolívia para o arquivo em Austin. Mas ela não apareceu para nossa reunião. A bagagem dela chegou em meu hotel. O celular, o passaporte, tudo estava lá dentro, mas, de acordo com a companhia aérea, ela não embarcou no voo...

— Não embarcou? — perguntou Darrell. — O que aconteceu com minha mãe?

— Sinceramente, eu não sei — respondeu o homem. — Ela não chegou a Nova York. Só se passaram algumas horas, e as comunicações com a Bolívia são irregulares, mas temo que algo esteja terrivelmente errado. Não consegui falar com você e tive que esperar que você me ligasse.

Darrell cerrou as mãos em um punho.

— Isso não pode estar acontecendo! Eles estão com ela!

Wade sentiu como se tivesse sido atropelado.

— Pai...

— Galina Krause disse alguma coisa! — Lily suspirou. — Ela disse que somente *ela* vai nos ajudar. *Ela*. Será que a Ordem sequestrou Sara para tentar recuperar a Vela?

— Desculpe? Você falou a *Ordem*?

Roald balançou a mão, como se avisasse para evitarem a pergunta.

— O que a polícia disse? O que estão fazendo para encontrar minha esposa?...

— Não entrei em contato com eles — respondeu o homem.

— Não entrou em contato com eles? Como assim?

— Há uma razão para isso — explicou o homem.

O Dr. Kaplan oscilou sobre os pés, tentando manter o equilíbrio. Não conseguiu e caiu no meio-fio, com os olhos arregalados.

— Temos que ir para a Bolívia. Eles estão com ela. Não consigo acreditar. Eles capturaram Sara!

— Pai! — gritou Wade, agora em prantos. — Como eles a pegaram? Onde ela pode estar?

— Não na Bolívia — respondeu Terence Ackroyd. Ele baixou a voz. — Venham para Nova York, por favor. Não posso lhes contar ao telefone, mas havia uma coisa escondida na mala dela, que vocês precisam ver. Uma mensagem, acho, sobre a segurança dela. Por isso, não contatei as autoridades. Ficarei aqui até vocês chegarem. O Gramercy Park Hotel. Não digam a ninguém que estão vindo me encontrar. Vou ficar com o celular de Sara e ligo, se tiver alguma novidade. — Ele pareceu esperar por uma resposta, mas, quando não houve nenhuma, ele disse: — Até breve. — E desligou.

Wade ficou de pé, ao lado do pai: sua cabeça girava, seus olhos transbordavam, enquanto Lily pegava o celular para ligar para o aeroporto.

— Onde ela pode estar? — Darrell suplicou, tentando segurar as lágrimas, antes de se deixar levar e enterrar o rosto no ombro de Wade. — Minha mãe, minha mãe...

E foi isso. As coisas *tinham* mudado agora. Eles já estavam no caminho de que Carlo tinha falado? A jornada de sacrifício?

Becca enxugou o rosto e andou pela calçada.

— Aquele homenzinho nojento disse que a primeira relíquia nos dirá onde a segunda está. Vocês ouviram.

Lily estava esperando na linha, com a companhia aérea.

— Certo. A primeira relíquia circulará até a última. Mas a segunda relíquia pode ser qualquer coisa e estar em qualquer lugar. A gente não sabe nem que constelação é..

— Talvez não. — Becca tirou o diário de Copérnico da bolsa e começou a passar página por página. — Mas acho que ele estava dizendo que algo sobre a Vela vai nos ajudar a encontrar a segunda relíquia. Com certeza, Galina Krause vai estar lá. Se ela disse "Traga-a para mim", a gente deve supor que Sara vai estar lá também.

Lily respondeu à voz ao telefone, e Becca virou-se para os outros.

— A Vela nos levará à segunda relíquia e à Sara...

— Seja lá onde estiver, nós iremos — disse Darrell, ainda segurando no ombro de Wade. — Pai, nós vamos até o fim do mundo, se tivermos que ir.

Lily desligou o celular.

— Um voo parte de Guam esta noite. Chegaremos a Nova York amanhã à noite.

Roald se levantou. Seus olhos estavam sombrios; seu rosto, tenso. Ele abraçou os dois filhos.

— Vamos encontrar Sara, garotos. Vamos encontrá-la...

Becca e Lily correram pela calçada, balançando os braços e gritando:

— Táxi!

Epílogo

ÔNIBUS ESCOLAR ENCONTRADO EM PASSAGEM NA MONTANHA

MADRI — Um ônibus que levava alunos espanhóis e foi dado como desaparecido nessa quarta à noite, nas montanhas ao norte da cidade, foi encontrado na manhã de sábado. A polícia estadual respondeu aos chamados de testemunhas que disseram ter visto um ônibus fora de controle "aparecer de repente no meio da autoestrada" ao norte do Túnel Somosierra.

Todos os alunos, exceto um, e os professores foram encontrados. Eles estavam em boas condições físicas, apesar do desgaste e do trauma. O motorista do ônibus, Diego Vargas, 68, também foi declarado desaparecido. Depois da chegada no hospital local, os alunos, entre 7 e 14 anos, e os professores que estavam no ônibus declararam que ele entrou no lado sul do Túnel Somosierra e foi imediatamente atacado por "um bombardeio de canhão e por soldados uniformizados em cavalos, brandindo pistolas e espadas."

Os relatos dos passageiros foram a princípio descartados pela polícia, mas, depois, confirmados pelos peritos que investigaram a cena do crime, quando restos de cartuchos de mosquetes e fragmentos de pelo menos duas bolas de canhão do século XIX foram descobertos alojados nos painéis laterais do ônibus.

Uma busca pelo aluno e pelo motorista desaparecidos está sendo feita em toda a região, enquanto todos os outros passageiros foram tratados e liberados.

O incidente permanece sob investigação pelas unidades de crime local e federal.

Continua...

Nota do Autor

A Pedra Proibida é sem dúvida uma obra de ficção: todas as pessoas reais que passaram por suas páginas foram tratadas de maneira ficcional. Porém, como todos os livros desse tipo são estabelecidos sobre uma base de realidade, gostaria de citar vários trabalhos históricos que usei para construir a obra.

O primeiro volume que chamou minha atenção para o "cânone tímido", sua descoberta que mudaria o mundo e sua época fascinante foi *Os sonâmbulos* (1959), escrito por Arthur Koestler, que conheci nos meus anos de faculdade. Um autor cujo livro mais famoso terá lugar no próximo volume desta série, Koestler introduz em seus capítulos sobre Nicolau Copérnico o encantamento e detalhe vivo do seu ofício. Esse livro continua a ser um marco na minha estima pelo astrônomo.

O segredo de Copérnico — como a revolução científica começou (2007), de Jack Repcheck, é uma biografia esclarecedora, assim como *A More Perfect Heaven: How Copernicus Revolutionized the Cosmos* [Um céu mais perfeito: como copérnico revolucionou o cosmos] (2011), de Dava Sobel. Ambas as obras reúnem conhecimento e um estilo cativante e têm a vantagem de serem recentes e fáceis de obter.

The Monks of War: The Military Religious Orders [Os monges da guerra: as ordens militares religiosas] (1972), de Desmond Seward, e *The Military Religious Orders of the Middle Ages: The Hospitallers, the Templars, the Teutonic Knights and Others* [As ordens militares religiosas da Idade Média: os Cavaleiros Hospitalários, os Templários, os Cavaleiros Teutônicos e outros] (1979), de Frederick Charles Woodhouse, foram e continuarão a ser importantes para pormenorizar os dias sombrios da Ordem do século XVI. Também preciso mencionar *Black Holes and Time Warps: Einstein's Outrageous Legacy* [Buracos negros e *time warps*: o chocante legado de Einstein] (1994), um texto brilhantemente divertido e cativante para pessoas das áreas humanas e não cientistas, como eu.

Como não gosto de ser estraga prazer e sinto obrigação de guardar os segredos, até que eles sejam revelados na hora e lugar certos, este parágrafo parecerá vago para o leitor que não completou a leitura do livro. Devo muito ao livro de Laurence Bergreen, de 2003, sobre o que ele chama de "fim do mundo", assim como à edição de 1969, da Yale University Press, da história da viagem de Antonio Pigafetta. Agradecimentos também são devidos à Biblioteca Sterling da Yale University e ao pessoal do departamento Privileges and Reference por localizar e providenciar um espaço para que eu pesquisasse o volume raro de Laura Maud Thompson, *Archaeology of the* [Arqueologia de]... O livro de Thompson, de 1941, sobre os nativos daquela região, também foi útil. Finalmente, *Private Yokoi's War* [*A guerra do soldado Yokoi*]... , de Omi Hatashin, é um documento fascinante, que se torna mais ainda por conter a autobiografia de Shoichi Yokoi.

Qualquer liberdade e divagação da realidade são, claro, totalmente da minha autoria.

Agradecimentos

É difícil separar estes comentários dos que estão na Nota do Autor, nas páginas anteriores; todos cooperaram para criar o que você tem nas mãos agora. Mesmo assim, gostaria de expressar minha gratidão especial à seguinte constelação:

Minha extraordinariamente inteligente, engraçada, linda e talentosa esposa, Dolores, sempre foi a pedra sobre a qual eu fui abençoado para inventar histórias, desde as decepções iniciais ao presente glorioso. Minhas igualmente incríveis e encantadoras filhas, Jane e Lucy, vocês fazem de cada dia uma descoberta maravilhosa. Juntas, vocês três estão em cada página deste livro.

Meu agente, George Nicholson, habilmente constrói e molda minha carreira em histórias, desde que comecei a escrevê-las. Sim, George, foi em 1994 quando começamos nosso agradável relacionamento (com Harper, devo acrescentar). Um viva aos próximos vinte anos!

Tenho de agradecer a Kip S. Thorne, astrofísico *extraordinaire*, por permitir, como colega, que eu usasse seu nome em uma obra de ficção. Kip, estou aqui lhe oferecendo o meu.

A toda a equipe de Katherine Tegen Books, começando pela própria Katherine, cujo humor espirituoso e entusiasmo se animaram tanto com a ideia e nutriram o projeto. Minha editora, Claudia Gabel, encantadoramente presente na criação de *O Legado de Copérnico*, que sempre elevou esta história épica a níveis sempre mais altos. Sua inteligência criativa e *brainstorming* também estão para sempre nestas páginas. Também lá, no começo, Melissa Miller foi uma pastora, uma leitora minuciosa, uma leitora teste e muleta; fico feliz em contar com todos os seus talentos. Aos vários redatores e revisores, cujo brilhantismo nato me salvou de gafes tão numerosas quanto as estrelas. Amo vocês. Ao departamento de arte (ah, aquele logo genial!), ao marketing, promoção e pessoal de vendas — seu apoio desde o início deste projeto foi uma alegria.

Este é o começo do retorno.

Este livro foi composto na tipologia Minion Pro Regular em corpo 11/16, e impresso em papel off-white no Sistema Cameron da Divisão Gráfica da Distribuidora Record.